大师创造的世界

邱华栋 著

主编 丁帆 王尧

大家读大家

国家出版基金项目
NATIONAL PUBLICATION FOUNDATION

译林出版社

图书在版编目（CIP）数据

大师创造的世界／邱华栋著．—南京：译林出版社，2021.10
（大家读大家．第四辑）
ISBN 978-7-5447-8808-3

Ⅰ.①大… Ⅱ.①邱… Ⅲ.①世界文学－文学评论－文集 Ⅳ.①I106-53

中国版本图书馆CIP数据核字（2021）第155418号

本书受“南京大学人文社科资助项目”资助。

大师创造的世界　邱华栋／著

主　　编　丁　帆　王　尧
策　　划　江苏明哲文化发展有限公司
责任编辑　焦亚坤
装帧设计　周伟伟
校　　对　孙玉兰　戴小娥
责任印制　颜　亮

出版发行　译林出版社
地　　址　南京市湖南路 1 号 A 楼
邮　　箱　yilin@yilin.com
网　　址　www.yilin.com
市场热线　025-86633278
排　　版　南京展望文化发展有限公司
印　　刷　徐州绪权印刷有限公司
开　　本　850毫米 ×1168毫米　1/32
印　　张　12
插　　页　4
版　　次　2021 年 10 月第 1 版
印　　次　2021 年 10 月第 1 次印刷
书　　号　ISBN 978-7-5447-8808-3
定　　价　59.00 元

主编序

丁 帆 王 尧

在整个世界疫情蔓延的时代，文学应该用大写的人性来书写人类的生活。我们和明哲文化公司策划的“大家读大家”丛书自第一辑出版始，有效促进了文学领域的“全民阅读”。第一辑中最早出版的毕飞宇的《小说课》，以及随后陆续出版的李欧梵、张炜、马原、苏童、叶兆言、王家新等诸位大家的作品成为二〇一七年一道引人瞩目的阅读风景线。在这非凡气象之后，我们又紧锣密鼓地策划了“大家读大家”丛书第二辑和第三辑。

“大家读大家”丛书的策划包含着这样两层含义：邀请当今的人文大家（包括著名作家、某个领域内的专家）深入浅出地解读中外大家的名作；让大家（指普通阅读者）来共同分享大家的阅读经验。前一个“大家”放下身段，为后一个“大家”做普及与解惑的工作，这种互动交流的目的，就是想让两个“大家”来合力推动当下的“全民阅读”，使其朝着一个既生动有趣，又使读者能轻松愉悦地获得人文核心素养的轨道前行。

在我们儿时并不丰富的阅读记忆中，《十万个为什么》或许是最重要的一套书。我们在轻松愉悦的阅读中获得了一些科普常识，萌生了探究世界的好奇心，潜移默化地养成了看世界的视角。这是曾经的“大家”读“大家”的历史。我们常与一些作家、批评家同人闲聊，谈起为科普知识，一些科学家绞尽脑汁地为非专业读者写书但并不成功的例子，很是感慨。究其缘由，我们猜度，或许就是长期以来我们培养的科学家缺少人文素养的熏陶和写作技巧的训练，理性思维发达，感性思维欠缺，甚而缺少感性的表达方式。没有自己的语言表达方式或者无法表达自己，是很大范围存在的文化危机。多年来文学教育的缺失是原因之一，没有诗和远方，国民整体文学素养凝滞，全社会人文素质缺失，这是当下亟待解决的文化危机。

我们在这样的危机中，心怀拯救危机的理想抱负。百无一用是书生，但书生有书，读书，写书。倘若中国当下杰出的人文学者，首先是一流作家和从事文学研究的专家学者，换一种思维方法和言说方式，重返文学作品的历史现场，用自身心灵的温度和对文学的独特理解来体贴经典，触摸经典，解读经典，或许会奏出不同凡响的音符；在解读经典的同时，呈现自己读书和创作中汲取古今中外文史哲大家写作营养的切身感受，为广大的普通读者提供一种阅读的鲜活经验，如此这般，作者和读者岂不快哉！于是，我们试图由文学阅读开始，约请创作领域里的著名作家和艺术家以及文史哲和艺术学科门类中术业有专攻的优秀学者，分别撰写他们对古今中外名家名著的独特解读，以期与广大的读者诸君携手徜徉于文化圣殿，去浏览和探究中国与世界瑰丽的文化精神遗产。

已经与大家见面的丛书第一辑，是一批当代著名作家的读书笔记或讲稿的结集。无疑，文学是文化最重要的基石，一个国家和民族可以缺少面包，但是不能没有文学的滋养。文学作为人们日常精神生活不可或缺的人文营养补给，是人之生存和持续发展的精神食粮。作为专家的文学教授对古今中外名著的解读固然很重要，但是，在创作第一线的作家们对名著的解读似乎更接地气，更能形象生动地感染普通的读者，这就是我们首先推出当代著名作家读经典文本的原因所在。

如今，许多大学的文学院或中文系都相继邀请了一批知名作家进入教学科研领域，打破了“中文系不是培养作家的摇篮”的学科魔咒。在大学里的作家并非只是学校的“花瓶”，他们进入课堂的功能何在？他们会在什么层面上改变文学教育的现状？他们对于大学人文教育又有什么样的意义？这些都是绕不过去的问题。其实，这是中国现代大学的一个传统，许多我们熟悉的现代文学大家同时也是著名大学的教授。这一传统在新世纪得以赓续。十年前复旦大学中文系邀请王安忆做创作专业教授的时候就开始尝试曾经行之有效的文学教育模式。近些年许多大学聘任驻校作家：北京师范大学成立了由诺贝尔文学奖得主莫言主持的国际写作中心，苏童、欧阳江河等著名作家调入北师大；阎连科、刘震云、王家新等也正式进入中国人民大学的文学殿堂授课；毕飞宇成为南京大学文学院的教授。这都是文学教育进入国民教育序列的明证。

在策划这套丛书的过程中，我们首先做了一个课堂实验，在南京大学请毕飞宇教授开设了一个读书系列讲座，他用自己独特的感受去解读中外名著，效果奇好。毕飞宇的课堂教学意趣盎然、生动入微，看似在娓娓叙述一个作家阅读文本时的独特感知，殊不知，其中却蕴含了一种从形下到形上的哲思。他开讲的第一篇就是我们几代人都在初中课本里读过学过的名作《促织》，这篇被许许多多中学、大学教师嚼烂了的课文，却在他口吐莲花的叙述中化作了一道独特的绚丽彩虹，讲稿甫一推出，就在互联网上广泛传播。仔细想来，这样的文本解读不就是替代了我们大中小学师生们都十分头疼的写作课的功能吗？不就是最好的文学鉴赏课吗？我们的很多专业教师之所以达不到这样的教学效果，最根本的原因就是他们只有生搬硬套的“文学原理”，而没有实践性的创作经验，敏悟的感性不足，空洞的理性有余，这显然是不能打动和说服学生的。反观作为作家的毕飞宇教授的作品分析，更具有形下的感悟与细节分析能力，在上升到形上的理论层面时，也不用生硬的理论术语概括，而是用具有毛茸茸质感的生动鲜活的生活语言解剖经典，在给读者审美愉悦的同时达到人文素养的教化之目的。这就是我们希望在创作第一线的作家也来“操刀解牛”的缘由。

“大家读大家”第一辑的作者，都是文学领域的著名作家。马原执教于同济大学，他在课堂上解读外国作家经典，讲稿出版后深受广大读者的欢迎。因为体例原因，王安忆老师的书稿由人民文学出版社另行出版了。哈佛荣休教授李欧梵先生，因学术的盛名，而使读者忽视了他的小说家、散文家的身份。李欧梵教授在文学之外，在电影、音乐艺术领域均有极高的造诣，其文字表达兼具知性与感性。收录在丛书中的这本书，谈文学与电影，别开生面。张炜从九十年代开始就出版了多种谈中国古典文学、中国现代文学、外国文学（尤其是俄罗斯文学）的读书笔记，他融通古今，像融入野地一样融入经典之中，学识与才情兼备。才华横溢的苏童，不仅是小说高手，他对中外小说的解读细致入微，以文学的方式解读文学，读书笔记如同他的小说和散文一样充满了诗性。叶兆言在文坛崭露头角之时，就是公认的学者型作家，即便置于专业人士之中，他也是饱学之士。叶兆言在解读作家作品时的学养、识见以及始终弥漫着的书卷气令人钦佩。王家新既是著名诗人，亦是研究国外诗歌的著名学者，他用论文和诗歌两种形式解读国外诗人，将学识、情怀与诗性融为一体。我们这些简单的评点，赢得了读者的认同。我们将陆续推出当今著名作家解读中外大作家的系列之作，以弥补文学阅读中理性分析有余而感性分析不足的遗憾，让更多的普通读者也能通过删繁就简的阅读引导走进文学的殿堂。

“大家读大家”丛书第二辑，收录了夏志清、王德威、白先勇、宇文所安、孙康宜、胡晓真、田晓菲、张小虹几位大家的书稿。无论是作家、学者，还是学者兼作家，他们几乎都是文章高手。用英文写作的宇文所安，是海外研究中国文学的大家，在他即将从哈佛大学荣休之际，出版他的大作，也是向他致敬的一种方式。值得注意的是，白先勇先生、胡晓真女士、张小虹女士，他们或有祖国宝岛台湾的生活经历，或长期在台湾的研究机构和大学从事教学研究，用一样的母语写作，但有不完全一样的表达。彼岸学者、作家的阅读经验和修辞方式，自然而然丰富了我们的表达。夏志清、王德威、孙康宜（她的部分文章是英文撰写）、田晓菲兼具中国文化和西方文化的背景，他们的阅读和写作，为我们提供了多元文化背景的参照。无疑，不少从事文学研究的学者也擅长生动的语言表达，他们对中外著名作家作品的解读、对其在文学史上的定位更有学术的权威性，这类大家读大家同样是重要的。但我们和广大读者一样，希望看到的是他们脱下学术的外衣，放下学理的身段，用文学的语言来生动地讲解中外文学史上的名人名篇。

“大家读大家”丛书第三辑，内容集中在外国文学。在解读世界文学名人名篇之时，我们不但约请学有专攻的外国文学的专家学者执牛耳，还将倚重一批著名的翻译大家担当评价和解读名家名作的工作。把他们请进这个大舞台，无疑是给这套丛书增添了一道亮丽的风景线。新文学百年来翻译的外国作家作品可谓汗牛充栋，但是，我们的普通阅读者由于缺乏历史背景知识，很难读懂那些皇皇的世界名著所表达的人文思想内涵。在茫茫译海中，人们究竟从中汲取到了多少人文主义的营养呢？抱着传播世界精神文化遗产之目的，我们在“大家读大家”丛书里将这一模块作为一个重头戏来打造，有一批重量级的学者和翻译大家做后盾，我们对此充满信心。

“大家读大家”第四辑，又成为中国著名作家言说经典的阵地，《隐匿的大师》是铁凝漫谈文学与艺术的散文随笔集，分为读人、读书、读画、读世四辑。“读人”述及作者与杨绛、孙犁、马识途、徐光耀、大江健三郎等前辈的交往，情真意切；作者分享了林风眠、丰子恺、汪曾祺等名家对她艺术与人生的滋养，娓娓道来。“读书”回顾铁凝自身的创作经验，涉及《哦，香雪》《笨花》《永远有多远》等小说名篇，同时也探讨了作家的责任感、创作的驱动力等相关文学理念。“读画”既深情回忆了一批中国画家，如张德育等对作者的艺术熏陶，又一针见血地评论了勃鲁盖尔、弗美尔、库尔贝、列宾、米勒、莫奈、雷诺阿、埃贡·席勒、夏加尔、霍珀、怀斯的绘画名作，鉴赏分析往往带有独特的女性视角，令人颇受启发。“读世”结集作者早年写作的随笔散文，从论人到论世，深具哲理性。阅读这本《隐匿的大师》，读者既可以与这些大师产生共情与共鸣，又能深切体会到文学与艺术点亮人生幽暗的意蕴。

《作家们的作家》是阎连科的文学阅读札记，全书分五辑，涉及拉美文学、俄苏文学、欧美文学、亚非文学等多个主题。在当代作家中，阎连科对外国文学的接受颇具代表性，他不断汲取经验并形成独立的文学风格。在本书中，他作为领读人，与读者分享“经典之美”：《变形记》《百年孤独》《这里的黎明静悄悄》《伊豆的舞女》《我的名字叫红》《我的米海尔》……他以小说家的视角回顾自己的阅读之路，深入浅出，讲述文学经典如何被一代代创作、解读、传承。

《文明的边界》是格非对十九世纪中叶至二十世纪的三位作家罗伯特·穆齐尔、志贺直哉与麦尔维尔的文学评论集，主要讨论了穆齐尔的《没有个性的人》、志贺直哉的《暗夜行路》以及麦尔维尔的《白鲸》等几部作品。他们是来自欧洲、亚洲、美洲不同地域的作家，生活在不同社会或时空关系中，但他们的生活和写作活动，却形成了令人不可思议的亲缘性。他们都是从传统自然过渡到现代文明的居间者，在试探文明的边界之路上踽踽独行，以各具神采的作品，为人类和文明的危机发出预警。在他们向未来眺望的目光中，我们身处其间。

《局内人的写作》是李洱的文学阅读笔记。全书分五辑：“读与写”谈论博尔赫斯、加缪、卡佛等对当代文学的启迪；“纪念”追忆巴金、钱谷融、雷达、史铁生等已故名家的文学成就；“相遇”回溯与张炜、格非、梁鸿等当代作家的交往；“由作品说开去”从《红楼梦》等典型文本出发，探讨文学的艺术性、道德感、价值观等基本问题；“对话”是作者与学者、评论家、媒体记者的对谈实录。“我讲述了我对人与事、文学与时代的一些看法，正是那样的一些看法，决定了我为什么会写出那些作品，也决定了作品的成功与失败。”本书是作者文学观、创作观的一次集中呈现，也是一堂高水准的经典文学阅读课。

《大师创造的世界》是读书达人、著名作家邱华栋多年累积、精心遴选的阅读笔记。作为深受世界文学滋养的当代文学名家，邱华栋在本书中将目光聚焦于十九世纪下半叶至今、对世界文学格局产生深刻影响的十数位大家：从乔伊斯、卡夫卡等欧洲现代主义小说大师，到海明威、索尔·贝娄等二战后美国小说巨擘，再到鲁尔福、加西亚·马尔克斯等拉美“文学爆炸”巨匠……他以丰厚广博的阅读为积淀，深入浅出，以抽丝剥茧的方式进行文本细读，细致梳理这些文学大师各异的生命之路与瞩目的文学成就。每篇后附有关于该作家详尽的阅读书目，助益普通读者亲近大师，走进他们的文学世界。

“大家读大家”丛书的策划、写作和出版，是一个长期而艰巨的工程，我们将用毕生的精力去打造它。我们希望这套丛书成为我们国家和民族人文核心素养提升的一个大平台，为普及文学的人文精神开辟一条新的航道。

非常感谢译林出版社和明哲文化公司为“大家读大家”

第四辑所付出的心血，使得本丛书顺利出版，以飨读者。向写作的大家致敬！向阅读的大家致敬！

2021年7月19日修改

作者序

文学大家可怕吗？容易亲近吗？我告诉你，他们一点也不可怕，他们十分亲切，也容易靠近。只要你耐心地走近他们，他们就是非常和蔼的朋友。这些文学大家都建立了各自独特的文学世界，这个世界是那么地丰富多彩，让我们仰慕的时候，也会感到由衷的喜悦和叹服。三十多年来，我通过大量的阅读，发现了很多作家之间互相学习和借鉴，创造性地建立了自己的文学世界，形成了新的文学历史。比如，从卡夫卡到福克纳，再到加西亚·马尔克斯，又到莫言，他们之间就有一个文学上的深切联系。一百多年来，小说的发展五彩纷呈，令人眼花缭乱，构成了人类小说发展的山脊线，构成了小说发展和创新的连续性的、波澜壮阔的画面。

1980年，我十一岁的时候，读到一本没有封皮的外国小说，那还是邻居家大哥推荐给我的："这可是一本很好的小说啊，你好好看看。"

当时，我已经囫囵吞枣地读过了《红楼梦》和《三国演义》，对读书产生了很大兴趣，是见书就要读的。我记得，那本没有封面的书讲述了两个美国普通人的生活悲剧，其中一个是从俄罗斯到美国的犹太人，他是一个雄心勃勃要创造新生活的人，结果却到处碰壁，倒霉透顶，另外一个是意大利移民，他本来要去抢劫那个犹太人的店铺，但后来却开始帮助他了。小说细致地讲述了这两个男人在美国社会里的纠葛和挣扎。小说的语言朴实、幽默，又饱含辛酸感。由于那本书没有封皮和扉页，我一直不知道那是一本什么小说。

十年之后，在武汉大学的图书馆里，我才发现，原来，那本书是美国犹太作家马拉默德所写的《伙计》。这是我最早接触到外国小说的经历。后来，我就经常阅读各类小说，读得是天昏地暗，既读中国古代和现当代小说，也读外国小说，只要是我觉得应该加以留意的，我大体都收藏和阅读，还在报纸上撰写书评。

收录在本书中的文章，都是根据我撰写的书评和读书笔记扩充而成。我就觉得，有必要把这些阅读经验整理出来，和喜欢文学的朋友们分享，让文学大师距离我们更近，也让我们走进文学大家创造的瑰丽和绚烂的世界。

目 录

辑一

欧洲现代主义小说大师

马塞尔·普鲁斯特：意识的绵延

（1871—1922）

一

法国诗人法尔格在谈到马塞尔·普鲁斯特的时候是这么说的：

> 看上去，他远离阳光和空气而生存，活像一个隐士，长期蛰居在他那座橡木小屋里，他的脸上现出某种焦虑的神情，似乎一股悲伤之情正在逐渐平息，他全身都蕴含着苦涩的善良和仁慈。

可能对于大部分读者来说，马塞尔·普鲁斯特是一个阅读的难题。因为他写了一部长度令人畏惧，使人很难耐心读下去的小说。我曾经问过很多朋友——其中有不少都是我的作家同行，是否从头到尾读完了马塞尔·普鲁斯特的《追忆似水年华》（又译为《追寻逝去的时光》），答案是几乎没有一个人读完它。当然，大家都知道他，也大都阅读过这部世界最闻名的小说的至少一部分内容。可见，《追忆似水年华》的长度和密度就像两个难以逾越的鸿沟，阻挡了心态浮躁的人去跨越，同时，也使这部小说继续保持着一种神话般的神秘力量。

马塞尔·普鲁斯特是20世纪法国贡献给人类的伟大小说家。他的《追忆似水年华》已经成为改变人类小说历史的作品。如果说小说史的发展是不断由拐点改变的话，那么，马塞尔·普鲁斯特就是一个站在小说史拐点上的作家，他的《追忆似水年华》就是改变了小说历史的伟大作品，马塞尔·普鲁斯特因此成为20世纪现代小说的先驱之一。我这么说绝不过分。这部分为七个部分、翻译成中文接近二百五十万字的大书，首先，从篇幅上，它就是一个奇迹。它如同一条巨大的河流，将一个时代的全部印象，都化作了个人的、绵密的、厚实的、雕琢的、绵延的、细腻的、忧伤而平静的回忆。这部小说还像一幅无比巨大的花毯，编织了马塞尔·普鲁斯特关于他所在的某个特殊历史时期的全部信息图像。记忆混合着嗅觉、味觉、触觉、听觉、视觉，将那些微不足道和微妙复杂的心理与外部的景象，融汇在一炉里，造就出一本书，一本意境连绵的书。在书里，时间和回忆似乎永远像河水那样流动着，永不停息，记忆因此得以永恒。

一个有雄心的作家，总是想写出一部永恒的伟大之书，一部杰作，它在那里等待作家去完成。一旦完成，它就离开了作者，巨大而耀眼，成为永恒的创造物，成为大家共同欣赏的名著。很多作家都梦想写出这样的作品，可只有很少的作家可以获得上天的青睐，在机缘巧合、天赋和勤奋的共同作用下，最终成为那永恒之物的创造者。

那么，《追忆似水年华》是一部什么小说？是一部长河式的意识流小说？是一部心理现实主义小说？是一部自传体小说？是一部教育和成长小说？是通过内心体验所描绘的社会小说？还是一部带有象征色彩的现代主义小说？我觉得，在这部小说中，上述的判断都可以用来形容它的某种特征。马塞尔·普鲁斯特把这些标签化的特征都统合在一起，创造出一部无论深度还是广度都令人惊异的巨作，一部和他所在的时代紧密相联系的伟大作品。

法国作家安德烈·莫洛亚写道：

> 对于1900年到1950年这一历史时期而言，没有比《追忆似水年华》更值得纪念的长篇小说杰作了……马塞尔·普鲁斯特像同时代的几位哲学家一样，实现了一

场“逆向式的哥白尼革命”，人的精神又重新被安置在天地的中心，小说的目标变成描写精神所反映和歪曲的世界。

安德烈·莫洛亚的评价是相当准确的，不仅说明了这部小说在文学史上的地位，也说明了这部小说的核心贡献：对精神所反映和歪曲的世界的全面呈现。尽管有很多研究者认为，马塞尔·普鲁斯特在写这部小说的时候，更多地受到了当时的心理学哲学的影响，但是，我还是觉得，马塞尔·普鲁斯特个人的某种特质，比如他高度敏感的神经和哮喘病，比如他病态的神经质，喜欢沉溺于想象和回想的生活状态，是他写出这部小说的真正原因。

二

1871年，马塞尔·普鲁斯特出生于巴黎。他出身于一个中产阶级家庭——父亲是巴黎医学界的权威，曾经当过类似卫生部部长的“卫生总监”，母亲则是文化修养与家教都很好的犹太人，与巴黎犹太人所构成的富人阶层有着广泛的联系。因此，这种家庭出身，带给了小马塞尔·普鲁斯特一种特殊而优越的文化背景。但是，马塞尔·普鲁斯特从小就体弱多病，九岁的时候，他就暴发了第一次哮喘，生命垂危。在中学时代，马塞尔·普鲁斯特勤奋好学，对文学、修辞学和哲学都有着浓厚的兴趣和爱好。1890 年，马塞尔·普鲁斯特在巴黎大学听到了著名哲学家柏格森关于人类意识和直觉的心理哲学课程后，受到了影响和启发，并且将这种哲学理念运用到自己早期的写作当中。从此，柏格森的哲学理论就成了他文学写作上的理论支撑，加上他敏感和神经质的天性，造就了一个伟大的、带有稍许病态人格的作家马塞尔·普鲁斯特。

法国作家莫里亚克写道：

> 马塞尔·普鲁斯特的童年期比一般的孩子要长得多。这是一个感情极为脆弱的小男孩，如果临睡前没有妈妈的吻，他连觉都睡不着。临睡前妈妈的吻，以及它给小普鲁斯特带来的苦恼与欣喜，都成为普鲁斯特后来著作中的主题。例如，他早期的一部未完成的小说《让·桑德伊》和后来的鸿篇巨制《追忆似水年华》都是紧紧围绕着这类难忘的回忆展开的。尽管多少做了些渲染与夸张，但无论在普鲁斯特早期的幼稚习作，还是成年之后的鸿篇巨制中，这些回忆都是可信的。在马塞尔·普鲁斯特的著作中，凡是有关普鲁斯特本人，或者

以普鲁斯特为原型的小说主人公的情节，都是有根有据的，绝无虚构成分。

（《马塞尔·普鲁斯特》第一章）

莫里亚克的这段话是我们进入马塞尔·普鲁斯特世界最好的说明。

1896年，二十五岁的马塞尔·普鲁斯特出版了自己早期所写的短篇故事和随笔集《欢乐与时日》，并开始写作自己的第一部长篇小说《让·桑德伊》。这部小说一直到1952年他逝世三十年之后，才被发现草稿，并且于同年出版。但是，《让·桑德伊》更像是马塞尔·普鲁斯特的一部草稿，一部习作，它也是一部带有自传体特征的小说，描绘的是他童年时代的种种感受，和关于少年时代的回忆。但是，明显地带有故事的片段和人物的素描特征。可能马塞尔·普鲁斯特觉得这部小说十分稚嫩，因此一直没有出版它，而是将这部小说中那些大胆实验的写作技巧和整体的内容，全部用到了《追忆似水年华》里。1904年和1906年，他出版了两部翻译自英国作家的译作——《亚眠的圣经》和《芝麻与百合》，1905年，他母亲的去世可能是影响他一生最大的事件，严重依赖母亲的他开始了自我反省，自1908年起，他还开始构思和写作一生唯一的一本文学评论著作《驳圣伯夫》，这本书也是在他死后作为手稿被发现，并于1953年出版。1909年之后，马塞尔·普鲁斯特将短暂一生所剩下的所有时间，都投入到了《追忆似水年华》的写作当中，一直到1922年去世，这部书终于完成了。

一部伟大的书总有自己独特的命运。1913年，《追忆似水年华》第一卷《在斯万家那边》在遭遇出版商的纷纷退稿之后，不得不由马塞尔·普鲁斯特自费出版。这是因为他把最开始的三卷手稿交给了巴黎的一些出版商，出版商根本就意识不到这部小说的价值，而是在他有意为之的大量词汇上都画上了表明语法错误的符号，使得马塞尔·普鲁斯特一气之下，拿回了书稿自费出版。有一个编辑在审读报告中写道："有个人患了失眠症。他在床上翻来覆去，睡意蒙眬间，昔日的印象和幻象浮上心头，这里面有些就是写他小时候与父母亲住在贡布雷时如何深更半夜还难以入睡。老天爷！写了十七页！有个句子居然有四十四行！"

但是，马塞尔·普鲁斯特显然对自己的这部作品很自信，他并不过分沮丧，坚持要让它问世，哪怕采取自费的形式。小说的第一卷《在斯万家那边》出版之后，完全没有引起巴黎评论界的注意。一直到第一次世界大战结束的1918年，马塞尔·普鲁斯特才出版了第二卷《在少女们身边》。这一卷在1919年获得了法国龚古尔文学奖，大家才突然注意起他，马塞尔·普鲁斯特声名鹊起了，大家也逐渐地意识到，马塞尔·普鲁斯特可能带给了他们一个全新的文学世界。后来，对他小说的关注和好评开始与日俱增。到1922年他去世之前，第三卷《盖尔芒特家那边》和第四卷《所多玛与蛾摩拉》也出版了。马塞尔·普鲁斯特去世之后，小说继续获得了很高的评价和持续的追捧，小说的第五卷《女囚》、第六卷《女逃亡者》、第七卷《重现的时光》一直到1928年才出齐，形成了小说的整体规模。随着时光的流逝，人们发现20世纪的一部无法绕开的杰作，就这么悄悄地诞生了。

让我们来看看这部小说最初诞生的那一刻。如同宇宙起源于大爆炸的奇点上，任何一部小说的写作，都有灵光一闪的一个触发点。1909年的某一天，马塞尔·普鲁斯特和平时一样，在喝茶和吃面包的时候，忽然，他通过舌头感觉到了过去记忆里的味觉和触觉，于是，一扇记忆的大门猛然被打开了，过往所有的生活，包括那些花边一样复杂精致的细节，伴随着细腻而生动的感觉，全部在他的记忆里复活。他感觉自己找到写作《追忆似水年华》的办法了。自此，他就一发不可收拾地开始了这部小说的写作。我甚至可以想象得出，那个品尝面包和茶水的一刻，全部的《追忆似水年华》是同时涌现在马塞尔·普鲁斯特的脑海的。这很像加西亚·马尔克斯苦苦寻找《百年孤独》的开头，直到他终于找到了那个包含了过去、现在和未来全部时间的著名开头的一刻，于是，整部小说也就同时出现在了加西亚·马尔克斯的脑海里。

在那一刻之后，剩下的工作就很好办了，只需要去记录和整理那些已经蜂拥出现在脑子里的东西就可以了。小说的写作，有时候是需要天启和某种神秘力量的。对于有准备的、创造性的、不甘于平庸的作家，更是如此。马塞尔·普鲁斯特和加西亚·马尔克斯各自找到了自己的那一刻，于是，20世纪两部伟大的小说就这样诞生了。

三

那么，《追忆似水年华》写的是一个什么样的故事——假如所有的小说都讲了一个故事？这部小说，有没有相应的时代背景、人物形象和事件起始呢？这些，在《追忆似水年华》里全都有，只不过马塞尔·普鲁斯特所运用的叙述手段不是一种线性的时间叙述，而是在大致线性的时间叙述当中，不断地以跳跃、回旋、补充和折返来修正他对时间的感觉，同时，事件和人物也以不断变换角度重新讲述的方式，使读者可以逐渐地拼贴出全貌。《追忆似水年华》这部小说叙述的年代，往前，可以延伸到1840年，向后则到1918年第一次世界大战结束。小说所涉及的人物有二百多个，小说的主角，不妨看成是作家马塞尔·普鲁斯特本人和他创造的一个自我分身的混合体——那个小说中的马塞尔，既是他自己又不是他自己。在小说中，叙述者马塞尔从儿时开始，最后终于成长为一个小说家。小说所叙述的人物和事件总是反反复复出现，如同不断地变换时间的刻度。小说的情节并不连贯，人物也不是按照顺序出场，而是不断、反复地出现在小说中，并且互相映衬。小说叙述的地理范围，是从法国的博斯小城伊利埃开始的，因为小马塞尔过去经常在那里度假。小说所涉及的主要人物，一部分是叙述者的亲戚：父母亲、弟弟、叔叔和舅舅、姨妈和婶婶，还有很多小城乡下的邻居和村民。另外一部分，则是巴黎的中上层人士，包括了叙述者的一些中学和大学的同学、他父亲的朋友们和母亲的犹太富人朋友的社交圈子，由此，这两组人物关系的链条不断地延伸和扩大，在小说中像涟漪一样一圈圈地扩展开来，从而构成了19世纪末到20世纪初期的法国从巴黎到外省乡下各色人等的全景画廊，也确立了小说的历史学、社会学和人类文化学的价值。

在很长一段时期里，我都是早早地躺下了。有时候，蜡烛才灭，我的眼皮儿随即合上，都来不及咕哝一句：“我要睡着了。”半小时之后，我才想到应该睡觉；

这么一想，我反倒清醒过来。

这是小说第一卷《在斯万家那边》的第一句话。由此，叙述者开始了漫长的回忆。《在斯万家那边》这一卷分为三个部分，第一个部分“贡布雷”中，叙述者开始回忆他住过的各个房间，然后，就开始追忆他在贡布雷所度过的童年生活，细腻回味对母亲的爱。在这一卷中，最有名的篇章，是叙述者因小玛德莱娜蛋糕的味道所引发的回忆那一段，确立了最显著的马塞尔·普鲁斯特式的语言风格。由此，通过叙述者内心独白式的叙述，他在贡布雷的生活，以及当地的社会习俗、居民与自然景物，一一浮现，包括叙述者第一次见到斯万先生，以及盖尔芒特公爵夫人的出场。叙述者追忆完这些记忆之后，在一个早晨醒了过来，第一部分就结束了。第二部分是“斯万之恋”，在这一部分里，叙述者多少隐匿起自己的主观身份，而是以旁观者的身份来讲述：在叙述者认识斯万之前，斯万就进入了巴黎上流社会的社交圈子，还爱上了引荐他进入那个贵族和资产阶级上层圈子的女子奥黛特，但是，奥黛特青睐的却是另外一个男人。结果，斯万先生就非常嫉妒，也深受煎熬。后来，斯万被排挤出那个上层社会小圈子，他也逐渐远离了那段无望的爱情。在小说第一卷的第三个部分“地方的名称：名称”中，叙述者又重新活跃起来，继续变得全知全能，他继续回想着自己的少年时光，并且将这种回忆由贡布雷的生活延伸到了巴黎的香榭丽舍大街边的公园里。在那里，叙述者爱上了斯万先生的女儿吉尔贝特·斯万。最后，小说以林园自然风景引发的回忆结束。

我在读《追忆似水年华》的时候，感觉它的叙述语调似乎一直没有变化，它是缓慢的，有节奏的，绵长的，无穷无尽的。马塞尔·普鲁斯特似乎特别喜欢运用长句子，以这些长句子达到对回忆最精确的描述。最长的句子出现在小说的第五卷，以“从实实在在的、崭新的座椅之间，梦幻般地冒出沙龙、玫瑰红丝绒面的小椅子以及提花毯面的赌台……”开始，这个句子，翻译成汉语在一千字左右——读者可以去查阅一下，可见其句子之长和小说之长的某种暗合的关系。马塞尔·普鲁斯特还不喜欢规范地运用一些标点符号，而是尊崇口语的多变和中断、书面语的复杂句法，以及没有表达完全的那种含蓄感。因此，一种语调贯穿着小说的始终，就是因为叙述者是在用内心独白——也可以叫意识流——的方法在讲述。

这部小说的第二卷《在少女们身边》则继续了这种追忆风格。这一卷分为两个部分，第一部分“在斯万夫人周围”，叙述者延续第一卷第三部分的回忆，主要回忆了他对斯万夫妇的女儿吉尔贝特·斯万的追求，以及追求失败的种种心绪。其间，还交代了叙述者和斯万夫人周围的一些上层知识分子交往的细节。在第二个部分“地方的名称：地方”中，叙述者笔锋一转，开始回忆起和外婆一起去海滨度假的情景，由此，他认识了外婆过去的老同学——一个侯爵夫人，以及这个夫人的后辈亲戚，叙述者还认识了一个画家和画家的一些女朋友。叙述者试图亲吻其中一个叫作阿尔贝蒂娜·西莫内的女子，但是，被她拒绝了。小说的这个部分是最出彩的，对时光和岁月的留恋，对女性世界的观察，对情爱心理的展现，对人物无以复加的生动和细腻的描绘，以及所运用语言的繁复和优美，在这个章节里毕现无遗，马塞尔·普鲁斯特的美学风格进一步得到了确认。

《盖尔芒特家那边》是小说的第三卷，这一卷分成两个部分，第一部分详细叙述了主人公和邻居盖尔芒特公爵夫人的隐秘激情：叙述者试图靠近盖尔芒特夫人，但是，他只能去接近她的外甥，采取一个迂回接近的方式。由此，叙述者开始进入一个资产阶级上流社会的社交圈，认识了各色人等，并发现人类关系组成的奥秘。在第二部分当中，叙述者的外婆去世了，叙述者陷入悲哀当中。而那个叙述者曾经追求过的女子阿尔贝蒂娜·西莫内来到了巴黎，她专门来看望叙述者，也就是小说的主人公，此时，她已经改变了对叙述者的看法，没有再拒绝叙述者——对她的一次亲吻。随后，小说继续叙述主人公参加盖尔芒特公爵夫人家的社交活动，并且在那些社交场合认识了更多的人。在这一部分的结尾，在盖尔芒特公爵夫人举办的一个沙龙上，斯万先生说自己已经病入膏肓，但是，听到的人却没有什么反应，大家并不为之动容，这使叙述者体验到一种极其复杂的感受。

小说的第四卷《所多玛与蛾摩拉》，从卷名上就可以判断，这一卷的主题是关于性、爱情和罪恶的。我们知道，在《圣经》中，所多玛和蛾摩拉是两座罪恶之城，它们的居民陷入乱伦和罪恶中不能自拔，最后被发怒的上帝所摧毁了。《所多玛与蛾摩拉》这一卷分为两个部分，在第一部分中，叙述者发现了一个秘密：夏吕斯先生是一个同性恋，他的同性恋对象是裁缝朱皮安。由此，叙述者产生了一种不舒服的感觉，因为他对同性恋持一种审慎的批评和不接受的态度。小说在这个部分点题了，对卷名的含义做了阐释。在第二部分中，叙述者又回到了自身，讲述他和阿尔贝蒂娜·西莫内的交往，以及对她的各种揣测和仔细的琢磨，发现的她一些反常的表现。这导致叙述者非常焦虑，他内心充满矛盾和嫉妒，因为，阿尔贝蒂娜·西莫内并不能够确定自己是否真的爱他，他也感觉到了这一点。当他最终想放弃对西莫内的追求时，西莫内又通过谈论其他女孩子，引发了叙述者的嫉妒，最后叙述者决定带阿尔贝蒂娜·西莫内回到巴黎，向自己的母亲宣布，他要向阿尔贝蒂娜·西莫内求婚。这个部分，马塞尔·普鲁斯特描绘了人对于情感的耻感和罪感，其深度令人惊叹。

第五卷《女囚》，则继续讲述叙述者本人的爱情遭遇：阿尔贝蒂娜·西莫内和他回到了巴黎，并且住在他的寓所里。他既在感情上囚禁阿尔贝蒂娜·西莫内，又在行动上监视她，企图约束她。可是，当她在身边时，作为一个想当作家、喜欢孤独的人，叙述者又感到了无端的烦躁，感到两个人在一起并不舒服——这很容易使我联想起卡夫卡几次失败的爱情。而阿尔贝蒂娜·西莫内只要想出去参加交际活动，叙述者就感到不安和嫉妒，这导致他们不断地争吵，直到有一天，当叙述者外出，在进行了激烈的思想斗争之后，决定和西莫内分手，他回到家中，却发现她已经出走了。这一卷名为“女囚”，讲述的就是一个男人想用爱情来囚禁一个女人的最终不可能。

在《追忆似水年华》的第六卷《女逃亡者》中，继续讲述叙述者的爱情。叙述者很快就后悔于他和阿尔贝蒂娜·西莫内那次要命的争吵，想让她重新回到自己的身边，并且通过朋友传递了他想和好的迫切愿望。但是，等到阿尔贝蒂娜·西莫内决定回到他身边的时候，他又有些后悔了，因为，一个女人将给他带来好和不好的所有的东西。小说将人在两难的尴尬境地里的状态描述得相当逼真。那么，最终怎么办？小说自然有解决的办法：就在这个时候，西莫内在一次骑马中掉下来，摔死了。于是，问题解决了，但是叙述者立即陷入了悲痛和难过，他又开始回忆和西莫内的所有交往，并且开始了解女友过去的生活。但是，他发现，西莫内竟然是一个同性恋。叙述者因为这个发现减轻了内心的负罪感，他又开始追求一个新的姑娘，这个姑娘就是很久以前他曾经喜欢过的吉尔贝特·斯万，斯万夫妇的女儿。但是，此时的吉尔贝特·斯万已经准备嫁给罗贝尔·圣卢先生了。

于是，到小说的第七卷《重现的时光》，就要将小说所涉及的主要人物的命运，做一个最终的交代了：叙述者一心想当作家，但是，他一直对自己信心不足，因为他发现，写作和具体的生活距离过于接近了，他必须要找到自己信赖的，同时可以婉转地描绘生活的某种文学形式。在第一次世界大战结束之后，叙述者从外省疗养院回到了巴黎，重新加入了以维尔迪兰夫妇家为中心的巴黎上流社会社交圈。这个时候，他发现，巴黎的一切都已经物是人非了。斯万先生当年爱过的女子奥黛特，成了盖尔芒特公爵的情妇，而吉尔贝特·斯万的丈夫圣卢此时在战场上阵亡了。在维尔迪兰夫妇的沙龙上，吉尔贝特·斯万向叙述者介绍自己的女儿。她女儿已经十六岁了，而斯万家族和盖尔芒特两大家族的血脉，在这个十六岁的女孩子身上汇聚到了一起。就是在这个时候，面对眼前的青春少女，叙述者马塞尔感到了时间神秘而巨大的力量，他突然决定，他要像盖一座宏伟的教堂那样，来写一本书，将这个由亲戚和朋友、爱情和血缘、家族与联姻、战争和动乱以及迅速变化的社会各个阶层的全部关系，都写到一本书里。最后，他完成了这本书，这本书，就是读者刚刚读完的《追忆似水年华》。

这就是《追忆似水年华》七卷本所讲述的主要故事情节。我在前面说了，小说的叙述语调令人惊异地一以贯之，并没有太大的变化，平缓、亲切、深沉，故事情节都分散在不同的时间段里，叙述者并没有按照时间的顺序来讲述，而是不断地向前叙述，又不断地向后迂回。最后，小说的结尾和开头呼应，达成了这个回忆性长篇小说首尾相连的封闭的结构空间，形成了教堂一样外观宏伟、内部精雕细刻的风格。

在这部小说诞生之前，还从来没有哪一部小说仅仅依靠内心独白——意识流，就推动了全部故事情节的发展，推动了全部人物的塑造，最后结构成一部庞大的叙述体的文学编织物。我有时候觉得，这部小说太像一面巨大的花毯了，在这面花毯上，各色花纹、图案、人物、风景、故事，都是同时涌现在你眼前的，它是平面的，无限广大的，向四周延伸开来，成为一个消逝的时代的佐证。而编织这面花毯的，却正是马塞尔·普鲁斯特，这个敏感的、病态的、神经质的哮喘病人。

四

关于如何写作长篇小说，马塞尔·普鲁斯特在接受访问的时候曾经说：

> 我们既有平面几何，也有立体几何，后者是关于两维和三维空间的几何。那么，对于我而言，长篇小说并不意味着只是平面的（简单的）心理学而是时间的心理学著作。它是那种我试图隔离的、看不见的时间物质，而且，它意味着试验必须持续一个很长的时期。我希望不要以某种不重要的社会事件作为我的书的结尾，比如两个人物之间的婚姻，他们在第一卷里属于完全不同的社会阶层。这将意味着时间在流逝，披上了凡尔赛宫里的铸像上可以看到的那种美丽和铜绿，那是时间逐渐给它镀上的一个翠绿色的保护层。

在这一段话里，马塞尔·普鲁斯特已经完全地表达了他对长篇小说写作的观念。小说就是时间的艺术，写作小说，就是如何处理小说中的时间，处理人感觉到的意识、心理和记忆所构成的时间。同时，小说还是空间的艺术，一方面，小说中的人物在一定的空间里活动，小说自身还构成了一个由时间的维度所确定的空间。这个时间和空间，在马塞尔·普鲁斯特的笔下成为不断绵延的叙述的河流、词语的河流，一条由一百五十万个法语单词、二百五十万个汉字构成的长河。

马塞尔·普鲁斯特的这部《追忆似水年华》主要由回忆构成片段，又由连绵的无意识回想和内心独白来完成。这部小说深深地进入人的内心宇宙，将一个个体生命所经历的时代的全部记忆，都化作内心时间的流动来展现出来。马塞尔·普鲁斯特的这部小说如果与巴尔扎克所创造的《人间喜剧》系列相比，在表现外部的社会现实方面似乎是狭窄的，但是，这种狭窄实际上是一种假象。马塞尔·普鲁斯特向内心的深渊、大河和宇宙走去，在那里，他发现了巨大的暗河和地下之海，那就是人的意识，人的内心的声音。他沿着内心的河流向那个未知的黑暗走过去，带给了我们他发现的深藏在人类内心的一切。于是，马塞尔·普鲁斯特就这样在私人的生活领域与有限的社会风景之间，来回编织和穿越，给我们描绘了那个时代人的心理肖像和社会肖像。

马塞尔·普鲁斯特肯定已经写出了一部足以和人类文学史上最伟大的作品相媲美的作品，比如，《追忆似水年华》完全可以和希腊罗马神话、莎士比亚的戏剧、巴尔扎克的小说世界、《红楼梦》相媲美。英国评论家雷蒙德·莫蒂默有一段话评价马塞尔·普鲁斯特，他是这么说的：

> 没有一位小说家所描写的人物能比马塞尔·普鲁斯特带给我们的真实感更强，而且，我们对于马塞尔·普鲁斯特笔下的主人公的了解比任何其他小说中的人物要多得多。仅仅凭借这个理由，我认为，他是（人类）无可匹敌的最出色的作家。

阅读书目：

《驳圣伯夫》，王道乾译，百花洲文艺出版社 1992 年 9 月版；

《普鲁斯特》，克洛德·莫里亚克著，许崇山等译，中国社会科学出版社 1989 年 5 月版；

《普鲁斯特和小说》，迪埃塔著，桂裕芳等译，上海译文出版社 1992 年 8 月版；

《普鲁斯特论》，塞·贝克特等著，沈睿等译，社会科学文献出版社 1999 年 1 月版；

《普鲁斯特随笔集》，张小鲁译，海天出版社 1993 年 9 月版；

《普鲁斯特与符号》，吉尔·德勒兹著，姜宇辉译，上海译文出版社 2008 年 4 月版；

《我们都爱普鲁斯特——28 位英美作家解读〈追寻逝去的时光〉》，安德烈·艾西蒙编，河西译，上海三联书店 2010 年 10 月版；

《追寻逝去的时光》第二卷《在少女花影下》（插图本），周克希译，人民文学出版社 2010 年 6 月版；

《追寻逝去的时光》第五卷《女囚》，周克希译，华东师范大学出版社 2012 年 11 月版；

《追寻逝去的时光》第一卷《去斯万家那边》（插图本），周克希译，人民文学出版社 2010 年 6 月版；

《追寻逝去的时光》第一卷《去斯万家那边》，周克希译，上海译文出版社 2004 年 5 月版；

《追忆似水年华》（七卷本），李恒基等译，译林出版社 1989 年 6 月版；

《追忆似水年华》第二卷《在花季少女倩影下》，徐和瑾译，译林出版社 2010 年 4 月版；

《追忆似水年华》第三卷《盖尔芒特那边》，徐和瑾译，译林出版社 2011 年 4 月版；

《追忆似水年华》第一卷《在斯万家这边》，徐和瑾译，译林出版社 2005 年 4 月版；

《追忆似水年华之前：普鲁斯特之夏》，热内·培德著，郭晓蕾译，人民文学出版社 2008 年 1 月版。

弗吉尼亚·伍尔芙：意识的波浪

（1882—1941）

一

我似乎依旧能看见这样一个场景：弗吉尼亚·伍尔芙的衣服口袋里装满了用于自沉而增加重量的石头，这使她的背影看上去沉着而怪异。她缓慢地向一条河的中心走过去。一开始，河水显得很湍急，枯叶在漩涡里急速地翻转。而越往河流的中间走，河水似乎越来越平静了。就这样，一个坚毅的女人的背影离开了岸，她缓慢地让河水淹没了自己的腰和肩膀，然后，仿佛突然一沉，她一下子就在河流中消失不见了。

这是我对弗吉尼亚·伍尔芙自杀时候的想象图景。后来，电影《时时刻刻》以画面的形式间接地证实了我的这一幕想象。

在20世纪乃至全人类的小说史中，弗吉尼亚·伍尔芙都是一个非常重要的作家。她在文学写作中的勇敢实验和开拓精神，至少使得小说的内涵和边界都扩大了。在20世纪初期，仿佛是石破天惊，小说史和小说艺术的表现形式发生了突变，产生了一个重要的拐点，在这个突变的拐点上，有几个作家起到了决定性的作用：马塞尔·普鲁斯特、弗兰茨·卡夫卡、詹姆斯·乔伊斯和弗吉尼亚·伍尔芙。这四个文学大师就像航标和路灯一样，照亮了小说前进的道路，他们也像醒目的巨大山峰一样，在20世纪以来的百年文学历程中熠熠生辉，放射着令人炫目的光芒。

弗吉尼亚·伍尔芙本名雷斯利·弗吉尼亚·斯蒂芬，1882年出生于英国伦敦的一个知识分子家庭，她的家族几代都是书香门第和达官显宦，父亲雷斯利·斯蒂芬爵士是著名的文学批评家、作家和出版家，学识渊博，他写过《18世纪英国思想史》，主编过《国家名人大辞典》，因此家庭藏书丰富。他的第一个妻子是写过著名的小说《名利场》的作家萨克雷的女儿玛丽亚·萨克雷，但她在1875年因病去世，三年后雷斯利·斯蒂芬爵士又迎娶了一位温柔贤淑的寡妇朱丽娅，朱丽娅就是弗吉尼亚·伍尔芙的生母。弗吉尼亚·伍尔芙的父母亲很喜欢举办家庭聚会，因此，尽管弗吉尼亚·伍尔芙从未上过学，但是在父母亲的影响和熏陶下，她从小就对文学特别地感兴趣。当父亲给病恹恹的女儿打开了自己丰富无比的藏书库的时候，他就已经开始造就一个后来的杰出作家了。弗吉尼亚就在父母亲的指导下，开始了对书籍的阅读和对人生的体察。不过，很快，几次死亡离别发生在了弗吉尼亚·伍尔芙的生活中：1895 年，她挚爱的母亲去世了，1904 年，在她二十二岁的时候，她最依赖的父亲也去世了。双亲的亡故对她的打击非常大，使她产生了持续的精神紧张，头痛、抑郁，甚至出现了精神崩溃的前兆——这也给她后来精神崩溃埋下了隐患。她决心要成为父母亲希望她成为的那种人——一个作家。在伦敦的布卢姆斯伯里区她的新住处，她继续着父母亲养成的家庭聚会习惯，在她家中，经常聚集着一群伦敦的文学艺术家、画家、史学家和文化学者，这些人包括了小说家福斯特、经济学家约翰·凯恩斯等著名人物，逐渐形成了一个以弗吉尼亚·伍尔芙为核心的松散的文化小圈子，他们在一起切磋技艺，互相影响，形成了英国文学史上很有名的小团体：布卢姆斯伯里集团。1912 年，弗吉尼亚·伍尔芙和伦纳德·伍尔芙先生结婚，这给她的生活带来了稳定感，他们一起开办出版社，在 1927 年之前她所有著作都是自己出版的，因此，她觉得自己是英国最自由的作家，“想写什么就写什么”。她对男女性爱很冷淡，也不喜欢生育，这两点她的丈夫都接受了。在写作过程中，精神上的抑郁一直包围着她，最终，到1941年3月28日，弗吉尼亚·伍尔芙因为越来越严重的神经官能症的困扰而投河自尽。她在给丈夫的遗书中写道：

最亲爱的：

我确信我又要疯了。我感到我们不可能再经受住又一个可怕的精神崩溃时期。而这一次，我再也不会复原了。我开始耳鸣，思想不能集中。因此，我将要采取一个似乎是最为恰当的行动了……我想要说，是你给了我一生的幸福……我再也不浪费你的生命了。我想，再也没有两个人会比我们更幸福的了。

二

弗吉尼亚·伍尔芙是20世纪最风格化的小说家之一。阅读她的作品，不用看名字，只要一看小说的语调、叙述的节奏和对人的意识的描绘以及背后的时代感，就可以判断出是她的作品。那么，她又是怎么形成自己小说观的呢？她的小说观包括了哪些内容呢？这是我特别关心的。弗吉尼亚·伍尔芙认为，人生的经历就是“头脑接受无数个印象——琐碎的、奇特的、稍纵即逝的，或者用锋利的钢刀镌刻的。它们来自四面八方，犹如不计其数的原子纷纷地坠落下来”。这就形成了她文学写作的一个核心观念——志在描绘那些微妙、短暂和复杂的心理感觉与印象。她创作的九部长篇小说和所有的短篇小说，都强调了自己的主观感受，并以意识流动和内心独白的语言流，来结构小说，推动情节的发展。我可以判断，柏格森“内心生活中的绵延”的哲学理论显而易见地影响了她，但是，在书写文学文本的时候，弗吉尼亚·伍尔芙对意识流动和内心的绵延有自己的创造：自由联想打破了时空的间隔，将人生和历史压缩到一瞬，又拉长到永恒的长度；印象派画家式的斑驳和音乐式的旋律一直在她的小说中浮现，构成了诗化、音乐化和绘画风格的语言意识流。

不过，弗吉尼亚·伍尔芙寻找到自己独特的写作风格，也是经历了一个逐渐演变的过程的。我们来看看她的主要小说吧：1915年，三十三岁的弗吉尼亚·伍尔芙出版了自己的第一部长篇小说《远航》，1919年，她又出版了第二部长篇小说《夜与日》。这两部长篇小说是弗吉尼亚·伍尔芙早期的、风格还比较传统的作品。小说《远航》的故事开始于伦敦，写的是一对夫妇乘坐朋友的轮船前往南美旅行的故事。后来，这对夫妇将船主的女儿雷切尔带到了南美洲一个英国人度假的聚集区。在那里，小说的真正主角雷切尔姑娘见识了各种各样的海外英国人，他们个性鲜明，以彼此形成的复杂关系成为成长中的雷切尔眼睛中的人生象征。小说最后以悲剧告终：雷切尔爱上了一个英国男青年，但是，她没有来得及体验随后的幸福，就因感染了传染病而去世。这部小说在景物描写和人物刻画上非常精细准确，既带有绘画风格，还带有浓厚的19世纪英国现实主义小说的风格。小说里出现的人物大部分都以弗吉尼亚·伍尔芙身边的亲人作为原型。我觉得，雷切尔姑娘就是弗吉尼亚·伍尔芙她自己隐蔽的分裂的一个自我，由于少女时代的弗吉尼亚·伍尔芙一直遭受同父异母的哥哥的性骚扰，因此，她对两性的欢娱有着本能的反抗和厌恶，这一点，也深刻地表现在了小说里雷切尔的成长过程中，和后来弗吉尼亚·伍尔芙与伦纳德的婚姻之中。《远航》的写作从构思到最终出版，花费了弗吉尼亚·伍尔芙九年的时间，可见她对写作的用心程度。在写作这本书的过程中，她就因为精神危机而企图自杀，小说的主题也显示了她对人生的悲剧性理解而呈现出的迷茫。

由于弗吉尼亚·伍尔芙是她父亲和第二个妻子朱丽娅所生，她的亲兄妹和同父异母的兄妹加起来就有八九个之多，因此，他们共同形成了一个独特的家庭氛围，这个家庭氛围就是一种文化气息和理想气质。小说《夜与日》从篇幅上来看，是弗吉尼亚·伍尔芙最长的小说，中文译本有三十六万字。从小说的题目上来看，它显示了弗吉尼亚·伍尔芙对时间——夜晚和白昼的理解。小说写的是一群文化教养很好的年轻人寻找自己理想爱情的故事，最终，这些年轻人各自都找到了归宿，并呈现出命运的不可测和时间作用于人的痕迹。这些人物的原型，基本上都取材于她的兄弟姐妹们，其中，两个最主要的小说主人公凯瑟琳和罗德尼由订婚到解除婚约是情节主线，取材于弗吉尼亚·伍尔芙和历史学家斯特雷奇的感情经历。小说的叙述语调平和沉稳，故事情节相对集中，但已经不像英国19世纪的杰出女小说家夏洛蒂·勃朗特写《简·爱》那样，在情节和人物关系上有着那么激烈的矛盾冲突，并以之吸引读者的眼球，制造阅读的快感和震撼效果。在这部小说中，弗吉尼亚·伍尔芙所关心的、喜欢描绘的，都是人的情绪和心理上表现出的短暂、微妙、敏感的细节，她一直认为，正是这些细节构成了人的真实生命，也将构成文学作品的生命力和表现力。

《远航》和《夜与日》这两部长篇小说的出版，使弗吉尼亚·伍尔芙在文学圈子里得到了承认并声名鹊起，不过小说的销量很一般。1919年，她还发表了著名的短篇小说《墙上的斑点》，这个短篇小说虽然篇幅不长，但在写作手法上却有了明显的变化：她摈弃了现实主义小说的基本手法。小说是第一人称叙事，讲述女主人公由墙上的一个斑点开始引发联想，由此，她联想到了很多斑驳的人生片段和感情的经历，到最后，她定睛一看，原来，那个斑点只是一只蜗牛！这就是小说的主要构成。如果我们从小说的外部来看这篇小说，只会有一个情景，那就是，一个女人一直注视着墙上的一个斑点在发呆、在浮想联翩、在心游万仞、在魂飞八极，但是她却没有什么行动，只是她的思绪最终又收归到了那一个小斑点上，那个小斑点，不过是一只蜗牛罢了。而小说的内部则聚合了主人公对人生经历的联想和发现，完全是以意识的流动来呈现人生履历的。这篇小说明显呈现出弗吉尼亚·伍尔芙所追求的文学风格：对内心活动和心理绵延轨迹的捕捉，对任由意识的流动来带动人物经历和心理的变化的摹写。她在展现这些心理活动的同时，也将人物个性和人物背后的时代氛围带给了我们。

从《墙上的斑点》开始，弗吉尼亚·伍尔芙逐渐迎来了她创作生涯中的巅峰时刻，在此后十年多的时间里，她出版了一系列有着鲜明个性和风格的长篇小说：《雅各布的房间》（1922）、《达洛维夫人》（1925）、《到灯塔去》（1927）、《奥兰多》（1928）、《海浪》（1931），这五部小说构成了她“意识流风格”小说的主体，也是弗吉尼亚·伍尔芙一生的主要代表性作品。

在小说《雅各布的房间》中，弗吉尼亚·伍尔芙已经完全地打破了小说中事件发生的线形时间，她不断地变换叙述的角度，将雅各布的一生，通过各种各样的叙述者的讲述，以及他们对雅各布的零碎印象和感觉，拼成了对雅各布一生的总体印象，也使读者自行地进行雅各布形象的整理和拼贴。阅读这本小说，你会感觉到你像在翻阅雅各布的一本相册，他的童年、他的剑桥大学时光、他的伦敦生活、他的希腊和法国之旅、他在战争中的表现和阵亡，这些阶段逐渐显现；在你的身边还有不同的人在给你解说这些照片，他们都是雅各布的亲朋好友，他们的角色在不断地变化，叙述的声音和叙述的角度也各不相同。但是，一直到小说的结尾，雅各布也没有真正地出场，小说以亲友在他的房间里发现了他还有一双旧鞋而结束。雅各布虽然没有出场，但是他的形象却在众人的讲述中鲜明起来，他是一个充满了活力并且相信人可以改变社会、可以改变时代的有些过于热情而显得愚蠢的年轻人，是一个无法摆脱特殊社会环境的人。那么，塑造飘忽不定的雅各布这个人物，弗吉尼亚·伍尔芙的用意在哪里呢？实际上，弗吉尼亚·伍尔芙对雅各布这样代表着英国新一代年轻人的人物，是带有批判态度的，对生成和造就雅各布的英国教育的环境，也有着讽刺和挖苦的意图，她的意思是，就是那样的教育环境，最终造就了像雅各布这样的英国青年，使其最终在战争中成了牺牲品。小说的叙事精湛，细节饱满生动，如同光影在不断地变化，语言充满了流动的音乐感，情节片段清晰自然，带有诗意和对命运不可捉摸的空无感。

长篇小说《达洛维夫人》继续着弗吉尼亚·伍尔芙在文学形式上的大胆实验，她似乎要凭借这部小说走得更远。小说的情节很简单，写的只是小说的女主人公克拉丽莎大半天里的生活。但是，就在这大半天之中，她从十八岁到五十二岁，她和家人、亲戚、朋友，她的其他各种社会关系，她的性格和内心世界，都展现了出来。小说的一开始，由达洛维夫人即将举办的一个家庭聚会引发，她准备去买花，她旧情人彼德的出现，她的客人的到来，都引发了她的无限联想，由此开始展现她的生活和心灵的世界。在她眼前的现实这条线按照顺序推进的同时，她的想象和联想则扩展到了三十年以上，弗吉尼亚·伍尔芙将达洛维夫人的生平、家庭关系和时代的氛围，都描绘了出来。可以说，这部小说是通过人物的内心活动来呈现对人生和社会整体的感觉和判断的，它跨越了时空界限，也突破了地理的局限，最后形成了一幅斑斓的人生图景。弗吉尼亚·伍尔芙对像达洛维夫人这样上流社会女性的书写，可以使我们感觉到在第一次世界大战结束之后，一个传统的英国社会正在分崩离析，正在加速解体，那些上流社会的生活场景也将崩溃并不复存在，可以说，小说中弥漫着一种复杂的幻灭感。

小说《到灯塔去》延续了弗吉尼亚·伍尔芙在叙述上的艺术实验。这部小说被认为是她最出色、最好的小说，带有鲜明的自传色彩，主要描绘了弗吉尼亚·伍尔芙对自己的父母亲和童年生活的感觉与印象。小说分成篇幅不等的三个部分，小说内部的时间跨度在十年以上。第一个部分“窗户”，写的是拉姆齐一家在一次海滨别墅中的聚餐，大家如何在快乐的家庭气氛中享受人伦的乐趣，感受美好的时光。在聚餐结束之后，拉姆齐太太对窗户外面的灯塔，进行了一次凝望。小说的第二个部分叫“时光飞逝”，这个时候，距离上一次拉姆齐一家去别墅度假过了一段时间，这段时间里，他们家发生了巨大的变化：这对夫妻的大儿子在战争中阵亡了，大女儿也死于难产，尽管他们将这栋海滨别墅修葺一新，但是人生的颓败感就在眼前，浓重地萦绕在幸存的家庭成员的心中。小说的第三部分“灯塔”，写的是十年之后，女画家莉莉为一直没有能够完成拉姆齐太太的肖像画而焦虑，当拉姆齐先生带着小儿子和小女儿前往灯塔实现夙愿的时候，这个女画家莉莉终于找到了描绘女主人的灵感，她完成了那幅绘画。整部小说像三联画一样展开了三个集中的场景，三个部分像放大的时间的节点，以聚焦的方式将更多的、更复杂的人生图景映照了出来。我们可以看到，时间带给每个人以伤害和摧残，家庭、人生因此变得斑驳陆离，分崩离析。弗吉尼亚·伍尔芙正是通过几个人生片段的书写，描绘了她对生命和死亡、对变动的时代的整体印象。小说中灯塔成为全书的一个核心象征，它象征着希望，象征人生无常但它却永恒不变，象征着一个时间的见证，象征着人生可能达到的一种缥缈的理想境地。

1928 年，弗吉尼亚·伍尔芙出版了一部和她的其他小说风格迥异的长篇小说《奥兰多》，这部小说还有一个副题——“一部传记”。小说之所以被她安上了“传记”的别称，是因为小说主人公奥兰多有一个现实人物原型，这个原型就是弗吉尼亚·伍尔芙的好朋友、女同性恋诗人维塔。维塔是一个美丽、风流和内心疯狂的女诗人，她出身英国上层名门，但却具有叛逆性格，曾为祖传老屋的继承权和家族男性亲戚打过官司，最终败诉。她和弗吉尼亚·伍尔芙有很多交往，她的叛逆的性取向和鲜明的个性，使弗吉尼亚·伍尔芙感到惊异，也为她带来了创作灵感。于是，弗吉尼亚·伍尔芙用了一年的时间，可以说轻松愉快地写完了这部小说。小说出版之后大受欢迎，畅销一时，它被看成是维塔的花边和绯闻，弗吉尼亚·伍尔芙夫妇因此拿到了不少版税，改善了经济条件，还购买了小汽车和住宅。

《奥兰多》的故事讲述得很扎实，弗吉尼亚·伍尔芙似乎回到了现实主义的怀抱里，但是其故事情节表明了这仍旧是一部现代主义小说。小说叙述一个奇异的变性人奥兰多在四百年中不断改变性别的故事，时间开始于16世纪的英国伊丽莎白时代，终止于弗吉尼亚·伍尔芙写作这部小说的1928年。在大致四百年的时间里，一开始，奥兰多是一个风度翩翩的贵族少年，他受到了伊丽莎白女王的宠幸，在宫廷里获得了王室成员的青睐，成为宠臣。但是等到詹姆斯王登基之后，奥兰多的命运开始走下坡路，他先是喜欢上了一个俄罗斯的公主小姐，最终又失恋，不得不离开宫廷。后来，他又被一个罗马尼亚女大公纠缠，不得不请求出使土耳其。在君士坦丁堡的一场致命大火之后，他竟然浴火再生为一个女子。她和一群吉卜赛人到处流浪。后来，她回到了英国，重新返回到了上层贵族社会，成为一名贵妇人，结交了大量著名的文人。然后，她还经历了维多利亚时代，并且嫁给过一个远洋船长，到了弗吉尼亚·伍尔芙执笔写这部小说的时候，奥兰多已经是一个20世纪的获奖诗人了，在她祖传大宅的一棵老橡树的下面，奥兰多回顾着自己的生平，并且表达着对文学艺术永恒的追求。这就是小说的主要情节。小说的变性人奥兰多也因此成了文学史上最奇特的文学人物之一，他/她的视角也带给了20世纪女权主义者极大的鼓舞，女权主义者们从中找到了某种依据，认为这本书是20世纪女权主义兴起的先驱作品，它表达了弗吉尼亚·伍尔芙对女性权利的重视和解读。

1931年，弗吉尼亚·伍尔芙出版了小说《海浪》，在这部小说中，弗吉尼亚·伍尔芙式的意识流表现手法被运用到了炉火纯青的地步，她找到了波浪涌动的感觉和节奏，所以，在我看来，整部小说的叙述宛如大海的波浪在不断地涌动一样。小说的正文开头的部分是这样的：

> “我看见一个圆圈，”伯纳德说，“在我的头顶悬着。四周围着一片光晕，不住地晃动。”
>
> “我看见一片浅黄色，”苏珊说，“蔓延得老远，最后接着一条紫边。”
>
> “我听见一个声音，”罗达说，“唧唧，唧：一会儿高，一会儿低。”
>
> “我看见一个圆球，”奈维尔说，“在连绵不断的山坡前像一滴水似的挂下来。”
>
> “我看见一个红缨穗，”珍妮说，“上面缠满着金线。”
>
> “我听见什么东西在蹬脚。”路易说，“一头野兽被链子拴住了脚。它在蹬呀，蹬呀，蹬呀。”

《海浪》就是以这样的开头确定了它的叙述风格，用六个声部来构成一部交响乐，以视觉、听觉、触觉和各种感觉，轮番让小说的六个主人公自己来叙述一切。在他们细碎的叙述中，读者逐渐明白了这些叙述者的身份、他们相互之间的关系，以及他们之间发生的人生纠葛。整部小说没有任何线性时间的讲述，也没有编年记事，而是选择了几个主要的时间点，将这六个男女的一生表现了出来——以全书的结构顺序，小说巧妙地选择了（1）他们六个人在私塾上学的最后一天，（2）进寄宿制学校，（3）从学校毕业，（4）六个人二十五岁前的一次聚会，（5）其中一人骑马摔死，（6）失去青春开始衰老，（7）某个秋天夜晚的再次聚会，（8）伯纳德回顾他所经历的一生等几个节点来叙述。构成小说的叙述和语言流是这六个人的内心独白，他们像戏剧舞台上的人物那样自言自语，将对人物、事件、岁月和环境的感觉、情绪、印象、思虑、回忆和幻想都传达了出来。小说中贯穿篇章的，始终是将太阳不断地在空中移动以及海浪的不断涌动的散文诗化的描写，作为每个片段的开头引文和小说的内在节奏，使小说具有了音乐性。在这部小说中，弗吉尼亚·伍尔芙表达了对人生和世界的一种不确定的怀疑感，就像太阳和海浪的移动和涌动那样，人生最终是导向死亡的、循环的和不可知的。

三

在第二次世界大战爆发之后，弗吉尼亚·伍尔芙就逐渐地走上了谢幕的时刻。战争和局势的紧张，使本来就孤独敏感的弗吉尼亚·伍尔芙对欧洲文化的毁灭感到了恐惧和绝望，似乎一个辉煌和安宁的世界永不再来了，就要消逝了，这使她对时间的作用有了更深刻的理解。在这个阶段，长篇小说《岁月》（1937）和《幕间》（1941）是她最后出版的小说。

写《岁月》这部长篇小说的时候，弗吉尼亚·伍尔芙感到自己有必要重新使用现实主义的技巧。她觉得如果自己改换笔法，用写实主义的手法来写一部小说，也一定是一件快乐的事情。于是，她就写了《岁月》。正像这部小说的标题所表明的那样，小说描绘了岁月，描绘了一个家庭在岁月流逝过程中的巨大变化：这个家庭是伦敦的一个中产阶级家庭，小说从 1880 年写起，一直到 1930 年代，描绘了帕吉特一家三代人的故事。在这部小说中，弗吉尼亚·伍尔芙并没有完全抛弃自己擅长的内心独白和意识流的表现手法，她一方面很注重场景、环境、人物刻画和细节描写——这些都是现实主义小说的基本功，另一个方面她又运用自己的拿手戏，即通过人物的感觉、回忆和思绪的流动，将历史事件和人物的命运结合起来。将近五十年的岁月变化，在帕吉特一家几代人身上都打上了深刻的烙印，教育、婚姻和两性关系，人生的困惑和挫折，都在这部小说中得到了细腻的呈现。这部小说的主题仍旧是关于时间的，弗吉尼亚·伍尔芙将过去和现在，回忆与永恒，少年、青年与老年的时间感都刻画了出来，在《岁月》中做了一次十分艰巨的对时间的描绘。我觉得，她最终将英国传统现实主义小说家比如高尔斯华绥的家族小说，和她自己所开创的意识流风格的现代小说风格结合起来，创作出一部混合风格的家族/时间小说，从而将《岁月》这部小说写成了一部外部空间持续发展、内部时间的花边被精心编织的家族小说。

1941年初，在弗吉尼亚·伍尔芙投河自杀的前夕，她完成了自己的最后一部小说《幕间》的草稿，还没有来得及仔细修改，就于这年的3月28日自杀了。在给自己的出版商的信件中，她表达了对这部小说的看法：这部小说写得过于琐碎甚至是愚蠢，是很不成功的。那么，《幕间》真的就像她自己说的那么不成功吗？在弗吉尼亚·伍尔芙写作这本书的时候，欧洲正在被熊熊燃烧的第二次世界大战的战火所覆盖，一种世界末日来临的惶恐不安感笼罩在每一个欧洲人的心头，自然也影响着弗吉尼亚·伍尔芙的心情。她在伦敦的两处住宅都毁于德军的轰炸，和她长期的精神紧张、抑郁和焦虑，引发了她对末日来临、对她所钟爱的生活方式即将完结的忧虑，她草草地写完了这部小说。《幕间》，从小说的题目上来说，很像是一部话剧。在一幕和另外的一幕之间，就构成了《幕间》。《幕间》是间歇，也是停顿，是休息，也是凝视，是插曲，也是一种特殊的强调。《幕间》是一部双线结构的复调小说，它讲述了两个故事：一个是 1939 年夏天，英格兰乡下一个村子里的乡绅奥利弗一家的故事，这个有着传统英国做派的家庭在面临德国人入侵时候的惶恐和家庭成员之间的疏离感。小说的另外一条故事线索，讲的是一个叫拉特鲁布的艺术家，指导村民们演出一场英国历史剧的过程。《幕间》就这样巧妙地将历史和现实、话剧和小说、过去和现在、战争与文明、乡村和城市、舞台与人的内心结合了起来，将弗吉尼亚·伍尔芙对英国历史文化的眷恋和对欧洲文明在战火靠近即将毁灭的担忧都表达了出来。小说中，人物对话和内心独白手法仍旧很突出，幽默的语言和象征性的手法运用也很恰当。《幕间》这个标题也恰到好处地表达了这部小说的主题：在人生和历史不断出演的活剧中，幕间休息的时刻，是打量人生舞台和历史舞台与人物的最好时刻。尽管弗吉尼亚·伍尔芙本人处于精神崩溃的边缘，使得她自己并不看好这部小说，可是，精心阅读之下，我觉得她的这部绝唱之作，小说的内部空间开阔，寓意丰富，在题材上也超越了她一贯的个人化和内倾化，仍旧是一部不错的作品。

除去上述的九部长篇小说和一些短篇小说，弗吉尼亚·伍尔芙还写下了大量的随笔、书评、日记、游记、传记、书简和文论，结集出版的随笔和评论集就有《普通读者》(两卷)、《一间自己的屋子》、《瞬间集》、《船长临终的时候》、《三个旧金币》、《飞蛾之死》、《现代作家》、《花岗岩和彩虹》、《书和画像》等，以及通过一只狗弗勒希的眼光来打量著名女诗人巴莱特（后称为白朗宁夫人）的传记作品《弗勒希——一条狗的传记》；此外，她还写了一本关于美术评论家罗杰·弗莱的传记《罗杰·弗莱传》。我觉得，《弗勒希——一条狗的传记》是一部很有意思、很独特的中篇规模的作品，它通过狗的眼光来看人，这样的写作手法，早先在日本现代文学宗师夏目漱石于1905年出版的长篇小说《我是猫》中就被运用过，《我是猫》通过一只猫的眼光和它的流离失所，描绘了日本社会的面貌，不过，很难判断两者之间的互文关系，因为《我是猫》估计没有那么快就到了欧洲。而美国作家保罗·奥斯特的长篇小说《在地图结束的地方》也通过一条狗的视野，描绘了一个落魄诗人的生活，如此的手法带给了小说以新的叙述角度。

在弗吉尼亚·伍尔芙的大量随笔、书评和文论中，她淋漓尽致地表达了她的文学师承、文学修养和文学观点。她对英国和欧洲其他国家文学史上的主要作家都有涉猎和评判，这些随笔成了难得的美文，观点犀利，视野开阔，证明了她是一个当之无愧的文学大师。我们很难想象这些文章是一个一天也没有去学校读过书的人写出来的。这得益于她父亲的教诲和引导，他的那些藏书持续地给弗吉尼亚·伍尔芙带来文学营养。她成果丰厚的散文和随笔写作贯穿了她的整个文学生涯，语言风格轻松、清新、平实、诙谐、幽默，她被一推崇者称为“英国传统散文最后的大师”，同时，还是“新散文的开创者”。

最重要的，弗吉尼亚·伍尔芙还是20世纪女权主义者们最喜欢的女作家。她那本随笔集《一间自己的屋子》，无意之间开辟了一个女权和女性主义滥觞和崛起的世纪。《一间自己的屋子》是一本薄薄的小书，但内容却很丰富，读上去很像是一本演讲集，她从妇女和小说的关系入手，讲述了她对女人应该如何进入现代社会、应该怎样生活等问题的看法，她认为，女人应该去争取独立的经济地位和社会地位，只有经济独立了，有一间自己的屋子了，女人才可以拥有自己的独立生活。女权主义者们都把弗吉尼亚·伍尔芙看作自己的导师和先觉者，她的一些关于女性权利和权力的观点成了20世纪重要的思想资源，这本书因此也成为女权和女性主义者们的小“圣经”。

弗吉尼亚·伍尔芙是20世纪最杰出的小说家之一，她将20世纪初期那种着重描写外部现实的古典现实主义小说风格，顽强地引领和推动到描写人的内心和意识流动的现代小说新疆域，属于先声夺人的开创者之一。此外，作为女性作家，她在女性的性别意识和对妇女地位的思考、女性与文学和社会的关系上，都有着重要的发现性思考，她也因此成为重要的男女平等和妇女权益理论的捍卫者。从社会学和文学两个角度来看，弗吉尼亚·伍尔芙都是20世纪最重要的文学和文化巨匠，后来的很多小说家，都从她那里获得了创作的灵感和勇气，她开辟了一条新道路，而更多的人则走在了这一条道路上。

阅读书目：

《奥兰多》，林燕译，人民文学出版社2003年4月版；

《奥兰多：一部传记》，韦虹等译，哈尔滨出版社1994年10月版；

《达洛维夫人　到灯塔去　雅各布之屋》，王家湘译，译林出版社2001年9月版；

《达洛卫夫人　到灯塔去》，孙梁等译，上海译文出版社1988年5月版；

《弗吉尼亚·伍尔夫——一个作家的生命历程》，林德尔·戈登著，伍厚恺译，四川人民出版社2000年9月版；

《海浪》，曹元勇译，上海译文出版社2000年12月版；

《幕间》，谷启楠译，人民文学出版社2003年4月版；

《墙上的斑点》，黄梅等译，浙江文艺出版社2002年7月版；

《书和画像》，刘炳善译，生活·读书·新知三联书店1994年5月版；

《岁月》，金光兰译，敦煌文艺出版社1997年3月版；

《维吉尼亚·吴尔夫文学书简》，王正文等译，安徽文艺出版社

1996 年 5 月版；

《伍尔夫：意识流小说家》，瞿世镜著，上海文艺出版社 1989 年 2 月版；

《伍尔夫研究》，瞿世镜编选，上海文艺出版社 1988 年 6 月版；

《伍尔夫传》，昆汀·贝尔著，萧易译，江苏教育出版社 2005 年 10 月版；

《伍尔芙日记选》，戴红珍等译，百花文艺出版社 1997 年 8 月版；

《伍尔芙随笔集》，孔小炯等译，海天出版社 1993 年 9 月版；

《伍尔芙随笔全集》（四卷本），石云龙等译，中国社会科学出版社 2001 年 4 月版；

《夜与日》，唐伊译，人民文学出版社 2003 年 4 月版；

《一间自己的屋子》，王还译，生活·读书·新知三联书店 1989 年 2 月版；

《远航》，黄宜思译，人民文学出版社 2003 年 4 月版。

詹姆斯·乔伊斯：对神话的重构

（1882—1941）

一个人和一座城市：都柏林

挑战小说的写作难度似乎是20世纪小说家首要的工作，这一点，在19世纪小说家那里不是最主要的问题。我们从19世纪法国、英国、德国经典的现实主义小说家那里，从俄罗斯几大文学巨匠托尔斯泰、陀思妥耶夫斯基和屠格涅夫等人那里，都看不到挑战小说写作难度的努力。在19世纪，讲什么永远比怎么讲要重要，小说家无非在小说的长度上有所比拼，而这一点也不是他们有意为之。但是，到了20世纪，怎么讲，也就是以什么样的小说形式去装小说故事这瓶老酒，已经成为小说家迫不及待需要解决的问题了。在对小说形式和难度的追求上，詹姆斯·乔伊斯到现在为止可能仍旧是一个高峰，同时也是一个阅读的难题。但是，这并不阻碍《尤利西斯》自出版之后的畅销和广泛流布——如今，任何一个文学专业的大学生，恐怕都听说过这部小说，尽管很多人没有看过。尤其是那些英语文学专业的研究生，都必须要面对詹姆斯·乔伊斯的两部被称为“天书”的作品——《尤利西斯》和《芬尼根的守灵夜》。实际上，我觉得有些吃詹姆斯·乔伊斯研究饭的学者把他作品的晦涩程度严重夸大了。至少，在我看来，经过了八十多年的传播，詹姆斯·乔伊斯的作品已经越来越容易理解，他也成为带有普遍特色的经典作家了。

1882 年 2 月 2 日，詹姆斯·乔伊斯出生在爱尔兰首都都柏林市。父亲是一个公务员，还曾经做过商人和税务员，母亲有很好的音乐修养，可以说，这是一个典型的中产阶级家庭。詹姆斯·乔伊斯在童年和少年时代就显露出文学才能，经常自编一些小戏剧，和弟弟妹妹在家里上演。中学时代，他也积极地参与学校里的剧社活动，扮演一些戏剧角色。中学毕业之后，1898 年他进入都柏林大学学习哲学和拉丁语文学，并且对爱尔兰的古典文学和神话传说进行过细致的钻研。在大学里，他写了不少诗歌和散文作品，在一些讨论会上还以“文学辩论家”而闻名。大学毕业之后，他离开了都柏林前往巴黎学习医学，却因为母亲报病危而中断了学业，又回到了爱尔兰。接着，他在一所私立学校教书，并开始发表一些诗歌和故事。本来，似乎詹姆斯·乔伊斯可能会沿着一条既定的方向，走一条学者化的道路，但是，这一切在1904年改变了：年仅二十二岁的詹姆斯·乔伊斯爱上了二十岁的餐厅女招待诺拉。出于复杂的情感、文化和性格叛逆的原因，他同自己的天主教信仰决裂，这使他感到十分痛苦和憋闷，于是，他索性就背井离乡，带着不被家庭承认的女友诺拉，跨洋过海，来到了欧洲大陆过流浪的生活。这个选择对二十二岁的詹姆斯·乔伊斯来说是相当胆大。对于每一个人来说，都是一个重大的决定。来到了欧洲大陆，詹姆斯·乔伊斯一开始在现在属于克罗地亚的亚得里亚海海滨城市波拉担任语言学校的教师，后来，他去罗马当了很短时间的银行职员，这份工作使他很不愉快。后来，他在当时属于奥匈帝国、现在靠近斯洛文尼亚边境的意大利小城的里雅斯特继续担任语言学校的教师，在那里一住就是十年，还和诺拉生育了两个孩子。同时，他业余时间勤奋地写作。一直到1920年，三十八岁的詹姆斯·乔伊斯一家在诗人庞德的帮助下，选择定居在法国巴黎之后，他才算真正结束了漂泊，能够专心地从事写作。

早在他离开爱尔兰来到欧洲大陆之前，他就已经开始写作长篇小说《一个青年艺术家的画像》，但是没有完成。1905年，他完成了小说集《都柏林人》，据说，这部小说集的命运很曲折，遭到了超过二十个出版商的拒绝，一直到1914年，《都柏林人》才得以出版。1907年他出版了诗集《室内乐》，1914年，他还完成了唯一的剧本《流亡者》，这是一个表露了詹姆斯·乔伊斯在欧洲大陆四处浪游的心迹的剧本。他还把长篇小说《一个青年艺术家的画像》拿到英语文学杂志《自我主义》上连载，并且开始了《尤利西斯》的构思。这个阶段是詹姆斯·乔伊斯写作生涯的早期阶段，其中以小说集《都柏林人》为代表作。《都柏林人》这部小说集，一共收录了他的十五个中短篇小说，包括了短篇小说《姐妹们》、《偶遇》、《阿拉比》、《伊芙琳》、《车赛以后》、《两个浪子》、《寄寓》、《一朵浮云》、《无独有偶》、《土》、《悲痛的往事》、《纪念日，在委员会办公室》、《母亲》、《圣恩》和其中唯一的中篇小说《死者》。在这部现实主义风格的小说集中，他尝试用写实的手法，去描绘在他的记忆里留存下来的都柏林人的形象。小说从外部环境上描绘了都柏林的集市、街道、酒吧、公寓，从精神层面上，刻画了都柏林市民的市侩气，刻画了浪子、投机政客、小职员、纨绔子弟、流氓、警察、艺术家、记者和市侩女人等众多形象，并从文化层面描绘了当地的婚姻、民俗、宗教和生活方式，有些小说具有浓厚的象征意味，一些小说的题目还具有双关含义，并引用了部分爱尔兰民谣。十五篇小说互相之间有一定的联系，它们表面上看去似乎没有什么直接的联系，但是詹姆斯·乔伊斯实际上是按照童年、少年、成年和老年的人生进程来处理小说题材的，因此，这部小说可以看成是一个松散的整体。

我把这部小说看作是由十五个片段构成的、关于都柏林的一部结构松散的长篇小说。《都柏林人》的这种写法，后来在 20 世纪很多小说家那里成了某种成功的模式：美国作家舍伍德·安德森的《小城畸人》，2001 年诺贝尔文学奖得主、特立尼达和多巴哥作家奈保尔的《米格尔大街》，苏联作家巴别尔的《骑兵军》，墨西哥作家胡安·鲁尔福的《烈火平原》，在结构形式上都是《都柏林人》的衍生物或者说变种。当然，没有证据表明他们都受到了詹姆斯·乔伊斯《都柏林人》的影响。从《都柏林人》可以看出，虽然詹姆斯·乔伊斯已经离开了爱尔兰，但是，他仍旧在通过这部小说集来复原他关于都柏林的全面记忆。进入詹姆斯·乔伊斯的文学世界一个最重要的捷径就是，必须要了解他和都柏林之间的关系，因为他一生都和都柏林这座城市密切相关，他所写的全部小说，都是关于都柏林的，很少有作家像他这样和故乡的城市关系这么近，这么地融洽和复杂。在詹姆斯·乔伊斯看来，只有离开了故乡，才能够将故乡看得更加清楚。虽然他后来成为现代主义小说的先驱和集大成者，但是，在《都柏林人》这个小说集里，传统的现实主义手法仍旧占据了主流，他通过刻画一系列都柏林的风物和人物，表达了他对故乡的怀念和不满交织的复杂感情。关于这部小说集，他在给某个友人的一封信中这么写道：

> 我的目标是要为祖国写一章精神史。我选择都柏林作为背景，因为在我看来，这城市乃是麻痹的中心。对于冷漠的公众，我试图从四个方面描述这种麻痹：童年、少年、成年，以及社会生活。这些故事正是按这一顺序撰写了。在很大程度上，我用一种处心积虑的卑琐的文体来描写。

在这里，他谈到的卑琐文体，指的就是小说描写卑琐的世俗生活时的现实主义手法，在詹姆斯·乔伊斯看来，这种手法因为过于靠近实际生活而显得有些卑琐。这部小说的意识流色彩还不强烈，但是心理刻画、对话和铺张、象征和意象的手法运用得很好。在这部小说中，依旧可以看出未来生成《尤利西斯》的某些因素和胚胎，比如他对心理的描绘，对细节和对话中微妙感觉的把握，对结构的匠心，以及对都柏林的爱恨交织的感情，对都柏林的地理学意义上的描述，等等，这贯穿了他的一生。

自我的精神肖像

每个作家似乎一生都在和自我搏斗，因为，每个作家写的实际上都是广义的自传。詹姆斯·乔伊斯也不例外，他一生都在用自己的经历编织一个丰富的文学世界。1915 年，詹姆斯·乔伊斯全家迁居到了瑞士苏黎世。1916 年，他的长篇小说《一个青年艺术家的画像》单行本在美国出版，《尤利西斯》的部分篇章也在一些杂志上发表，詹姆斯·乔伊斯在英语世界里获得了不少重量级的文化名人比如大诗人庞德和叶芝的肯定和赞扬，获得了一些资助，经济情况大为好转，于是加紧了《尤利西斯》的写作进程。

长篇小说《一个青年艺术家的画像》出版之后，其新颖的写作手法和独特的文学风格立即引起了评论家和读者的热烈反响。但是，大家对这部小说的评价不一，很多批评家认为这部小说结构松散、冗长杂乱，有些描写涉嫌淫秽，还有对天主教的攻击很难让人接受，等等。但是小说的独特个性，还是让一些评论家感到了惊喜，他们认为詹姆斯·乔伊斯是一个前途远大的有才华的作家。这部小说来源于他早期的一部长篇小说草稿《英雄斯蒂芬》，经过了改写和删削之后，变成了《一个青年艺术家的画像》。在这部小说中，开始出现了詹姆斯·乔伊斯式“意识流”的写作手法，大量对话以破折号来表明，潜意识和潜对话，意识流和内心独白，共同构成了多个层面的声音。这部小说的自传性很强，至少可以说是詹姆斯·乔伊斯的一部精神自传。小说的主人公斯蒂芬·迪达勒斯——一个有艺术天分的青年，怎么看都像是詹姆斯·乔伊斯的化身，小说的情节、时间、地点和人物关系，都是通过斯蒂芬·迪达勒斯的意识流动来表现的，而且很多细节也和詹姆斯·乔伊斯本人的经历一样。在这部小说里，詹姆斯·乔伊斯摈弃了在《都柏林人》中还残存的传统现实主义小说的写法，大胆地采用了内心独白和意识流动，将一个青年艺术家与周围环境的冲突和他精神的苦闷，他对待家庭、爱情、宗教和祖国的看法，以及他对外部世界的背叛和反抗，表现得细致、生动而具体，情绪饱满强烈。

“意识流”这个词汇，是美国心理学家威廉·詹姆斯在他的《心理学原理》中第一次提出来的，他认为，现代人的特征是内心生活更加重要，一个人的真实存在必须要以他内心的连绵思绪作为其存在的重要依据。在人的意识层面中，下意识、潜意识、无意识都可以包括在“意识”这个概念中，自此，他的心理学理论在20世纪初开始影响欧美的小说家，敏感的小说家们认为只要写出了人内心的意识流动，就刻画出了时代、人物和生活的真实。詹姆斯·乔伊斯显然深受这种理论的影响，并创造性地以文学的方式将其运用得炉火纯青。《一个青年艺术家的画像》这部小说，可以看作詹姆斯·乔伊斯给自己的青年时代画的精神肖像，因其意识流手法的运用，很像是在画一幅人的内心肖像。在这幅肖像画上面，流动着的是詹姆斯·乔伊斯的内心情绪、波纹和语言的河流，小说的内部时间线索还是顺序的，可感的，是根据主人公的成长线索来叙述的，并不过分跳跃，可见在对小说时间的处理上，这部小说走得还不是那么远，还显示了某些现实主义小说的残存影响，而在一些场景的描绘上，仍旧可以看到詹姆斯·乔伊斯雄厚的现实主义写作技巧。而要进入詹姆斯·乔伊斯的文学世界，《都柏林人》和《一个青年艺术家的画像》是两部入门作品。由这两部他早期较成熟的作品，我们就将顺利地进入到他阔大和深邃的《尤利西斯》和《芬尼根的守灵夜》的世界当中。

2月2日和6月16日，两个重要的纪念日

理解詹姆斯·乔伊斯，必须要记住两个日子对于他和他作品的重要性：2月2日和6月16日。2月2日是詹姆斯·乔伊斯出生的日子，因此，在1922年2月2日这一天，西尔维亚·比奇女士将《尤利西斯》全本以莎士比亚书店的

名义，在法国东部小城第戎出版了。詹姆斯·乔伊斯选择自己的四十岁生日这一天，出版自己的这部小说，显然是为了给自己庆贺。2008年5月，我曾经到达过第戎这座小城市，在安闲的街道上徜徉，在几个教堂之间穿梭，一边欣赏那些和巴黎街头的女人气质完全不一样的法国小城的美女，一边按照地图，悄悄地寻找着出版这本书在当时的一些踪迹。可我什么都没有发现，当年印刷这部引起了轩然大波作品的印刷厂早就不见了，但即使如此，我似乎依稀感觉到了当年《尤利西斯》在这里印刷出版的某种气味。

6月16日是詹姆斯·乔伊斯遇见他的妻子诺拉的日子，这对于詹姆斯·乔伊斯来说，也是一个非常重要的日子。于是，他把小说《尤利西斯》中描绘的那一天的时间，定格在6月16日。在这一天里，《尤利西斯》中的两个男主人公，将在都柏林进行十九个小时的漫游。在十九个小时的时间里，他们穿行在都柏林的大街小巷，并经历各种事件，见识了各色人物，最后，一直到深夜，进入到第三个主角——女主人公莫莉的睡梦中。在那个著名的睡眠中的梦境独白中，意识的连绵流动和表述出来的复杂的女性思绪和经验，以数万个词汇的语言流，将我们引导到黑夜的黑暗和人性灰暗的洪流中。

《尤利西斯》耗费了詹姆斯·乔伊斯的巨大心血。小说的发表和出版也非常不顺利，在杂志上连载的时候就遭到了“淫秽”的投诉，当时纽约“防止罪恶协会”甚至抗议连载这部小说的《小评论》杂志，使得杂志不得不停止了连载，最后还是流亡在法国的美国人比奇女士开办的莎士比亚书店出版了这本书，而随后美国市场上出现的都是盗版。1924年，美国一家法院最终裁定这本书不是淫书之后，美国版才正式问世，而英国版在1936年才得以出版，1994年，中文译本在中国大陆第一次发行，已经距离这本书问世七十二年了。

《尤利西斯》对其要表现的时空进行了压缩，但是在内部又无限放大了，小说的时间段是1904年6月16日早晨8点到17日的凌晨2点45分这近十九个小时，小说的空间背景是詹姆斯·乔伊斯的故乡都柏林。因此，这本小说也可以说是一部都柏林之书，它的很多地方都是严格按照都柏林的城市布局、街道和地图来书写的，而小说人物就像影子一样，飘动在都柏林的大街小巷里。小说的主人公一共有三个：曾经在《一个青年艺术家的画像》中出现过的青年艺术家斯蒂芬·迪达勒斯、广告业务员布鲁姆和布鲁姆的妻子莫莉。在整个小说的结构上，则和希腊英雄史诗《奥德赛》完全平行：广告员布鲁姆对应的是希腊神话中的奥德修斯，斯蒂芬·迪达勒斯对应的是神话中的青年泰伦马卡斯，莫莉则对应神话中的帕涅罗帕。不过，这三个现代人已经不是荷马史诗中的英雄和英雄的坚贞妻子了，在十九个小时的时间和空间里，他们活动在都柏林市区，他们的行动呈现出和神话中的英雄完全不一样的一面：猥琐、世俗、渺小、日常、分裂、卑鄙、灰暗，由此解构了希腊神话史诗中英雄的高大和伟岸，从而将西方文明进行了嘲讽和颠覆。也就是说，詹姆斯·乔伊斯通过这部小说，展现了现代人在工业社会和资本主义制度下的精神分裂、孤独、苦闷、绝望和逐渐崩溃的精神图景。

白天之书：和神话平行

《尤利西斯》一开始就被詹姆斯·乔伊斯定位为白天之书，因为小说的主体情节都发生在白天。全书一共三部十八章，第一部有三章，多少有些像《一个青年艺术家的画像》的续篇，继续着斯蒂芬·迪达勒斯的家庭和成长的故事。小说一开始，讲述他的母亲病危，他从巴黎返回了都柏林，但是和父亲不和，在一个旧炮楼里暂时栖身，靠教书养活自己，因此他很需要一个精神上的父亲。当他把炮楼的钥匙交给了合住的医学院学生穆利根之后，他就打定主意离开炮楼了。小说的第二部是全书的主要部分，共分十二章，讲述了犹太人广告员利奥波德·布鲁姆的生活：他和妻子莫莉的关系不很融洽，因为他们共同养育的孩子死了，他们之间出现了裂痕，而妻子有一个情人。这天早晨，布鲁姆去参加了朋友的葬礼，思考了死亡，由此开始了一天的漫游。在这一部中，斯蒂芬·迪达勒斯只是配角，而利奥波德·布鲁姆是主角，他们在不同的场合同时出现，逐渐互相熟悉起来。当斯蒂芬·迪达勒斯与两个英国士兵发生冲突时，利奥波德·布鲁姆恍惚间把他看成是自己夭折的儿子鲁迪，他准备把斯蒂芬·迪达勒斯带回自己的家。小说的第三部有三章，和第一部在章节上相对称，讲述了布鲁姆带着斯蒂芬在都柏林的夜晚漫游的经历。他们先在一家小店盘桓，之后，布鲁姆带斯蒂芬回家，因为斯蒂芬答应教他的妻子莫莉意大利语。不过，斯蒂芬最后没有答应布鲁姆在他家留宿，而是离开了他家。布鲁姆回到了家中，发现妻子莫莉已经熟睡了，但是他觉得卧室里似乎有些异样，对妻子和情夫可能发生的幽会产生了一些联想。小说的最后一章就是莫莉在半明半昧的睡眠中的独白和意识流，这是全书很有名的一章，没有标点符号，只有意识流的语言流动。在莫莉的梦中，出现了丈夫、情人和少女时代的初恋对象等多个男人，还有对斯蒂芬的性幻想，等等，小说到这里就结束了。

《尤利西斯》中最重要的结构方式，就是它和荷马史诗《奥德赛》的平行结构和互文的对应关系。整部小说暗含和对应神话史诗中奥德修斯离家浪游的故事，只不过是奥德修斯变成了现代人、广告员利奥波德·布鲁姆，而他是在都柏林的大街上漫游。至于詹姆斯·乔伊斯为什么要这么做，多年来，大量学者做了各种猜测和假设。其实，很简单，和神话的对应平行，在这部小说的立意方面，会引发一种特别的效果。因为神话产生于人类年幼时代对世界的想象，而在工业化的时代里，在20世纪，神话已经死亡了，因此，詹姆斯·乔伊斯便设计出和神话并行的结构，来表现人类在当代世界的存在状态和真实境遇这个重要主题。同时，在小说中，詹姆斯·乔伊斯似乎是在有意地炫耀自己的博学，他使用了大量混杂的文体，以驳杂的知识和各种文学技巧，将小说变成了一个形式上的集大成的文本。小说中十八章的每一个章节的文体都完全不同：有模仿教义手册那样的教义问答；有模仿英语从古代到当代发展的各个历史时期的变化；有电影镜头和蒙太奇手法；等等。小说的十八章构成了人体的各个部位和器官的总体，假如小说能站起来的话，那么，前三章就是头部，中间十二章是躯干，后面三章则是下肢。小说中还有大量的影射、戏仿、比喻、拟声、幽默和音乐技巧，它可以说是小说、戏剧、散文、史诗和论文的结合体，小说还涉及神学、历史学、语言学、生物学、医学和航海知识等等，实在是蔚为大观了。在语言上，詹姆斯·乔伊斯使用英语写作本书，但其间夹杂着法语、德语、意大利语、希腊语、拉丁语和希伯来语，甚至在有的地方还出现了梵文。有些英语词汇则是詹姆斯·乔伊斯自己创造的，这给读者、研究者和翻译者都带来了巨大的困难和乐趣。由于书中的主人公布鲁姆是犹太人，《尤利西斯》又可以说是关于爱尔兰和犹太人两个民族的现代史诗，此外，还是关于都柏林的一部百科全书，从这个角度来理解这部小说，就比较容易了。

詹姆斯·乔伊斯的小说可以用一天的不同时段来形容。《一个青年艺术家的画像》可以说是一部早晨之书，一部关于青年艺术家的成长之书，因此，它就像早晨一样清新和有朝气。而且，这部小说是詹姆斯·乔伊斯小试牛刀之作，小说形式和意识流风格的实验在这部小说中都是初步的，基础的，甚至是有些稚嫩的。因此，用清晨的气质和风格来形容这本书，则是贴切的。而《尤利西斯》则是一部关于白昼的书，虽然，小说的内部时间最终涉及了夜晚，但是，它的整个气质是白昼的，是关于白昼的喧嚣和复杂，清澈和多样的。白昼还意味着理性，意味着清醒，意味着可以被表述和观察。在《尤利西斯》中，白昼的气质无处不在，到处都是很具体的清晰的设计，无论任何一个章节，都是可以度量的，可以被分析的，在整部小说中，詹姆斯·乔伊斯就像一个严格的建筑师，精心地设计着每一个章节、每一个段落和每一个句子，一直到每一个词汇，让它们呈现出严密的风格和布局，只有在白昼中的清晰和严密、规矩和理性的情况下，詹姆斯·乔伊斯才可以设计得这样合理。因此，《尤利西斯》才是一部和城市有关的白昼之书。

黑夜之书：梦中之梦

1939 年，詹姆斯·乔伊斯花费十六年之久辛苦写作的长篇小说《芬尼根的守灵夜》出版了，这部小说可以说是一部黑夜之书，因为它用梦幻般的语言，表现了人在睡梦中的意识活动。但是，这本书也被称为“天书”，直到今天为止，这本小说到底写了些什么，要表达什么，仍旧是一些读者和学者争论的焦点。

《芬尼根的守灵夜》以芬尼根的一场噩梦作为中心，在他的梦中，爱尔兰和人类的历史像一场连续的梦境那样，从他的头顶像河流一样流过。小说没有完整的情节，也没有完整的故事，全部以梦和梦中之梦构成，由梦呓般的语言来叙述而成。在小说中，做梦的人表面上看是爱尔兰都柏林一个五口之家的家长叶尔委克，实际上，做梦者既是他，还有他的妻子，以及一个女儿和两个儿子，他们彼此的梦交织在一起，但是，所有的做梦人也是抽象的一个整体，做梦者最后变形为整个人类在一起梦呓。小说中，大梦套小梦，梦中还有梦，最后又归为了一个梦，这个梦就像流过了都柏林郊区和市区的河流利菲河一样，连绵不绝，从而将人类的历史带向了远方看不见归处的尽头。小说充满了河流的气息，这条河流还化身为一个女人，到处都是梦呓，在梦呓中，灵魂的飘动和梦想的飞驰，夜晚月光下被拉长的影子和影子自己的无限舞蹈，都是这部小说要捕捉的内容。小说在梦境中无限地展开，带给了我们黑夜的深度和广度。小说的内部时间基本上都是在晚上，根据某个学者的说法，《芬尼根的守灵夜》的内部时间是晚上 8 点到次日早上 6 点，因此，它完全是一部关于夜晚的书，关于梦境的书，关于河流和人类历史的书。小说的结构分成四个部分，是按照意大利哲学家维柯的《新科学》对人类历史划分来的，他把人类历史分为了四个阶段：神的时代、英雄时代、人的时代和混乱的时代，这四个阶段在人类历史中不断地循环往复。小说由此也对应地分成了四个部分，并且把相应的对人类的描述放到相应的部分里。我觉得这部小说还深受弗洛伊德精神分析理论的影响，它模糊地表达了性欲决定人类生存和延续，然后战争毁灭人类的循环历史观——是性本能、生存本能和死亡本能构成了人类历史的发展。

《芬尼根的守灵夜》令人惊异地采用了几十种语言夹杂叙述，当然，主体语言是英语。以这种语言夹杂的方式叙述是詹姆斯·乔伊斯某种别具匠心的考虑，他认为，只有以这种方式，才可以表现人的梦境的复杂，和人类文化的复杂与多层次。但也有人认为，詹姆斯·乔伊斯写这本梦书和天书，实际上是在故意地愚弄读者，他在玩一个只有他自己快乐的智力游戏。可能詹姆斯·乔伊斯这一次走得太远了，远到了七十年来都仍旧让人无法明白这是一本什么书的地步。这部小说的出版，并没有引起像《尤利西斯》出版之后那样的轰动效果和热烈反响，从问世到今天，它都是寂寞的，让人望而生畏的，掩盖在《尤利西斯》的阴影之下的。因此，詹姆斯·乔伊斯在完成了《芬尼根的守灵夜》之后，再也没有写其他东西了，他疲倦了，原先打算写的一部关于大海的史诗，则永远搁浅了。1941年1月13日在苏黎世因十二指肠溃疡穿孔而去世。2013年1月，经过了两个学者花费十七年时间整理校订的新版《芬尼根的守灵夜》出版了，这个版本相对老版本有九千多处的改动，是两个学者根据詹姆斯·乔伊斯生前反复修改的十多次校样和手稿来校订的，必定会使我们在21世纪重新关注这本巨著。在我看来，詹姆斯·乔伊斯在写这部小说时，有着更加巨大的野心和雄心：《芬尼根的守灵夜》是一部不同于詹姆斯·乔伊斯的其他小说，也完全不同于人类所有作家作品的奇特小说，因为，它本身就构成了一个封闭的巨大系统，小说本身就是人类历史、自然与社会、时间和空间、梦境与现实综合起来的存在。

对后世作家的影响

除了上述的小说作品，詹姆斯·乔伊斯最开始的作品和最后的作品，都是诗歌：早在詹姆斯·乔伊斯九岁的时候，他就写过一首献给爱尔兰民族自治运动领袖查尔斯·帕内尔的诗，而小说《芬尼根的守灵夜》最后的部分，恰恰是一首诗。除了他的第一部诗集《室内乐》，1927 年他又出版了诗集《一分钱一个果子》，加上一些集外的即兴诗和短诗，他一共创作了一百六十首左右的诗歌。他的诗歌还带有浪漫主义和象征主义流派的色彩，音乐感很强，但却有些浅显和直白，大部分诗歌都与情感有关，这和写作这些诗歌的年龄有关。

因此，詹姆斯·乔伊斯的写作属于那种和自己的生命年轮与体验不断深化同步的作家。到了《芬尼根的守灵夜》，他已经进入只有他自己知道自己在写些什么的孤绝境界中了。詹姆斯·乔伊斯生前一直被争议着，他实际上一生都处在一种精神寂寞里，尽管他获得了欧洲文学界很多人的承认。1940 年，他在给朋友的一封信中，谈到了半年中他的小说的销售情况：“《流亡者》剧本 0 本，《一个青年艺术家的画像》

0本,《都柏林人》6本。”如此惨淡的销售记录，肯定让他感到灰心和愤恨，而此时距离他去世只有不到一年的时间了。

随着时间的推移，詹姆斯·乔伊斯逐渐地显现了他无比强大的影响力，近一百年来,《尤利西斯》和《芬尼根的守灵夜》确立了它们在20世纪小说史中的核心地位。詹姆斯·乔伊斯的作品如同一个丰富的矿脉，不断地将各个民族的文学发展引发出一些爆炸效果来，他仿佛开启了一个巨大的闸门，将现代主义小说的洪水猛兽放了出来，源源不断地生成了现代主义在20世纪的奇观。可以说，詹姆斯·乔伊斯的作品成了很多杰出作家出发的源头，他们从《尤利西斯》和《芬尼根的守灵夜》中获得了创造的灵感。比方说，在表现社会生活和城市景观的阔大方面，德国的阿尔弗雷德·德布林的《柏林，亚历山大广场》，美国作家约翰·多斯·帕索斯的《曼哈顿中转站》等三部曲，都受到了《尤利西斯》的影响；至于受到其采用的戏仿神话、内心独白、意识流动和时空压缩、文本戏仿等这些手法影响的小说家，就更多了，像美国作家巴塞尔姆的《城市生活》表现城市生活的物化特征，托马斯·品钦的《万有引力之虹》表现物的增殖和人类自毁倾向带来的末日恐慌感。还有，墨西哥作家卡洛斯·富恩特斯的《阿尔特米奥·克罗斯之死》在意识流的借鉴和发展上，更进了一步，而秘鲁作家马里奥·巴尔加斯·略萨的

《酒吧长谈》等小说，在结构上一定受到了《尤利西斯》宏大结构和精心布局的影响，并且发扬光大地创造出拉丁美洲的结构现实主义这个流派来。而法国作家让·季洛杜的《朱丽叶在男人国》、美国作家菲里普·罗斯的长篇小说《伟大的美国小说》，则是用滑稽模仿的形式，大胆借鉴了《尤利西斯》里的讽刺和幽默元素。在对时间的理解和运用上，我断定博尔赫斯也受到了詹姆斯·乔伊斯小说的影响。而意大利小说家卡尔维诺在小说的文体变换、符号混杂、叙述游戏上，也肯定受到了詹姆斯·乔伊斯的影响。1969 年获得了诺贝尔文学奖的荒诞派戏剧大师塞缪尔·贝克特从爱尔兰来到巴黎，在 1928 年至 1930 年之间一直在詹姆斯·乔伊斯身边担任秘书，更是深受其影响。同样，由于詹姆斯·乔伊斯的小说主人公是艺术家和犹太人，后来美国很多犹太小说家，也都受到了他的影响，比如亨利·罗思的《就说是睡着了》，索尔·贝娄的《赫索格》等作品；而弗吉尼亚·伍尔芙的《达洛维夫人》和《奥兰多》很可能借鉴了《尤利西斯》的某些篇章。可以说，整个 20 世纪的很多小说实验与探索，以及小说作为一门艺术的大量可能性，都是从这部小说里延伸出来的。詹姆斯·乔伊斯无疑是 20 世纪以来人类小说的一座高峰，一个令人炫目的开山者。

阅读书目：

Finnegans Wake（《芬尼根的守灵夜》英文版），企鹅出版社 2000 年版；

《都柏林人》，孙梁等译，上海译文出版社 1984 年 10 月版；

《芬尼根的守灵夜》（第一卷），戴从容译，上海人民出版社 2013 年 1 月版；

《乔伊斯》，大卫·诺瑞斯等著，周柳宁译，外语教学与研究出版社 2000 年 1 月版；

《乔伊斯》，格罗斯著，袁鹤年译，生活·读书·新知三联书店 1986 年 12 月版；

《乔伊斯诗全集》，傅浩译，河北教育出版社 2002 年 7 月版；

《乔伊斯与诺拉》，布伦南·马克多斯著，贺明华译，百花文艺出版社 1997 年 8 月版；

《乔伊斯传》，彼德·寇斯提罗著，林玉珍译，海南出版社、三环出版社 1999 年 12 月版；

《乔伊斯传》（上下卷），理查德·艾尔曼著，金隄等译，北京十月文艺出版社 2006 年 2 月版；

《一个青年艺术家的画像》，黄雨石译，外国文学出版社 1983 年 5 月版；

《尤利西斯》（三卷本），萧乾、文洁若译，译林出版社 1994 年 4 月版；

《尤利西斯》（上下卷），金隄译，人民文学出版社 1994 年 9 月版；

《尤利西斯》（上下卷修订版），萧乾、文洁若译，文化艺术出版社 2002 年 6 月版；

《尤利西斯》（上下卷修订版），萧乾、文洁若译，译林出版社 2005 年 8 月版；

《尤利西斯》（一卷精装），金隄译，人民文学出版社 1997 年 12 月版；

《尤利西斯》（中英文三卷本），萧乾、文洁若译，上海三联书店 2009 年 4 月版；

《尤利西斯导读》，陈恕著，译林出版社 1994 年 10 月版；

《尤利西斯自述：詹姆斯·乔伊斯书信辑》，李宏伟译，重庆大学出版社 2011 年 3 月版；

《致诺拉：乔伊斯情书》，李宏伟译，重庆大学出版社 2011 年 5 月版。

弗兰茨·卡夫卡的梦魇世界

（1883—1924）

无边的梦魇

我不知道你是否有过陷身于梦魇的经历：你似乎突然从一个噩梦中醒过来了，仿佛溺水者终于爬到了岸上，但是，那个噩梦的氛围仍旧包围着你。你逐渐意识到，你醒过来了，你想呼喊，你想摆脱这个多少还有些可怕的处境，你想起身，但是无论你怎么努力，都无法起身，无论你怎么呼喊，都发不出声音。你浑身无力，瘫软，最后你又在梦魇的劫持下，重新沉沉地睡去。后来，你终于在白天醒过来了，你想起了晚上那可怕的一幕，你明白了，你被“魇”住了，你被短暂而可怕的梦魇缠绕过了，你呼出了一口气，你庆幸白天终于到来了。

在我的阅读体验中，阅读弗兰茨·卡夫卡的小说，就类似被梦魇所俘获。一旦你进入他的文学世界里，你会发现，那就是一个梦魇的世界，他所讲述的状态，就类似将醒而没有醒，想挣扎着逃离，但是又无法真正脱身的可怕处境。在20世纪的小说家中间，很少有谁能够像卡夫卡那样如此尖锐和深刻地描绘出人类的生存境遇和精神境况——弗兰茨·卡夫卡给我们描绘了一个梦魇中的世界，而他自己也无法从这个世界中逃身，这也就解释了为什么他的三部长篇小说没有一部是写完的，因为，他既无法给自己找到答案，也没有办法给小说中的人物以最终的出路。在梦魇般的世界里，任何人都像挣扎在蛛网上的俘获物，无可逃脱，最终只能在不断的挣扎中等待被逐渐吞噬，或者绝望地等待黎明。

也许，整个20世纪很大程度上都可以被称为是弗兰茨·卡夫卡的世纪。在人类历史上，像20世纪这样充满了激烈变革和大动荡的时期，并不多见：两次世界大战、纳粹大屠杀和犹太人集中营、苏联的“古拉格群岛”、中国的“文化大革命”、冷战结束与柏林墙倒塌、全球化和互联网的兴起等等，历史的进程不断演变，波诡云谲得令人瞠目结舌，从19世纪蒸汽机革命导致的工业化到20世纪的后工业化和后现代信息社会，从两个国际集团的大冷战到第三世界国家的独立运动，从恐怖主义到全球化浪潮，从高科技革命到原子弹、氢弹中子弹的爆炸，从“9·11”纽约双子塔遭受恐怖袭击到2008年的全球金融海啸——人类已经到了可以互相毁灭很多次，甚至一举毁灭地球的地步。这些时代的外部动荡和变化，带给了人类以心理的巨大震荡、文化和种族的激烈冲突、肉体的更多疾病和心灵的复杂创伤，还有精神上弥漫的恐惧和惶惑感。因此，在20世纪这个动荡、变化的一百年里，很难有作家像卡夫卡那样距离我们这么近，一直到今天，我都会感到我和我们全人类仍旧生活在卡夫卡所揭示的境况当中。我们在这样的境况中不断地被裹挟、异化和逼迫，我们一直在努力地寻找着出路，我们也会发现，最终，我们仍旧是弗兰茨·卡夫卡笔下的人物。

但是，任何对卡夫卡的确定的解释，在后来似乎都会遭到质疑。美国作家苏珊·桑塔格在她的《反对阐释》一文中，就有针对性地说：

> 例如，卡夫卡的作品一直经受着不下于三拨的阐释者的大规模劫掠。那些把卡夫卡的作品当作社会寓言来读的批评家从中发现了卡夫卡对现代官僚体制的层层阻挠、疯狂及其最终沦为极权国家的案例研究。那些把卡夫卡的作品当作心理分析寓言来读的批评家从中发现了卡夫卡对父亲的恐惧、他的阉割焦虑、他对自己性无能的感觉以及对梦的沉湎的种种绝望的显露。那些把卡

> 夫卡的作品当作宗教寓言来读的批评家则解释说，《城堡》中的K试图获得天国的恩宠，而《审判》中的约瑟夫·K经受着上帝严厉而神秘的法庭的审判……

她的批评犀利而尖锐，点出了对卡夫卡过度阐释的要害。

弗兰茨·卡夫卡还被理论家贴上了表现主义作家的标签。表现主义诞生在德语的氛围里是因为德语在本质上重思想表达，重理论的抽象，弗兰茨·卡夫卡因此能够运用德语写出抽象的本质，而不是仅仅描绘现象的真实，因为现象总是浮在表面。

弗兰茨·卡夫卡说：所有的东西都可以摧毁我。这显示了他的内倾、游移、敏感、不安、恐惧和脆弱。在20世纪中，由于一切外在的东西都在迅速地变化，“一切固定的东西都烟消云散了”，外部的世界很容易摧毁一个人的内心。因此我们无可逃遁，因为我们的确没有地方可以去，只有继续生活在巨大的梦魇之中等待黎明。这就是卡夫卡向我们揭示的存在状态与真实的境遇。

三部没有结尾的长篇小说

我曾经感到疑惑的是，为什么弗兰茨·卡夫卡存世的三部长篇小说中，没有一部是最终写完的？到底这就是卡夫卡的美学追求，专门制造这么一种残缺美，还是他本来想写完，却因为身体的、精神的、文学技巧的原因而难以为继？或者，到后来，他就以无法结尾的方式来否定自己的初衷？

《失踪者》是弗兰茨·卡夫卡的第一部长篇小说，写于1912年至1914年，在弗兰茨·卡夫卡去世三年之后的1927年出版。写作这部小说的时候，卡夫卡已经进入自己创作的旺盛期，但是，他却无法给自己的第一部长篇小说结尾。他甚至都没有给这部小说起名字，只是在和友人的谈话中，称他写的这部小说为“关于美国的小说”，还是他最好的朋友马克斯·布罗德将这部小说命名为《美国》。而卡夫卡曾经在自己的日记里，谈到这部小说为《失踪者》。因此，结合小说的具体情节，叫《失踪者》也许更加符合卡夫卡的原意。根据研究者的推断，1912年至1914年的卡夫卡，很想写出像英国作家狄更斯那样的社会小说，和他在表现广阔的社会层面上一比高低，弗兰茨·卡夫卡梦想描述一个时代的风貌，甚至就想“对狄更斯不加掩饰的模仿”。但是，当这部小说按照卡夫卡预定的计划前进的时候，他逐渐地偏离了原来的设想，小说自己顽强地沿着自己特定的轨道前进了，卡夫卡式的风格就逐渐地显现了出来。

在这部小说里，从来没有去过美国，但是对美国的制度很向往的弗兰茨·卡夫卡，虚构了一个叫卡尔·罗斯曼的年轻人，被自己的父母送往美国。小说共分八个章节，每个章节都有独立的名字：《司炉》、《舅舅》、《纽约近郊乡村别墅》、《通往拉美西斯之路》、《西方饭店》、《鲁滨逊事件》、《避难》和《俄克拉荷马露天剧场》。从这些题目来看，主人公注定了要在每一个环节耽搁许久。一开始，纽约港的自由女神像就出现了，十六岁的卡尔·罗斯曼欢呼雀跃。他是因为受到了女仆的诱惑、和她生了一个孩子而被父母亲送往美国的。但是，从此，卡尔·罗斯曼就开始了他荒诞不经的旅行遭遇：因为一些莫名其妙的耽搁，他半天才下了船，接连被朋友和亲戚所拒绝，然后又遭到了流氓的抢劫，遇到了各种谋生过程中的屈辱，最后，终于在一所剧场被收留，小说就在这里戛然而止。十六岁的卡尔·罗斯曼无依无靠，他的孤独感和在陌生大陆的恐惧寂寞感，贯穿着始终。因此，可以把这部小说当作是人对世间的某种基本感受：陌生而敌意的一切包围着我们每一个人，陷阱和意想不到的事情纠缠着我们，使人在迷宫一样的世界上找不到路标前行。因此，我觉得，在经历了无尽的折磨和不断的纠缠之后，卡夫卡再写下去，也没有必要了，主人公将在他受尽折磨的道路上永远地走下去。所以，他就停下笔了，使小说成了向狄更斯那伟大的现实主义致意的绝妙的反动：一部寓言化的抽象小说。

长篇小说《审判》(又译为《诉讼》)是弗兰茨·卡夫卡的第二部长篇小说，它的篇幅和《失踪者》差不多，中文都在十四万字左右，创作于第一次世界大战爆发时的1914年至1918年之间。弗兰茨·卡夫卡写这部小说，似乎驾轻就熟了，他能够动用大量的日常经验和奥地利社会现实生活呈现他要表现的抽象的本质。在小说中，银行职员约瑟夫·K突然被捕了，而他根本就不明白自己为什么被捕，于是，关于他被捕的调查和审讯不断地进行着，他进入了绞肉机一样的司法体系里，在这个封闭的、僵化的、荒诞的司法体系里，约瑟夫·K一点点陷进去，越陷越深，他想探究自己被捕的原因，但一次次地遭遇失败。最后，他被两个黑衣人处死了。小说的寓言化和象征色彩，使得小说像一个漫长的噩梦，打开了一扇包围着我们的沉闷现实的窗户。这部小说接近写完了，在分为十个部分的章节中，第十章就是“结局”，而主人公约瑟夫·K也被两个人处死，可见它基本完成。但是，很多需要补充的章节，连题目都已经拟好，弗兰茨·卡夫卡只需要添加一些东西就可以了，但它还是以接近成品的样子停留在了那里。《审判》讲述了小说主人公莫名其妙地遭遇的一场漫长的折磨，一个庞大的、无边的司法体系在和他一个人斗。面对那么一个无形庞大的体系，弗兰茨·卡夫卡笔下的主人公，也就是他自己的化身，根本就不知道发生了什么事，如何面对，以及如何脱身，终于，也难逃一死。大量现代奥地利社会的细节进入小说中，使小说在现实主义的外壳之下，包藏着寓言的内核。

1922 年 9 月，弗兰茨・卡夫卡结束了他最重要的长篇小说《城堡》的写作。从小说的语调上看，我感觉这部小说有一以贯之的气韵。《城堡》这部小说，把弗兰茨・卡夫卡的荒诞风格发挥到了极致，是最成熟和寓意最丰富的作品。小说讲述一个叫 K 的土地测量员，来到了一个山村里，打算进入附近的城堡，以便证实自己的身份，同时进行测量工作。但是，他想尽了各种办法，始终进入不了那座城堡，村民开始怀疑和排挤 K，K 也感觉这个世界就像城堡一样，他永远都无法靠近或进入。小说仍旧没有结尾，但是卡夫卡曾经透露小说的结尾，在最后的一章中，土地测量员 K 将获得部分的胜利，他没有放弃自己的斗争，但是，他最终因为心力衰竭而死去——到头来，他仍旧无法进入那个谜一样的城堡。

“无法进入的城堡”和“永恒的土地测量员”成为两个象征性的符号，可以被解释为很多种人类的境遇和存在状态，这两个符号，也成为人类在 20 世纪努力寻求各种制度、理想和幻想生活但纷纷遭受挫折的象征。我们每个人都是那个土地测量员，我们每个人都想进入一个城堡——但是，我们最终很难进去。在《城堡》中，细节的缜密和逻辑的清晰，使小说本身的混沌和模糊变得更加复杂，《城堡》近看一切历历在目，远看则是一团雾气。近看都是生活的表象，远看，在一团雾气中，似乎严密的、深刻的、逻辑清晰的主题显露出一个轮廓：在一个处处都是荒诞的世界里，我们将死于对希望的寻求中。

在这三部没有完成的长篇小说中，我可以感觉到弗兰茨·卡夫卡在写作时候的游移和不确定，因为，连他自己都不知道，小说的情节会向哪个方向发展，会增加什么样的细节，来最终表达他要表达的抽象本质。这几部小说的很多片段写得非常精彩，不过，仔细琢磨，有些地方写得就很随意。弗兰茨·卡夫卡像一个在荒野上寻找目标的迷途者，他不知道他要带他的小说去向哪个地方，小说中的停顿、反复、重复、中断比比皆是，这反映了弗兰茨·卡夫卡对写作过程本身的犹疑，尽管他确信终点就在不远的前方，他也一直无家可归。

父亲的象征，婚姻的陷阱

理解弗兰茨·卡夫卡，必须要知道他父亲和几个恋人对他施加的影响。父亲和女人，成为他生活中的参照，是映照他内心世界的一面现实的镜子。1883 年，卡夫卡出生在奥匈帝国的布拉格一个犹太商人家庭，他不是德国人，但母语是德语。他的父亲是一家商店的店主，当过兵，依靠自身的努力开了一家妇女时装批发商店，总是担心这一切都会消失，没有安全感，他把这种担心也传染给了儿子弗兰茨·卡夫卡。虽然弗兰茨·卡夫卡自小喜欢文学，但是按照父亲的强迫命令，弗兰茨·卡夫卡不得不去学习法律专业，于 1906 年获得了布拉格大学的法学博士学位。后来，他一直就职于一家保险公司。1917 年，他被检查出来得了肺结核，这个病在当时是很难治愈的疾病，这使他的生活发生了一些变化，使他最终选择了过一种只有文学和注重内心的生活。

1922 年，弗兰茨·卡夫卡开始在疗养院休养，1924 年病逝于维也纳附近的一个地方疗养院。他生前发表的作品很少，临终时，他在遗嘱中嘱咐自己的好友马克斯·布罗德，要他帮助销毁自己全部的作品手稿，还列下了详细的清单。但是，马克斯·布罗德没有执行这个遗嘱，而是在随后的一些年中坚持不懈地整理他的作品，不断地出版这些作品，于 1937 年整理出一个六卷本的弗兰茨·卡夫卡全集出版。于是，弗兰茨·卡夫卡才逐渐地获得了欧洲文学界和思想界的重视。卡夫卡死于第二次世界大战之前的 1924 年，在第二次世界大战中，他所有在世的家庭成员，都死于纳粹的集中营。这些是关于弗兰茨·卡夫卡的一些基本的情况说明。

根据他的作品中透露出的信息，我似乎感觉，是弗兰茨·卡夫卡的父亲潜在地造就了弗兰茨·卡夫卡。当然，每个儿子的肉体都是由他的父亲造就的，而弗兰茨·卡夫卡的父亲还从精神上造就了他。他的父亲对于他来说，一直是霸道、权威、压力和胁迫的象征。在他的很多小说里，父亲与儿子的冲突都是首要的情节：在短篇小说《判决》和中篇小说《变形记》中，在其他小说中，都可以看到他对父权的审视和抗拒。他的父亲原来是一个来自波希米亚南部的小商贩，后来依靠自己的精明强干发达，成为一个批发商人，因此，他在儿子弗兰茨·卡夫卡很小的时候，就开始不断地羞辱和忽略这个身体孱弱但敏感内向的儿子。在日常生活中，卡夫卡生活在暴君般父亲的阴影之下——按照父亲的愿望，他终于学习了法律，也进入了保险公司工作，只把写作当作业余的生活。他在父亲的束缚和管教下，感到窒息，备受压抑。但是，在生活中，他很少公开地反抗父亲，因为他缺乏自信和强大的力量，于是，他把对父亲的感觉都写进了小说里。他和父亲的冲突，既显示在现实生活中，也隐藏在内心深处，最终，显示在他的作品里，成为特殊的象征，甚至上升到时代的象征。

在弗兰茨·卡夫卡的短篇小说《判决》中，父亲判决儿子应该溺死，于是，儿子认真地执行了这个决定。这个故事情节深刻地显示了他对父权的那种刻骨铭心的体验。而在中篇小说《变形记》当中，变成了甲虫的格里高利，最终被包括父亲在内的家庭所遗弃，这种对亲情的无情审视，可能是所有的小说中最深刻、最令人绝望的了。在生活中，卡夫卡似乎一直渴望父亲能够理解他，理解他的写作，但是在他的父亲看来，他那完全是孩子气的幼稚。在卡夫卡的日记里，他写道，他曾经想在他所有的作品中加上一个大标题："逃出父亲势力范围的愿望"，但是，他没有胆量来这么做。也许他并不想真正从父亲的势力范围里逃走，他不过是想做一个被父亲主动驱逐和开除的人，这样他就会把所有的责任推给自己的父亲——这种心理的恐慌和暗示，给他大部分作品带来一种恐惧和犹疑的气质，这种气质成为弗兰茨·卡夫卡本人的一个标记。

弗兰茨·卡夫卡的一生，还奇怪地表现出对女人的喜欢和本能的拒斥两种相反的个性来。这种相反的性格，使他成年之后一直处在一种煎熬中。他终身未娶，虽然萌发了很多次浪漫的爱情，比如，他对菲里斯·鲍威尔小姐也保持了长达五年的热恋状态，对婚姻也是跃跃欲试，和她两次订婚，两次解除婚约，最终他没有走入婚姻。从表面上看，似乎这是女方的原因，实际上，这是他自己内心选择的结果。因为，他全身心地将业余的生活投入写作当中，文学是他最终的选择，他认为婚姻会伤害他的文学写作，会使他掉入一个温柔的陷阱中，他觉得自己在艰难的写作中，不会再有更多的时间来体验和享受男女之间的情爱了，女人的爱情对于他来说，无异于冒险和浪费时间，而婚姻是他内心所拒斥的。他渴望凡俗的生活，甚至在1920年又喜欢上一个二十五岁的女子密伦娜，并在半年多的时间里给她写了十七万字的情书，但是，当日常世俗生活注定将消磨他文学写作巨大激情的时候，他就选择了游移不定，最终，向着女人的冒险之旅就止步不前了。

也许，弗兰茨·卡夫卡从自己的父亲身上，发现了自己不想当一个领导一家人的有着绝对权威的父亲，不想承担父亲那样的社会角色，最终，上述原因使他抵制了女性的诱惑而选择了单身。

变形的文学世界

除去三部长篇小说，弗兰茨·卡夫卡还给我们留下了一百多部中短篇小说和微型小说。当然，他的有些小说介乎随笔和小说之间，文体模糊。其中，他的小说《变形记》《地洞》《一份给科学院写的报告》《判决》《饥饿艺术家》等篇章，都成为20世纪重要的小说精品，成为不断被阐释的20世纪文学流派和哲学思潮的源头之一。在这些小说中，他继续着他对世界的审察，并像第一个向我们报信的人那样，传来了猫头鹰一样警觉的声音。

弗兰茨·卡夫卡的小说没有惯常的情节逻辑，大部分都是梦幻型的和非逻辑的，一些小说在情节的发展上就像盲目的火车在前行一样。让我们来看看他那些著名的短篇小说吧。我们都很难忘记他的中篇小说《变形记》里那个著名的开头："一天早晨，格里高利·萨姆沙从不安的睡梦中醒来，发现自己躺在床上变成了一只巨大的甲虫。"这个开头一定是所有的小说中最著名的开头之一了。弗兰茨·卡夫卡的小说中，主人公的头顶永远都悬着一柄达摩克利斯之剑，仿佛随时都会落下来，不可测的厄运好像会突然地降临到主人公的头上一样。而围绕着主人公的，则是噩梦般的异化了的世界，在那里，所有的规则和思想，行动和语言，都是荒诞和不可理喻的。而在他最早期的短篇小说集《观察》中，一种寓言化的书写风格就确立了。1902 年，他就完成了这个小说集。《观察》由十八个微型短篇构成，长则三千字，短则几百字，在这些短篇故事，甚至有随笔风格的寓言故事里，卡夫卡表现出他用寓言和变形来解构和把握世界的概括的能力。在他所创造的噩梦般无法摆脱的世界里，到处都是异化和对异化的反抗，以及这种反抗所导致的失败。

除了《变形记》，他著名的短篇小说还有《在流刑营》

《乡村医生》《万里长城建造时》《骑煤桶者》《关于一条狗的研究》等等。这些小说，几乎每一篇都有让我们牢牢记住的细节和符号化的强烈印象。有的小说情节非常残酷和冰冷。比如，我们不可能忘记《骑煤桶者》中那个因为寒冷而到处去借煤，但是却没有人借给他，最后骑桶的人不得不在寒冷的天空中越飞越高，悲哀地离开这个冰冷的世界的情景；在短篇小说《判决》中，主人公被父亲抛弃，在根本就不知道自己是何种罪名的情况下，投河自杀，执行了父亲对他的判决；《饥饿艺术家》就像是卡夫卡本人的自况，他写出了艺术家的绝望——一个演员以表演饥饿为自己的谋生技艺，和他一起在旁边的铁笼子里表演饥饿的，还有一头同样处境的黑豹；而《乡村医生》则表现了医生悬壶济世理想的破灭，医生在大风雪天前往一个村子去救治一个病人，可是他需要借马，马匹弄到了，赶到了病人家，但是，他却被这家人羞辱了，有一种受骗上当的感觉，只好在风雪中逃走，驾着马车四下流浪，无家可归；《在流刑营》中，一个军官不厌其烦地给旅行者介绍自己刚刚发明的准备处死违反纪律的士兵的刑具，最后，他终于使用了这个刑具，整个过程是那么地合理，可又那么地残酷和荒诞；在《一份给科学院写的报告》中，卡夫卡以叙述者过去当过猿猴的口吻，来讲述了自己猿猴的生活，展示了人类对动物、殖民者对那些被压迫民族的同情；《万里长城建造时》是卡夫卡的作品中少有的关于中国题材的作品，我想，卡夫卡一定想到了万里长城建造时的艰难和不可思议，长城这个为了防御中国北方游牧民族的军事建筑物，从来都没有起到它的作用，耗费这么大的人力物力去建造这么一个东西，最后却没有起到作用，其本身的荒诞感如此鲜明。在《地洞》中，鼹鼠一样的人畏惧外部的生活，他决心从此躲在地洞里生活，但是，建造地洞的过程，地洞本身的优点和缺点也被地洞中的叙述者一一地思考着，一种地洞人生，恰恰是弗兰茨·卡夫卡要表达的某种人生象征。

弗兰茨·卡夫卡的这些杰出的短篇小说，给人鲜明的印象是，小说从此更加向人的内心宇宙走去，那种紧张和焦虑，与外部世界的对抗，对环境压迫的怀疑和反抗情绪既隐晦又强烈。除去一些标准长度的短篇小说，他还写下了大量的微型小说，这些小说最短的只有六十四个字，全部算起来，弗兰茨·卡夫卡一共写了一百一十八部短篇小说。当然，有些小说的体裁在寓言故事、随笔和小说之间，很难界定清楚到底算是哪个文体。在小说之外，卡夫卡还创作了数十万字的随笔，还有一些谈话录、日记和书信，以及给菲里斯和密伦娜的情书，这些情书就有八十万字之多。以上的这些文字，构成了弗兰茨·卡夫卡丰富、深邃而驳杂的文学世界。

遗嘱的真正意图

弗兰茨·卡夫卡是少数要焚毁自己全部作品的作家之一，这成了探究弗兰茨·卡夫卡一个重要的谜。他为什么要留下遗嘱，请友人烧掉自己的全部作品呢？难道，他真的认为自己的作品毫无价值了？或者说，他沮丧到了认为自己花费了那么多的精力甚至放弃了家庭所经营的文学世界，都是一无是处的废品的地步？

在弗兰茨·卡夫卡留给自己的好朋友马克斯·布罗德的遗嘱中，他要求好朋友执行烧掉他创作的所有小说手稿的指令。但是，这里面最令我生疑的是，弗兰茨·卡夫卡有必要费这个劲吗？他亲自焚毁自己的小说手稿，这样不是更加爽快吗？难道非要让自己的好朋友来以执行遗嘱的方式，烧掉这些小说？显然，卡夫卡真正的意图，并不是烧掉这些凝聚了他全部希望的小说原稿。他真正的意图是，要让这些小说在好朋友马克斯·布罗德的整理和判断之后，以出版物的形式，流传在世界上。也许，他本来就了解马克斯·布罗德的品行，因为这个好朋友肯定不会无视他的创作，无视他最后的托付，好朋友不会忠实地执行卡夫卡表面的遗嘱，而是会去体会遗嘱背后的真实意图，也就是真实的遗嘱：把这些稿子整理好，然后流布于世。

我们不能批评弗兰茨·卡夫卡虚伪和矫情，不能批判他的虚与委蛇。因为弗兰茨·卡夫卡在这一点上也表现出了他空前的犹疑态度。他一方面觉得自己的写作是非常有价值的，但是另外一方面，他又觉得自己所创造的文学世界毫无价值，因为在此之前，人类还从来都没有这样的小说存在，没有他可以参照的文本。这就像是他在荒野上开辟出一条道路，他独自一个人，根本就无法认定自己是否真的开辟了前所未有的道路。于是，在这种痛苦的摆动当中，他最终选择了让朋友马克斯·布罗德来帮助他决断，来帮助他判断他作品的价值。而根据他的了解，马克斯·布罗德品德高尚，鉴别力非凡，无论如何都不会烧毁这些手稿，并且会在选择和判断之后，使它们获得新的认可。这就是弗兰茨·卡夫卡遗嘱的真实情景。

我想，就像马克斯·布罗德所形容的那样，弗兰茨·卡夫卡是一个无家可归的异乡人，他告诉我们也许根本就没有故乡，因此，我们都是异乡人，可是我们也回不了故乡，我们必须要遭到无法回到故乡的惩罚，必须要在这个无依无靠的世界上流浪。这就是弗兰茨·卡夫卡以绝望的方式带给我们的希望。我一直觉得，弗兰茨·卡夫卡是一个很难模仿的作家，因为他太独特了。如果你不能从精神上把握卡夫卡的精髓，领会他写作的奥义，你很难写出来一篇具有“卡夫卡风格”的作品。我们至今仍旧被卡夫卡所揭示的复杂境遇和精神状态所包围着，因此，阅读和理解卡夫卡，在21世纪仍旧具有现实性。

和普鲁斯特、詹姆斯·乔伊斯一样，弗兰茨·卡夫卡也是20世纪现代小说非常重要的一个源头。尽管他很难模仿，但是他那巨大的创造性和对人类境遇的真切揭示，以可感的形式和惊心动魄的力量，必然地要影响一批杰出的作家。比方说，在爱尔兰出生的法国作家、荒诞派戏剧大师塞缪尔·贝克特的那些小说和戏剧中，变形、夸张和异化也体现得非常丰富。贝克特甚至走得更远，他将自己小说的主人公写成了无名无姓的人，让他们在一个荒诞的世界里独自存活。当加西亚·马尔克斯还在为如何写小说而一筹莫展的时候，他读到了《变形记》，立即豁然开朗：“原来小说还可以这样写！”从此就“发现”了属于整个拉丁美洲的魔幻现实主义；阿根廷作家胡里奥·科塔萨尔的很多短篇小说，都显示了卡夫卡的巨大影响。在科塔萨尔的小说里，突如其来的情节和离奇的变化经常显现，不可预知的命运会突然地降临，改变主人公的一生。而日本作家安部公房的所有小说，都可以说是在弗兰茨·卡夫卡的影响下写出来的，只不过安部公房将第二次世界大战之后高度发达的日本现实和人的精神境况与卡夫卡的异化感结合，写出了日本化的荒诞小说。中国当代小说家中，受惠于卡夫卡的也有不少，余华一些早期的中短篇小说明显地受到了卡夫卡的影响，可惜他没有在那条路上走得更远。而残雪则是卡夫卡的中国女传人，也许她本人并不很承认这一点，但是，她用自己女性化的敏感和对中国社会现实的独特把握，结合对卡夫卡的理解，写出了一些特殊的、杰出的叙事作品。

由于弗兰茨·卡夫卡从来都没有完成过一部长篇小说，我想，他的小说的魅力，主要在一些片段和断片。尽管在文本规模上他难以和写出了《尤利西斯》和《追忆似水年华》的两个小说家相比——乔伊斯和普鲁斯特所创造的文本显然更加地庞大、丰富和完整，但是，弗兰茨·卡夫卡凭借他这些无可匹敌和具有启示意义的文学断片，就已经成为20世纪以来的核心作家——他的尖锐和深邃在某种程度上还超过了上述两位作家。弗兰茨·卡夫卡在21世纪也注定越来越重要，他是一个持续了一百年的文学梦魇和神话。

阅读书目：

《城堡》，汤永宽译，上海译文出版社 1980 年 1 月版；

《怪笔孤魂——卡夫卡传》，三野大木著，耿晏平译，中国文联出版公司 1987 年 11 月版；

《卡夫卡》，戴维・马洛维兹著，赵丽颖译，文化艺术出版社 2003 年 8 月版；

《卡夫卡短篇小说全集》，叶廷芳主编，赵登荣等译，文化艺术出版社 2003 年 8 月版；

《卡夫卡全集》（十卷本），叶廷芳主编，洪天富等译，河北教育出版社 1996 年 12 月版；

《卡夫卡——身体的位相》，平野嘉彦著，刘文柱译，河北教育出版社 2001 年 8 月版；

《卡夫卡随笔》，冬妮译，漓江出版社 1991 年 6 月版；

《卡夫卡文集》（增订版），高年生主编，高年生译，作家出版社 2011 年 3 月版；

《卡夫卡传》，罗纳德・海曼著，赵乾龙等译，作家出版社 1988 年 4 月版；

《卡夫卡传》，马克斯·布罗德著，汤永宽译，漓江出版社 1999 年 1 月版；

《论卡夫卡》，叶廷芳编，中国社会科学出版社 1988 年 9 月版。

辑二

“二战”后美国小说巨擘

欧内斯特·海明威：行动的人

（1899—1961）

行 动 的 人

在我看来，欧内斯特·海明威首先是一个行动的人，一个具有传奇色彩的人，其次才是一个杰出的小说家。欧内斯特·海明威可以说是在中国影响最大的美国小说家，在很长的时间里，他作品的中文译本不断翻新，并且总是能够保持着稳定的销量，这很大程度上得益于他的传奇经历和人格魅力。从某种程度上说，海明威是挡在自己作品前面的人，他以自身的传奇性和行动性，将小说写作变成了行为艺术，他的行动和小说写作密不可分，这在小说史上也是一个奇观。而且，海明威创造出一种地地道道的美国小说，在短篇小说的写作上成就尤其突出，以其文本上强烈的简洁风格和省略性叙述，将小说的叙述艺术带到了一个新天地，昭示了小说的发展方向，并影响了很多后世小说家。同时，他还拓展了美国文学的新疆界，与威廉·福克纳一起提升了“二战”之后的美国文学，并将现代小说叙事艺术的发展中心，强有力地从欧洲转移到了美国大陆。

欧内斯特·海明威1899年出生于美国芝加哥附近的奥克帕克村，他父亲是一名医生，母亲非常爱好文学和艺术，这对夫妇一共生育了六个孩子，海明威是他们的第二个孩子。在海明威很小的时候，他母亲就教他拉大提琴，并教他欣赏美术作品，而父亲则教他钓鱼和打拳击，教他各种体育活动。父母亲在美和力两个方面的培养，奇妙地统一在海明威身上，成为他一生受用的两个方面。按说，行动性非常强的体育活动和内向式的艺术审美活动恰恰是相反的，但是，在性格和爱好互补的父母亲的影响下，他吸收了他们各自的长处，从而造就出他这个独特的人。在中学时代里，海明威的体育成绩就非常好，游泳、足球、射击、拳击都是他擅长的运动，他还参加了学校里的乐队，拉大提琴，在文学方面也很早慧，很早的时候就开始写短篇小说，并且向学校里的刊物投稿。1917年，十八岁的他中学毕业之后，就去了堪萨斯市的《星报》担任记者，正式开始了自己的文字生涯。在早期的新闻写作当中，新闻稿件对简洁和准确、生动和具体以及短句与活泼文风的要求，使他积累了很特殊的写作经验，为他日后创造出电报式的文学写作风格打下了基础。

1918年，十九岁的海明威参加了美军，投身于在欧洲的第一次世界大战，担任的是红十字会医疗车队的司机。这段时间，他主要在欧洲南部特别是意大利的后方医院里服务，在一次袭击中身受重伤，经过治疗，次年回到了美国，在家中继续写作。接下来的几年时间里，他又担任了《星报》驻欧洲的记者，在巴黎、日内瓦等地采访，并且在美国作家舍伍德·安德森的介绍下认识了侨居巴黎的美国女作家格特鲁德·斯坦因，和诗人庞德等交往，在他们的影响下写作水平进步神速。1923年，海明威出版了他的第一本书《三个短篇和十首诗》，次年，在巴黎，他又出版了短篇小说集《在我们的时代里》，这个集子收录了十八部以年轻的主人公尼克（实际上是海明威自己的化身）为主角的短篇小说。1926年，他还出版了中篇小说《春潮》。《春潮》是对他的文学启蒙老师舍伍德·安德森的小说《黑色的笑声》带有恶作剧性质的戏谑和模仿，据说，这严重伤害了舍伍德·安德森的感情。以上这三本书是海明威初露头角的作品，虽然销量都很小，但已经开始呈现出海明威独特的语言技巧和叙事风格，引起了英语世界的作家同行与评论家们的注意。

海明威真正引起广泛关注的作品，是他的第一部长篇小说《太阳照常升起》。这部小说出版于1926年，小说的主人公是一群参加了第一次世界大战后在欧洲居留的美国青年，他们的生活面临危机，残缺不全又找不到方向，从而描绘了一代青年的迷惘和幻灭感。我觉得这可以说是一部艺术家小说，书中刻画了想当作家和艺术家的美国青年在巴黎的困顿、探求和失落，而巴黎的五光十色和艺术氛围并没有抚平这些青年内心的失落感，反而使他们找不到出路，变得更加迷惘。文字上充满了后期印象派画家那样的光影感，死亡、疾病、伤残和心理问题笼罩在小说主人公的身上，具有很强的艺术感染力。侨居巴黎的美国女作家斯坦因看了这本书的手稿，对海明威说，“你们都是迷惘的一代”，海明威就把这句话作为小说的题记放在了扉页上，可见他对这句评语的欣赏。《太阳照常升起》也因此成为“迷惘的一代”这个短暂和影响不大的文学流派的代表作。这本书的出版，使海明威看到了自己的真正前途不是在欧洲，而是在美国大陆。于是，1927年，他回到了美国。

我觉得，海明威逐步确立了自己的“硬汉”文学写作风格，是以1927年出版的短篇小说集《没有女人的男人》为起点的。这部短篇小说集题材广泛，描绘了拳击手、西班牙斗牛士等一些硬汉形象，他们在面临人生困境和抉择当中，显示出男人的力量。尤其是当死亡的威胁来临的时候，男人们竟然直接面对，毫不退缩，呈现出和美国精神相符合的一面，而美国精神带有拓荒性、创造性和冒险性，这些特性在海明威的笔下都有呈现，海明威逐渐找到了自己的声音和写作的题材，以行动的人的方式，展开了他迷人的文学写作。

行动的小说

我认为，长篇小说《永别了，武器》（1929）是海明威影响最大的作品，也是他最好的小说之一。小说带有一定的自传性，描绘了一个年轻的美国军官在意大利前线负伤后，住进了战地医院，并和一个英国护士有了一段悲剧性爱情——女护士最后难产死亡，年轻的军官带着悲情离开了欧洲。小说主题是反战的，情节上，带有一点通俗爱情悲剧小说的影子，隐含着大男子主义的观念——女护士的死，解决了他们之间的一个即将面临世俗生活的难题，使小说带有了希腊悲剧的壮美色彩。小说的语言干净利落，叙述扎实简洁，细节生动具体，没有废话，没有多余的描写，人物的性格也比较生动，但是稍显平面。小说里有很多警句一样的议论，是对那个时代非常有力的批判和判断，今天看来，也非常有力量。从小说的形式上来讲，这还是一部多少有些中规中矩的现实主义作品，但海明威还是在语言和句子上，顽强地打上了他自己的鲜明烙印，就像美国西部的牛仔给自己的牛打上一个区别于其他人的牲畜的符号一样，这个烙印，就是他那精湛的叙事艺术，是属于海明威自己的，以精练、简洁、生动和省略为特点。尤其是小说的开头和结尾部分，可以和《百年孤独》的开头相媲美，特别值得分析。小说在开头部分，就确立了整部小说的叙述风格和语调：

> 那年深夏我们住在村里的一所房子里，越过河和平原可以望见群山。河床里尽是卵石和大圆石，在阳光下显得又干又白，河水清澈，流得很快，而在水深的地方却是蓝幽幽的。部队行经我们的房子朝大路走去，扬起的尘土把树叶染成了灰蒙蒙的。树干也蒙上了尘土。那年树叶落得早，我们看到部队不断沿着大路行进，尘土飞扬，树叶被微风吹动，纷纷飘落……

我们可以感觉到，在写景的文字中，蕴含着战争即将摧毁这一切的担忧，简洁、具体和生动的句子，立即把我们带到了现场。而小说的结尾则更加出色，是小说史上最值得分析的结尾之一。据说，海明威改写了三十九遍，才感到最终满意了。在这里，我引文如下：

我走到房间的门口。"你现在不能进去。"一个护士说。

"不，我能。"我说。

"你还不能进去。"

"你给我走开，"我说，"另一个也走开。"

但是等我把她们赶走以后，关上房门，拧熄了电灯，并没有丝毫用处。这好像是在向一尊塑像告别。过了一会儿，我走出房间，离开医院，冒着大雨回旅馆去。

和《百年孤独》开头那句绕口的，包含了时间的过去、现在和未来的写法不一样，《永别了，武器》的开头和结尾都是现在进行时的。小说的结尾是对一种悲剧性情景的描绘：男主人公要去向恋人的遗体告别，两个护士在场，他把她们赶开了。然后，他默默地举行了一次告别，没有悲痛欲绝，没有呼天抢地，没有大声哭泣，他坐了一会儿，就离开了那里。而强烈的感情恰恰全部隐藏在简约的文字背后，海明威用主人公的动作和形象来表现人物的感情和心理活动，用精粹的句子描述主人公的内心活动，用简练的对话来呈现人物的性格，达到了超凡的效果，这就是海明威的小说叙事艺术的魅力。

1930 年代前期，海明威居住在美国的佛罗里达，后来，他嫌那里不好玩，又迁到了古巴，这和他喜欢大海有关。他的生活方式主要是捕鱼、打猎和读书。1932 年，他出版了关于西班牙斗牛士的长篇专著《午后之死》，这本书将斗牛提升到与雕塑艺术并驾齐驱和死亡美学的高度。这本书里还有从斗牛引申开来的、他对文学写作的一个著名的论断：“冰山在海里移动是很庄严宏伟的，这是因为它只有八分之一露出水面。”后来，在小说的叙事艺术上他所努力实践，并且几乎达到了完美境地的文学理念，就是这个冰山理论——在他简约的叙事语言的背后，读者仍旧可以感觉到，乃至阅读到他没有写出来的八分之七的东西。这就是海明威在小说叙事艺术上的追求和贡献。1933 年，他出版了短篇小说集《胜者无所得》，1935 年又出版了他的狩猎笔记《非洲的青山》，描绘了一年以前他和自己的第二任妻子以及好友卡尔一起去非洲打猎的经历，在那里，他们一共打了三头狮子、一头水牛、二十七只各种稍微小一点的动物。书中还描绘了打猎的惊险和非洲奇特的大自然，还有他与好朋友卡尔的争强好胜以及与妻子的和谐恩爱，可见这段时间他过着多么逍遥自在的生活。

1937 年，海明威出版了长篇小说《有的和没有的》，我觉得这是一部中等水平的小说，描绘了一个在美国社会里单枪匹马闯荡的男人哈里的一生。他在古巴和美国之间走私，最后丢掉了性命，成了一个悲剧英雄。小说的结论是：在美国这个社会，一个人依靠勇气闯荡根本不行，只能毁灭。这是海明威对自己的硬汉哲学与行动哲学的一种悲观的思考，小说体现出冒险和硬汉的精神，带有悲剧的震撼力量，但是无论是人物还是故事情节，都显得单薄。同一年，西班牙反法西斯内战爆发，作为记者，他筹集了几万美元和几辆汽车来到西班牙，去支持共和政府，反对佛朗哥的法西斯军政权。次年，他发表了他一生中唯一的剧本《第五纵队》，这个剧本共分三幕，以马德里保卫战为背景，讲述了共和政府如何粉碎了马德里城中的一个间谍网的故事——尽管这场内战最终以佛朗哥的法西斯军政权上台结束。近距离地观察西班牙内战，带给了他巨大的创作激情，而当时荷兰导演伊文斯拍摄了一部纪录片《西班牙大地》，解说词也是海明威写的，并且还由他操着美国中西部的口音来亲自配音。

1940 年，他出版了以西班牙内战为题材的长篇小说《丧钟为谁而鸣》，讲述一个美国志愿战士乔顿参加了西班牙游击队，奉命去炸掉一座桥梁，最后壮烈牺牲的故事。小说的故事情节发生在三天里，显得十分紧凑。在小说的副线中，穿插了几个爱情故事以及西班牙游击队员内部的矛盾和分歧，小说翻译成中文有四十万字，是海明威所有生前出版的小说里最长的，而且，里面有大段的内心独白和回忆，这使小说显得拖沓和冗长，而他的“冰山理论”在这部小说里尽管有所体现，但是却不够明显。可见，他的“冰山理论”更适合短篇小说的写作。而且，他参与政治的热情实际上掩盖了在艺术上的精湛表达，小说的情节和人物的命运有拼凑和硬性虚构的痕迹，所以，我认为，这是一部很一般的作品。不过，它作为精确反映西班牙内战那个时代氛围的一部战争小说，倒在文学史上留存了下来。

行动的哲学

欧内斯特·海明威一直信奉一种行动的哲学，他不是一个书斋里的作家，尽管他一向广泛阅读，博览群书。他是一个行动的人，只有在行动中，他才可以写出他的小说来。在“二战”爆发之后，他最令人称道的行动就是，改装了他的那艘名字叫“皮拉尔号”的游艇，使之变成了一艘可以进行反潜艇作战的炮艇，在茫茫大海上寻找德国潜艇。不过，没有关于他和德国潜艇遭遇的任何记录。在“二战”快结束的时候，他还率领一支游击队参加了解放巴黎的最后战斗。但因为他的身份是必须保持中立的记者，战后他被法庭审讯，结果无罪释放了。

海明威在小说写作上的高峰，应该是《老人与海》。这部篇幅只能算是一个大中篇的小说出版于 1952 年。此前的 1950 年，他还出版了一部长篇小说《过河入林》，描绘了一个参加了战斗的上校前往自己过去战斗过的地区，回忆当年在那里发生的战争的故事，有大量的心理描写，但是故事和叙述都缺乏有力的支撑，显得苍白贫乏。而篇幅不大的《老人与海》则相反，描绘了一个古巴老渔民桑地亚哥，在出海之后打到了一条巨大的马林鱼，但是当他想尽办法、费尽力气与周折把大鱼拖回港口的时候，那条大鱼已经被鲨鱼啃得只剩下了骨头架子。这部小说将老渔民幻化成可以以耐力和信心抵抗任何人生挑战的强大符号——“一个人并不是生来要给打败的，你尽可以把他消灭掉，可就是打不败他”。据说，《老人与海》这部小说本来是一部长篇小说的结尾部分，结果，海明威把前面几个部分都删掉了，只保留了有两万六千五百三十一个单词的这个结尾，从而奇迹般地成就了一部杰作。

评论家对这部小说给予了毫不吝惜的赞美，并对这部小说进行了各种各样的分析。他们认为，小说塑造的这个老渔民，和他以往所塑造的那些硬汉，比如斗牛士、战士、打猎者、偷渡和走私者都不一样，老渔民的经历不仅和古希腊悲剧中的一些角色有呼应的关系，还是一个寓言，一个现代基督，一个巨大的人类命运的象征。同时，他的“冰山理论”

在小说的叙述中运用得非常成功，简洁的叙事和纯粹的动作描写，使得小说带有硬朗的骨架和密度，掩盖了长度和难度的匮乏，以自身的强大力量征服了读者。但是，海明威却说："没有什么象征主义的东西。大海就是大海。老人就是老人。孩子就是孩子。鱼就是鱼。鲨鱼就是鲨鱼。"这部小说也是他自己觉得最满意的。小说获得了1953年的美国普利策文学奖，并且，由于这本书的出版，两年之后的1954年，他就获得了诺贝尔文学奖。在给他的授奖词中有这样的评语："和他的任何一位美国同行相比，海明威使我们更清楚地看到屹立在我们面前的是一个正在寻求准确方式来表达自己意见的朝气蓬勃的民族……作为这个时代伟大风格的缔造者，海明威在二十五年来的欧美叙事艺术中有着重大的意义，这种风格主要表现为对话的生动和语言的交锋。"

海明威一生都喜欢参加各种冒险活动，包括了战争、打猎、捕鱼、观看斗牛等等，这些活动加上酗酒和两次非洲打猎中的小飞机失事，都给他的身体带来了一些损害。在他的体内，还留着一些弹片，这些弹片总是带给他肉体与神经上的痛苦，并成为日后导致他焦虑和抑郁并最终自杀的病灶之一。1959年，卡斯特罗领导的古巴革命胜利之后，海明威就离开了古巴，回到了美国，居住在爱达荷州，其间还去西班牙看斗牛。他对斗牛有着深刻的体会和研究，并从中不断发掘出他标榜的硬汉美学和人生哲学。1960年，他出版了生前最后一本著作，这又是一本描绘斗牛的专著——《危险的夏天》。因为身体的病痛，加上糖尿病和高血压的影响，1961年7月2日，他终于不堪忍受，用自己的猎枪轰掉了自己的脑袋，惨烈地自杀了。海明威连死亡的方式都是那么具有行动感，那么主动，那么热烈而又让人震惊，他以自身的举动来证明了自己的行动哲学。

在他身后，留下的遗作还有不少，后来陆续由他的遗孀整理出版，包括长篇回忆录《流动的盛宴》(1964)、长篇小说《海流中的岛屿》(1970)、《伊甸园》(1986)、《曙光示真》(1999)、《海明威书简》(1981)，等等，这些作品从叙事艺术上看，并没有超过他出版过的几部最好的小说。《流动的盛宴》回忆了当年海明威在巴黎流浪和闯荡的真实经历，其中，对很多同代作家尤其是对菲茨杰拉德的描绘最为逼真。长篇小说《海流中的岛屿》也很像一部粗糙的草稿，共分成三个部分，描绘一个画家一生中的三个片段。画家的三个儿子分别死于车祸和战争之后，画家决定亲自投身到反法西斯的战争中去。小说的主人公带有海明威自己的影子，尤其是第三个部分里，画家在海上执行搜捕潜艇的任务，和海明威自己改装游艇成为一艘小兵舰的经历很相似，画家也是他塑造的典型的硬汉人物形象，画家怎么遭受生活的打击都没有倒下去，所以，小说在主题上是重复的。遗孀整理的时候不忍删节，不能像海明威自己那样痛下板斧，中文篇幅达四十二万字，行文并无剪裁，我觉得是一部很一般的作品。

《伊甸园》也是海明威的遗作之一，小说的原稿有一千五百页，在出版社编辑的多次删节之下出版了，翻译成中文有十七万字。好像海明威不写他自己就不行一样，这部小说的主人公一看就是作者的化身。小说的时间背景是20世纪20年代，人物有三个，青年作家大卫、他的新婚妻子和妻子的女友，他们三个人形成了一种多少有些畸形的恋爱关系。小说的题目叫伊甸园，显然就是为了描述亚当和夏娃当年吃禁果的感受，小说的主题是情爱和性，带有变态性爱的一些场景是小说的特色，但并不过火，而是很隐晦，这也是海明威多年都没有修改并出版它的原因。据说，小说的三个主人公可以从海明威和他的第一与第二任妻子身上找到原型，从小说的情节上，可以看出海明威某些生活的真相和隐衷。

长篇小说《曙光示真》则以他和第四任妻子玛丽前往非洲打猎的经历作为背景，其中，刻画了海明威自己在当地结识的一个黑皮肤的女友黛芭和他们夫妇的关系，隐含了一种三角恋的微妙关系，但是，这种三角的男女关系却处理得相当好。经过编辑的删削，最后面世的小说只是手稿的一半，其力度和艺术水平都无法和他的那几部杰作相比。

总体来说，欧内斯特·海明威以他简洁得同电报电文一样的语言风格，引发了一次文体和叙事的革命，这一点，后来在世界上很多作家的作品中，都可以看到影响。在他的十多部中长篇小说中，《太阳照常升起》、《永别了，武器》、《丧钟为谁而鸣》和《老人与海》是最好的，分别展示了他创作中最重要的符号价值和文学阶段：《太阳照常升起》是他早年开创出“迷惘的一代”文学风格的代表作，《永别了，武器》和《丧钟为谁而鸣》则分别描绘了第一次和第二次世界大战带给他的无法磨灭的印记；《老人与海》则代表了他的“硬汉文学”的高峰，并具有古希腊悲剧和圣经故事的伟大而动人的力量。

海明威的短篇小说一共有七八十篇，都非常风格化，叙事技巧精湛而无与伦比，开创出了短篇小说写作的一个新天地。这方面的代表作是《乞力马扎罗山的雪》《白象似的群山》《杀手》《弗朗西斯·麦康伯短促的幸福生活》等。在写作小说的过程中，他就像拿着一把斧头的人，砍掉了整座森林里的枝枝蔓蔓，省略和空白恰恰最终丰满了作品本身，让我们看到了这种省略之后的满溢，也实现了他要“写出一句真实的句子”（见回忆录《流动的盛宴》），以及以八分之一的显露来展现八分之七的隐含内容的冰山理论，对话往往是他的短篇小说里最精彩的部分。另外，1972年，纽约一家出版公司编辑出版了收有二十四个短篇小说的《尼克·亚当斯故事集》，这是从海明威生前发表的三个短篇小说集和一些未发表的小说手稿中挑选的，主人公都是尼克·亚当斯，这个贯穿小说的人物更像是一个旁观者，主要经验都取材于海明威的青少年时期的成长经历，以及对这种经验的深度挖掘和超越。

海明威是一个敢于挑战前辈和同辈的作家，他性格鲜明，自我感觉一向特别好，是一个自大狂。他曾经和威廉·福克纳、菲茨杰拉德打过笔仗，互相较劲，吹牛说自己更热爱大海，而不愿意憋屈在威廉·福克纳的那个小县城里。但是，实际上，福克纳却比他更具有深度和厚度。他还痛恨批评家，骂他们是“待在文学身上的虱子”，这实际上妨害了他自身的完善。因为一些评论家在他的创作后期，对他提出了很多的批评和指点，他全然听不进去，以硬汉式的粗暴作风，猛烈地攻击善意批评他的人，这显示了他性格上的刚愎自用和目中无人。他经历了四次婚姻，这也成了美国报刊上的花絮，我想，也许，从心理学和人格病理学上来分析海明威，会得出更加有趣的东西。

欧内斯特·海明威也是很勤奋的，待在房间里的时候，他总是在读书。他在《海明威谈创作》一书中这么说道：“作家应当什么书都读，这样他就知道应该超过什么……一个真正的作家要和死去的作家比高低。”虽然海明威的小说在文化深度和哲学深度上，都没有给小说史带来更多的贡献，他所虚构的文学世界也因为题材和主题的重复而显得狭小，风格上也有些重复。但是，他却是作家群中少有的一个有着巨大性格魅力的行动的人，一个改变了作家应该总是待在书斋里形象的硬汉，而且，把他自己的经历牢牢地和他的写作捆绑在一起，成就了20世纪的一个文学传奇，这包括了他勇敢而决绝的自杀。难怪到现在，在美洲的某些地方年年都要举行模仿海明威的大赛，大家个个都留着海明威式的招牌大胡子，端着啤酒杯，像还在人间的海明威那样，在开怀畅饮，继续着一个富有人情味和文化意味的传奇。

总体上看，我觉得，海明威的长篇小说中不少都是不成功的，主题重复、人物形象过于外在化是通病，小说的主人公大都是他自己的化身，他通过塑造那些硬汉来重新塑造自我的形象。但是，他却是20世纪少数几个最杰出的短篇小说家之一，在20世纪的美国文学历史上，我把他排在福克纳和索尔·贝娄之后。他接近了文学的峰巅，但是，就像他的短篇小说《乞力马扎罗山的雪》里开头一段文字，描绘在乞力马扎罗山雪峰的旁边有着一头风干了的雪豹的尸体，没有人知道它怎么会在那里一样，我觉得，那头雪豹就象征着海明威自己，他一直在努力攀登文学的巅峰，最终功亏一篑，后继乏力，英勇地死在了高高的半山腰，获得了一种永恒的遗憾和孤独。

正如海明威在诺贝尔文学奖的获奖答词中说："一个在孤寂中独立工作的作家，如果他确实不同凡响，就必须每天面对永恒，或者面对永恒缺乏状态下的那种孤独。"

阅读书目：

《爸爸海明威》，A. E. 霍契勒著，蒋虹丁译，译林出版社 1999 年 3 月版；

《不固定的圣节》，汤永宽译，上海译文出版社 1999 年 12 月版；

《春潮　老人与海》，吴劳译，上海译文出版社 1999 年 7 月版；

《岛在湾流中》，蔡慧译，上海译文出版社 1999 年 7 月版；

《第五纵队　西班牙大地》，冯亦代等译，上海译文出版社 1999 年 12 月版；

《非洲的青山》，张建平译，上海译文出版社 1999 年 12 月版；

《过河入林》，银星等译，春风文艺出版社 1989 年 1 月版；

《海明威短篇小说全集》（上下册），陈良廷等译，上海译文出版社 1995 年 10 月版；

《海明威入门》，埃罗尔·塞尔柯克著，杨道圣译，东方出版社 1998 年 9 月版；

《海明威谈创作》，董衡巽编选，生活·读书·新知三联书店 1985 年 5 月版；

《海明威研究》，董衡巽编著，中国社会科学出版社 1980 年 11 月版；

《海明威在古巴》，希拉里·海明威等著，王增澄等译，宁夏人民出版社 2008 年 5 月版；

《海明威在中国》，杨仁敬编著，厦门大学出版社 2006 年 5 月版；

《获而一无所获》，魏志远译，四川文艺出版社 1993 年 6 月版；

《老人与海》，董衡巽译，漓江出版社 1987 年 7 月版；

《丧钟为谁而鸣》，程中瑞等译，上海译文出版社 1982 年 9 月版；

《曙光示真》，金雯等译，上海译文出版社 1999 年 12 月版；

《死在午后》，金绍禹译，上海译文出版社 1999 年 7 月版；

《太阳照常升起》，赵静男译，上海译文出版社 1995 年 12 月版；

《危险的夏天》，主万译，上海译文出版社 1999 年 7 月版；

《伊甸园》，许其鹏译，作家出版社 1988 年 3 月版；

《永别了，武器》，汤永宽等译，浙江文艺出版社 1991 年 12 月版；

《再见，海明威》，莱昂纳多·帕杜拉著，华慧译，浙江文艺出版社 2008 年 12 月版。

索尔·贝娄：知识分子的灵魂图谱

（1915—2005）

一

如果推选美国最好的作家，在20世纪上半叶，我觉得，德莱塞、威廉·福克纳、海明威、菲茨杰拉德、托马斯·沃尔夫等人都应该榜上有名，这其中威廉·福克纳又是最重要的。那么，20世纪下半叶美国最好的小说家是谁？这个问题也很难回答，俗话说，“文无第一，武无第二”，很难在作家中间区分出谁最好，在不同的人之间，答案肯定是不一样的，因为审美的事情一向是仁者见仁，智者见智。

观察美国20世纪下半叶的小说家，如果从中间只挑选一个人，我根据自己的偏爱，选择了索尔·贝娄。我觉得，索尔·贝娄最能够代表美国20世纪下半叶的文学走向，并且显得卓然不群。这首先在于他蓬勃旺盛的创造力，他的作品以令人吃惊的深度和广度，展现了五十年来美国社会的生机勃勃和美国人的精神与灵魂的斑驳陆离。他的作品中有一种美国文学才有的特殊味道，他写出来了美国的风景、美国人的语言、美国人的问题，以及美国才有的文学表现形式。当然，别的人还会选择约翰·厄普代克、纳博科夫、托马斯·品钦，甚至是欧茨、雷蒙德·卡佛、诺曼·梅勒、托尼·莫里森、冯内古特、多克托罗等等，这些小说家也都很重要，但是，我觉得他们都没有索尔·贝娄更均衡、更丰富、更有代表性。

确实，20 世纪的美国涌现了一批好作家。比如约翰·厄普代克，他是美国 20 世纪下半叶的编年史性质的大作家，我也很喜欢他，他写作的视域十分宽广，描绘了美国中产阶级的生活全景图，但似乎是那种平面的宽阔，他在小说形式的贡献上，在对人性探索以及对美国社会展现的深度上，都不如索尔·贝娄。纳博科夫非常好，但他是俄裔小说家，不够美国。那么，美国的土特产、“后现代文学”巨擘托马斯·品钦怎么样？和索尔·贝娄相比，我觉得他在形式上走得又太远了，缺乏索尔·贝娄的那种不经意的亲和力。好吧，我们也可以选择雷蒙德·卡佛，似乎也不太合适，因为他主要写短篇小说，重量轻了一些。我们还可以选择托尼·莫里森这个黑人女作家、健在的诺贝尔文学奖获得者，可是，她毕竟是黑人，没有索尔·贝娄这么一个犹太白人有代表性——我这么说，在美国人看来就非常“政治不正确”了。那么，另外两个犹太作家，外号叫“纽约的坏孩子”的诺曼·梅勒怎么样？我觉得诺曼·梅勒小说的纪实性太强，他确实写出了一种美国文学风格，但是，他似乎没有怎么消化好就直接给我们端上来了大盘的素材。当然，这些素材也是五花八门，一应俱全，十分绚丽夺目，而菲利普·罗斯又晚了一辈。最后，要只挑选一个全能冠军和重量级的拳王，我还是推举索尔·贝娄。当然，读者朋友完全可以把你最喜欢的某个美国作家看成是最好的。眼下，假如让我选择20世纪最伟大的美国作家，我会选择威廉·福克纳、索尔·贝娄、约翰·厄普代克、托马斯·品钦和菲利普·罗斯，他们形成了20世纪美国小说山脉的山脊线，勾勒出了美国文学最恢宏的线条和轮廓。

索尔·贝娄的巨大创造力令人惊叹。2000年，八十五岁高龄的他又出版了一部小说《拉维尔斯坦》，成为美国文学界的一件大事。这部小说以精湛的叙述和对当代生活的观察，再次显示了他那无与伦比的文学创造力，证明了他是一个能不断超越自我的作家。《拉维尔斯坦》延续了他一贯的对美国知识分子精神境况的观察，以索尔·贝娄惯有的温和但极其锐利的嘲讽语调，用旁观者的视点，讲述了一个美国大学教授、当代著名思想家拉维尔斯坦分裂的个人生活——拉维尔斯坦教授发现自己得了艾滋病，却仍旧一边寻欢作乐，一边到处讲述人生的微言大义，以及对世界秩序的认识和看法，还不断施加对美国政府的影响，因为他的门徒充斥在美国政府的重要岗位上，过着一种分裂的荒唐生活。小说的篇幅并不大，但是内容丰富，对美国社会当下存在的精神境况和社会问题，还有美国知识分子的精神紊乱，进行了深刻的批判和讽刺。据说，小说中的拉维尔斯坦教授是有一个人物原型的，他就是索尔·贝娄的好朋友、芝加哥大学的著名教授阿兰·布鲁姆。这个阿兰·布鲁姆，是美国当代“新保守主义”思想潮流的代表性思想家，1987 年，他出版了论著《美国精神的封闭》，这是一部影响深远的政治哲学著作。美国前总统小布什的内阁中一些智囊和关键性人物，比如国防部副部长、副国务卿以及很多政策顾问，都是阿兰·布鲁姆的弟子。由此可见，索尔·贝娄对美国社会观察的角度和当下性，都是惊人而十分宝贵的经验。

其实，我们才不管索尔·贝娄的作品以谁为原型，我们只管他是不是塑造了令人心动的文学人物。小说的叙述者是拉维尔斯坦委托的传记作者齐克，我感觉这个齐克有一点像是索尔·贝娄的化身。小说以齐克的视角来看拉维尔斯坦的生活，并刻画了他们之间深厚的友谊。拉维尔斯坦是一个同性恋，而齐克则有一次失败的婚姻，后来又娶了一位知识分子型的贤妻良母，他和拉维尔斯坦的生活互相映照，彼此映衬，成为小说的主要结构内容。而用旁观者的眼光来打量和呈现小说主人公的生活和世界，一向是索尔·贝娄惯用的拿手好戏，在《洪堡的礼物》等作品中都有运用。在小说中，最令我动容的，是两个主人公都认为，生命是非常宝贵的，但是又是那么地短暂，时间快速流逝，如同梭子、特快列车和加速度下坠的石子——“在你等待初生时的黑暗，与其后接纳你的死亡的黑暗，这两者之间的光明间隙里（就是生命的存在时间），你必须尽可能地去理解那个高度发展了的社会现实状态”。其中包含的对人生的态度和看法有一种苍凉感，令我不禁潸然泪下。

二

有一些评论家认为，索尔·贝娄是一个具有现实主义倾向的现代派作家，但我觉得，他同样也是一个具有现代主义倾向的现实主义作家。为什么这么说？因为在他的作品中，被19世纪的现实主义小说大师们奉为圭臬的时间、地点、故事、人物等要素，依旧占据着最重要的位置。同时，索尔·贝娄作品的现代主义元素也很多，意识流、拼贴、蒙太奇手法也比比皆是，他的作品中还充塞了大量的当代人文和科学知识，他是一个知识型和智慧型的作家。他渊博、风趣，语言极其丰富、机智、幽默，到处都是双关、谐音、黑话和华美的长句子，读起来快意而令人会心。

索尔·贝娄曾经拿过社会学和人类学学位，后来，他还当过报社的编辑和记者，因此，他关注现实，同时又能够以高于现实的眼光去做更加深入全面的思考。他写小说，从来都不把形式的探索和语言实验当作写作的第一要义，他不想当一个形式实验的先锋派，他的雄心是去描绘美国人的精神状态和人的灵魂图谱。他显然受过一些现代主义大师，比如詹姆斯·乔伊斯、卡夫卡和普鲁斯特的影响，又受到了德莱塞和福楼拜等人的现实主义作品的影响，但是，他又和他们都拉开了距离，采取了反方向的行走。在给他的诺贝尔文学奖颁奖词中，提到他早期受到了莫泊桑、亨利·詹姆斯以及福楼拜的影响，还有卡夫卡和俄罗斯小说的影响。后来，他长期在大学里担任文学教授，并且以一个公共知识分子的身份经常对社会问题发言，从来没有把自己隐藏在书斋里。

索尔·贝娄一共写了十部长篇小说，它们是《晃来晃去的人》、《受害者》、《奥吉·马奇历险记》、《雨王汉德森》、《赫索格》、《赛姆勒先生的行星》、《洪堡的礼物》、《院长的十二月》、《更多的人死于心碎》，以及《拉维尔斯坦》。此外，《只争朝夕》和《今天过得怎么样》可以算作小长篇。另外，他还写有十几部中篇小说，以及少量的几篇短篇小说，这就是索尔·贝娄的全部小说创作了。

索尔·贝娄的小说都和他的自身经历有着密切的联系，在时间上，和他本人的成长都是暗合的。他出生在加拿大，所以，在他的第一部小说《晃来晃去的人》中，小说主人公也是一个刚刚从加拿大到美国芝加哥的犹太青年。这是一部日记体小说，形式较呆板，但是叙述语言上却已经有了索尔·贝娄后来的那种十分风格化的、漫不经心的拉拉杂杂与细腻生动。小说的时间背景是1940年代的美国，主人公正在等待参军，但是他又害怕参加“二战”，处于强烈的焦虑当中。他依靠妻子的收入生活，无法自立，找不到生活的基点，显得有些无所适从，就像一个“晃来晃去的人”。有意思的是，由于小说中这个主人公的形象塑造，当时，它竟被看作是一部反战小说，可能连索尔·贝娄自己都没有料到，他的这部长篇处女作刚好和1940年代风靡美国的一些反战小说挂上钩了。

索尔·贝娄的第二部小说《受害者》出版于1947年，这部小说采用的是平淡无奇的第三人称叙述，题目带有暗示性，地理背景是纽约——我发现，索尔·贝娄小说的地理背景大都是芝加哥和纽约这两个美国大城市。小说《受害者》通过一个犹太青年利文萨尔和一个小混混阿尔比的纠缠不清的生活，描述了美国犹太人的生活和遭遇，暗示这两个人虽然互相折磨，但都是受害者。《晃来晃去的人》和《受害者》是他早期的作品，写的都是美国下层犹太青年的精神苦闷，小说的形式与技巧并不突出，一部是日记体，另外的一部是全知全能的第三人称叙述，小说的心理描写也比较拘谨，逃不脱欧洲现实主义作家的影子。此时还是索尔·贝娄的学艺阶段。他后来说，这两部小说他"自从看完校样之后，就从来也没有翻阅过"。但是，在我看来，这两部他而立之年前后出版的小说，是进入他的文学世界的重要门径，它已经具有了一种美国小说的新叙事风格，小说的主题和人物也一再在他后来的作品中显现，比如，主人公都是犹太知识分子，小说的主题、人物、手法、语调、结构和叙述方式，在这两部小说中都有端倪。

三

1953年，索尔·贝娄的长篇小说《奥吉·马奇历险记》出版了，这标志着他写作生涯第二个阶段的开始。在这个阶段，索尔·贝娄写出了一种只有美国作家才能够写出来的风格与气质，我们只要读一读《奥吉·马奇历险记》，就知道了。这部小说分为二十六章，翻译成中文有五十万字，是一部大著作。当然，篇幅说明不了什么问题，关键在于这部小说一下子使人们改变了对美国小说的看法，人们发现，美国的叙事文学正在发生巨大的变化。当我读到这部小说的第一句时，我就无可救药地喜欢上了这部作品："我是个美国人，出生在芝加哥——就是那座灰暗的城市芝加哥，我这人待人处世一向有自己的一套，自行其是，写自己的经历时，我也离不开自己的方式。"这部小说的语调非常家常化，唠唠叨叨，拉拉杂杂，拖泥带水，有着一种喜剧性的风格，语言通俗、流畅、日常、夸张、精确，还十分地随意和自由，自嘲和大大咧咧。小说很好读、好看，全书实际上是以回忆录的形式写成的，讲述了在芝加哥生活的一个犹太孩子和家庭，他的成长和逐渐与家庭告别的传奇经历。

从形式上看，这部小说似乎和西班牙流浪汉小说传统大有关系，至少和马克·吐温的《哈克贝利·费恩历险记》关系密切。但是，索尔·贝娄写的却是美国的犹太孩子在大都市芝加哥里的历险故事，这就更像是詹姆斯·乔伊斯的《尤利西斯》和史诗《奥德赛》的关系那样，把神话史诗中的英雄奥德修斯变成了爱尔兰都柏林一个平庸的广告推销员布鲁姆，来借机传达美国人的新经验。在《哈克贝利·费恩历险记》中，主人公是在大自然中经过了历险的洗礼，然后成长为成熟的美国人，到了索尔·贝娄这里，大自然已经变成了其复杂性超过了单纯大自然的美国大都市芝加哥。主人公在犹太人身份的预先设定下，经历了成长的各个环节，有着五花八门的见识和阅历。孩子的成长中经历的一切，正是很多美国人在其成长中经历的，所以，这是一部关于美国人成长的书。就是从这部小说开始，索尔·贝娄确立了一种“索尔·贝娄风格”，这种风格就是一种喜剧化的叙述，和漫不经心、拉拉杂杂、东拉西扯，但是却波澜壮阔地展现出一整座城市，以及这座城市背后的美国大陆的气质，这就是索尔·贝娄最厉害的地方，当他写出了美国大陆的文化性格的时候，他就成功了。

接下来，索尔·贝娄出版了长篇小说《雨王汉德森》（1959），小说的题材是非洲背景的，让人称奇的是，索尔·贝娄根本就没有去过非洲。当然，这得益于他的人类学知识和作家的想象力，还有对美国社会与精神状态的精细观察。我最早读到的他的小说，就是这部《雨王汉德森》。小说讲述一个叫汉德森的美国人，因为对美国社会的物质丰富、精神堕落的现实感到强烈不满，继而讨厌现代文明，就独自跑到了非洲，在那里当上了原始部落的“雨王”的古怪经历，最后，这个汉德森还领养了一个波斯孩子，回到了美国，准备学习医学，然后去服务于社会，反思了美国的物质社会导致的精神错乱问题。小说中，索尔·贝娄给像汉德森这样迷途的羔羊指出了一条出路。尽管这部小说探讨的主题非常深刻，但是小说叙述的腔调让我不很舒服，写得很漂浮，多少有些油腔滑调，小说的笔法也并不奇特，不像他在《奥吉·马奇历险记》中表现的那样，有着万花筒般的风格和技巧。

一些作家一辈子都在书写着一个主题，或者说，在写着一部更大的书，比如威廉·福克纳就是这样的作家。索尔·贝娄写小说的时候，似乎并没有明显的设计和规划，他是摸着石头过河的，到最后，我们发现，他也是那种一辈子都在写着同一个东西的作家。他的这个同一个东西，就是美国知识分子的灵魂图谱。1976 年，索尔·贝娄获得了诺贝尔文学奖，在给他的授奖词里，重点提到了他的长篇小说《赫索格》。

《赫索格》出版于 1964 年，是一部不折不扣的杰作。在小说中，索尔·贝娄描绘了一个犹太裔学者在现实生活中处处碰壁的故事。主人公赫索格是一所大学的历史系教授，在美国社会发生剧烈震荡的 1960 年代，赫索格的个人生活也发生了剧烈的震荡，两次婚姻全部失败，第二个妻子更是和他的好朋友私通，使他深受伤害。最后，赫索格开始用给各种人写信的方式，来缓解他精神状态的癫狂、分裂和濒临崩溃——赫索格遭遇两次婚变，被女人戏耍，找不到现实生活的重心和意义，于是，精神状态出现了异常。他写信的对象，有活着的，也有死去的，有男人，也有女人，但是，他给他们写信，只是一种倾诉和宣泄自我的方式，根本就没有把这些信邮寄出去。全书收录的五十多封书信构成了他灵魂的一个侧面写照，大量的感觉、回忆、意念和自由联想，使这部小说显得非常丰富和复杂，它有两个层面，寓意丰富。其一，小说塑造的赫索格这个现代犹太学者精神出现异常的现象，最能够揭示美国社会和精神出现了问题。其二，小说以赫索格给很多人写信的这个方式来结构小说本身，把书信体小说的外延扩大了，又完美结合了意识流小说的写作手法，所以，从形式到主题，从语言到人物形象，这部小说都显得卓然不群，令读者感到亲近而悲哀，深刻表现了那个时代里美国知识分子的精神困境。不过，从总体上说，我认为索尔·贝娄是一个乐观主义者，这表现在他总是给自己笔下的人物以出路。他的小说有一个模式，就是他总是在讲述一个过程，这个过程就是小说主人公上下求索和追寻的过程，在这个历险的过程中，主人公会经历各种各样的事情，他会有各种各样的意识流和自由联想，最后，又总是找到了一条自我救赎的道路。赫索格教授也是这样的，他四处碰壁，最后，他来到了乡下的老房子里，算是找到了精神暂时栖身之所，安定了情绪，舔好了伤口，对新结识的女人雷蒙娜充满了渴望，又有了生活的新希望。

1970年，索尔·贝娄出版了小说《赛姆勒先生的行星》。小说中的人物也是他一贯塑造的犹太知识分子，他在美国社会物质丰富但精神困顿的环境中的不适应感。小说只是截取了主人公三天时间里的行踪，通过意识流的手法，广阔地描绘了美国1960年代的动荡对一个老派犹太学者的影响：犹太知识分子赛姆勒是来自波兰的“二战”的幸存者，他经历了德国纳粹对欧洲犹太人的野蛮屠杀和清洗，还参加了游击队，抵抗纳粹的侵略，最后，侥幸生存了下来。他受过英国式的高等教育，有深厚的文化修养，曾经确信欧洲文化价值和理想，但是，“二战”对欧洲文明的摧毁，使赛姆勒这样的知识分子对欧洲文明感到了深深的失望。于是，怀着对新大陆的渴望和对新生的信念，他来到了美国。可是，美国似乎也不是理想的国度和净土。1960年代，美国社会刚好在经历性解放运动和社会的大动荡，赛姆勒发现，这个时期的美国人也很堕落，比如在纽约这个大城市里，到处都是垃圾堆，黑人扒手公开在公共汽车上作案，而一个黑人扒手发现赛姆勒察觉到他是一个小偷之后，竟然尾随赛姆勒到他家，然后向这个衰弱的老头亮出了自己巨大的生殖器，这个示威动作意味深长，有着强烈的黑色幽默感和复杂寓意：赛姆勒在德国纳粹的残酷迫害下都没有死去，但是，在扒手的巨大的生殖器面前，他却感到了深深的绝望。他还亲眼看见自己亲戚的两个女儿在性和金钱面前的贪婪。总之，美国对于这个来自欧洲的犹太知识分子本来是一种光明的呼唤，可是，当他来到了这里，却发现美国人的精神与道德也在堕落。于是，赛姆勒现在只有一个愿望，那就是，搭乘火箭飞向月亮。因为对于他来说，他所在的行星——地球，已经没有任何可留恋的了，在地球上到处都是人，所以，赛姆勒决定逃离他的行星：地球。

四

索尔·贝娄的小说容量一般都很大，有卡尔维诺所说的“繁复”的美学特征。这里我说的容量，不单是指篇幅，指的是他的小说要概括和表达的生活宽广度。

1975 年，他的小说《洪堡的礼物》出版了，这是一部厚重之作，它讲述了两代作家的故事。小说以芝加哥这个索尔·贝娄最熟悉的城市为地理背景，展示了美国知识分子的灵魂写真。索尔·贝娄是一个对人类自身的弱点有着细微体察的人，他能毫不留情地予以讽刺和批判。老诗人洪堡是小说主人公，他痛恨美国的物质主义至上，有着自己的人文理想，希望用艺术来改变社会，但是，在美国社会里，他简直是生不逢时，所以，他决心参与政治，希望自己喜欢的一个开明人士能当上总统，但是最后上台的却是艾森豪威尔将军，这使洪堡非常失望；他在大学角逐一个诗歌教席也没有成功，对妻子也很嫉妒和疑心，最终，他的妻子离开了他，他也因为精神状态不稳定而被送进了疯人院，出来以后又流落街头，因为心脏病凄惨地死去。

小说中和洪堡对照的，是他的忘年交、年轻的作家西特林，他是一个俄裔美国犹太青年，过去一直和洪堡在一起，深受其影响。从精神上讲，洪堡是西特林的父亲，洪堡死后，西特林根据他的生平写了一个剧本，在美国百老汇获得了巨大成功，也因此获得了名声、金钱、美女和社会地位——这就是洪堡带给他的礼物，小说由此点题。但是，西特林也有自己的烦恼：他得罪了芝加哥的流氓团伙，他们对他的生活形成了严重威胁，导致西特林的精神状态和婚姻出现了危机。最后，他把当年和洪堡编写的一个故事卖给电影制片人，得到了一笔钱，于是，他重新隆重地安葬了自己的老师洪堡，然后离开美国，到瑞士定居了。这部小说深刻呈现了美国知识分子的精神危机。索尔·贝娄的小说主人公大都是美国的上层知识分子，是学者、教授、植物学家、作家，等等，他们都是美国社会的精英，但是，这个群体出现了精神危机，这也就是美国的精神危机。另外，他的小说都有着鲜明的自传性，基本上取材于自己身边的生活和他自己的经历，人物在生活中大都有原型。比如西特林，就是他自己的写照，而洪堡的人物原型，则取材于某些落魄的犹太作家前辈，他把他们的生平和形象综合成了洪堡。

在小说《院长的十二月》（1982）里，索尔·贝娄继续发掘着知识分子的精神不适应症候这个主题。小说带有一定的自传性，里面的那个院长可以看作是他的化身。1970年代，索尔·贝娄曾经跟着他的第四任妻子到罗马尼亚大学讲学，其间，他得到了创作这部小说的灵感。小说的情节主干，是美国芝加哥一所大学的院长来到罗马尼亚首都布加勒斯特，去处理被政权迫害致死的岳母的后事。在布加勒斯特的日子里，岳母的死使这个院长不断地回想起他在美国的一些遭遇。他把罗马尼亚和美国进行了比较，这种比较和反思，就是通过他岳母的死和一个美国白人学生的死来完成的——此前，他正在揭露一起黑人学生杀害白人学生的悲剧事件，但是，令他十分意外的是，有人因此认为他是一个种族主义者，对他横加指责，并使他陷身于残酷的校园政治斗争当中。而在罗马尼亚的布加勒斯特，他看到的，又是东欧的高度集权社会的种种弊病所导致的精神压抑与肉体死亡。所以，在两个世界里，他都有些无所适从，都感到了强烈的不适应，感到人类本身一定出了问题。像这样深刻和尖锐的表达，在冷战结束之前的1982年，实在比较超前，显示了索尔·贝娄对人类社会的敏锐洞察力和批判能力。

1987年，索尔·贝娄出版了小说《更多的人死于心碎》，这是他沉寂了几年之后出版的一部杰作。小说的主人公克拉德是一个植物学家，也是一个当代美国知识分子，他对植物有着神奇的沟通能力，甚至可以和植物交流，可以透视植物，对植物的一切了如指掌，包括对植物的情绪和感情世界，他都有心灵感应。但是，这样一个人在自己的婚姻生活中却像一个白痴，几乎是一败涂地，几次婚姻都因为无法“看清楚女人的真实面目”而宣告失败。这是这部小说最重要的、具有反讽色彩的情节主干。和克拉德可以看透植物的一切、可以和植物完美交流形成鲜明对比的，就是他对人类社会、对女性和人性的完全陌生和无法沟通，这成了一个莫大的讽刺，从而揭示了美国社会在繁盛的物质之下的知识分子的孤独与绝望，异化与挣扎，彷徨与沉沦。

索尔·贝娄是一个对美国表面的物质繁荣下的知识分子精神危机敏锐观察的人，他的观察非常深入和独到。他的所有作品都在重复着一个主题，就是当代美国知识分子，尤其是犹太知识分子的精神危机——似乎是从一口井里不停地往外面打水。同时，索尔·贝娄是一个很难企及的大作家，因为，他有着深厚的犹太文化传统，有着极其渊博的知识谱系，以及对美国社会现实的尖锐洞察。他的作品融合了现实主义、现代主义和后现代主义小说的各种技巧，无论是意识流还是书信体，无论是流浪汉体还是魔幻手法，无论是心理描写还是细节刻画，无论各种知识谱系和理论观点，他都可以把它们变成小说的血肉，和小说的形式骨架紧紧地咬合在一起，浑然天成，大气磅礴，在一种冷嘲热讽和悲悯情怀中，完成对人类深邃博大的透视。

阅读书目：

《更多的人死于心碎》，李耀宗译，中国文联出版公司 1992 年 2 月版；

《赫索格》，宋兆霖译，漓江出版社 1985 年 7 月版；

《洪堡的礼物》，蒲隆译，江苏人民出版社 1981 年 9 月版；

《拉维尔斯坦》，胡苏晓译，译林出版社 2004 年 11 月版；

《索尔・贝娄全集》（十四卷版），宋兆霖主编，宋兆霖等译，河北教育出版社 2002 年 1 月版；

《索尔・贝娄文集》（四卷本），宋兆霖等译，上海译文出版社 2006 年 12 月版。

菲利普·罗斯：

（1933—2018）

写作“伟大的美国小说”

一

有一段时间，我觉得菲利普·罗斯不够好，原因是他似乎缺点儿什么。哈罗德·布鲁姆把他放到“美国当代四个一流小说家”之中，我觉得，其中，在呈现当代人类的处境方面，托马斯·品钦以晦涩、芜杂和信息杂陈的风格略胜菲利普·罗斯一筹，科马克·麦卡锡对美国社会犯罪环境和心理的探察，也比菲利普·罗斯显得尖锐，至于唐·德里罗，以广阔到全面复印美国当代生活的面目而令人生畏。但是，随着索尔·贝娄、约翰·厄普代克、诺曼·梅勒、冯内古特等人的相继离世，他却显得越来越重要了，他对美国社会的透视和批判惊人地深广。你看，他很多产，和约翰·厄普代克不相上下，到目前为止，他已经出版了二十三部长篇小说和十多部非虚构作品，而且似乎越老越能写，自从艾萨克·辛格、马拉默德、索尔·贝娄去世之后，美国犹太作家中就数他最好、最全面了——另外一个犹太作家诺曼·梅勒的作品文体臃肿、粗糙和冗长，又是“纽约的坏孩子”，树敌太多，和菲利普·罗斯没法比；而别的犹太作家要么太年轻（比如辛西娅·欧芝克），无法对他构成威胁，要么犹太味道不是那么充分，菲利普·罗斯的分量越来越重了，一直被认为是美国最有可能夺取诺贝尔文学奖的热门人选。我在一些英语国家的书店里总是能够看到一大排他的作品被摆放在书店里最显眼的位置，可见，眼下他多么受欢迎。

菲利普·罗斯 1933 年出生于美国新泽西州的纽瓦克市，和保罗·奥斯特出生在同一个城市。这个城市里有一片著名的犹太人聚集区，菲利普·罗斯就生活在那里。他的祖先是来自东欧的犹太移民，父亲是一家保险公司的职员，母亲的文艺修养很好，是一个典型的中产阶级家庭。但是，从小，菲利普·罗斯就受到了犹太文化的滋养和压抑。1954 年，菲利普·罗斯毕业于宾夕法尼亚州的巴克内尔大学，1955 年去攻读芝加哥大学的英语文学系，获得了文学硕士学位，之后留校教英语文学，同时，继续攻读文学博士学位，但他在 1957 年放弃了博士学位的攻读，开始专门从事写作。1959

年，他出版了小说集《再见，哥伦布》，该书于次年获得了美国全国图书奖，于是，二十七岁的菲利普·罗斯一举成名。1960年，他来到了名气很大的爱荷华大学作家班任教，创办那个作家班的人，是华裔女作家聂华苓和她的丈夫保罗。1962年，菲利普·罗斯成为普林斯顿大学的驻校作家，后来，他还在宾夕法尼亚大学担任了多年的比较文学课程的教授，于1992年退休。这就是菲利普·罗斯的基本情况。从他的这些生平的基本情况看来，他大多数时间都在校园里度过，并没有多少过人的经验和阅历。但是，就是这么一个作家，以其一生的努力，写就了一系列小说，朝向了“伟大的美国小说”。

根据菲利普·罗斯五十年的创作历程，我把他的整个写作生涯分为四个阶段。第一个阶段是他确立自己犹太作家身份，对美国犹太文化深入挖掘、批判和审视的阶段，这个阶段以《再见，哥伦布》这部处女作开端，以《波特诺的怨诉》为高峰，以《我们这一伙》为结束，实现了他作为美国新一代犹太作家的翘楚和接班人的理想。

1959年，菲利普·罗斯出版了处女作小说集《再见，哥伦布》。这个小说集收录了菲利普·罗斯的五篇小说，分别是《信仰的卫士》、《爱泼斯坦》、《犹太人的改宗》、《世事难料》和《再见，哥伦布》。其中，《再见，哥伦布》算是一个小长篇，其他的都是中短篇，这几篇小说全部都是围绕着犹太人的传统生活和观念来做文章的，描绘了新老犹太人在宗教伦理、生活方式、情感表达方面的冲突。比如，《再见，哥伦布》中的主人公、犹太青年尼尔·克莱门，基本上可以看作菲利普·罗斯的化身，他爱上了一个富人家的女孩子，但最终他们的爱情还是在家庭贫富悬殊的情况下消逝了，犹如做了一场春梦。菲利普·罗斯无情地讽刺了保守的犹太人的世界观、金钱观和道德观。小说所使用的语言准确、生动、粘连，能传达出主人公微妙的心理感觉，还夹杂了不少美国俚语、犹太人使用的意第绪词汇以及犹太教的希伯来语宗教专用语，使他的小说在一开始就具有了文化含量和一种驳杂的闹剧和喜剧风格。可以说，他的文风粗豪干脆，敢于揭示掩盖在生活表层之下的人性的复杂和虚伪，并具有自我审视和批判的力量，这使得他的小说具有独特的内省面貌。这部小说还被改编成了电影，影响很大。我觉得，有些作家要用一辈子掌握的文学技巧，比如风格化的语言、重大的主题、独特的叙述语调和结构能力，菲利普·罗斯似乎在一开始就掌握了。

菲利普·罗斯的第一部长篇小说是《随波逐流》（一译《放任》）（1962），小说的篇幅不小，显示了菲利普·罗斯想趁着年轻，要在小说里达到的广度、深度和野心。小说以一群犹太青年为主要角色，着重描绘了富有的犹太青年盖布的生活，他是小说的中心人物，围绕他的其他次要人物像走马灯一样环绕了起来，在盖布的周围形成了一个犹太人独特的社会关系网络。盖布的爱情生活很曲折，最终，由于受到自身文化和外部环境的影响，他毁掉了自己的信念和他所爱的女人的生活，陷入了精神的崩溃和颓丧之中。小说以盖布作为例证，描绘了新一代犹太青年是如何以自我为中心，在美国消费社会中自私自利、随波逐流，毁灭了自己，也伤害了其他人。菲利普·罗斯通过这部小说，锻炼出掌握篇幅较大的长篇小说的结构能力，而且，他运用心理分析和精神分析的手法很到位，尤其能以自我审视的方式来观照美国新一代犹太人的灵魂和精神世界。

正当人们以为菲利普·罗斯会一直写犹太人，以呈现犹太文化作为自己小说的终极追求的时候，1966 年，他出版了长篇小说《当她是好女人的时候》，这部小说的主人公换成了非犹太人，是一部带有悲剧色彩和女性主义色彩的小说。写这部小说，可能是菲利普·罗斯迫切地要显示他能够驾驭不同题材的能力。女主人公露西出生于一个父亲无法承担责任的家庭，一次，她父亲殴打她的母亲，露西就去叫警察来了。因此，精神上十分孤独的露西在长大之后，热切盼望自己能够找到一个愿意负责任的男人。她认识了罗伊，在被罗伊诱奸之后，两个人还结婚了。但是，她很快发现，罗伊和她父亲一样，是一个没有责任感的、生活中的笨蛋，她走上了和逆来顺受的母亲一样的人生道路。于是，露西的精神崩溃了，她在精神病发作的时候，将笨蛋丈夫罗伊赶出了家门，自己也在癫狂中死于一场暴风雪。我觉得这部小说有些主题先行，是一部练笔之作，从品质上看不很像菲利普·罗斯的作品，小说的立意和要表达的思想，他后来也不感兴趣了。

而长篇小说《波特诺的怨诉》(1969)的出版，标志着菲利普·罗斯写出了一部杰作。这在今天看来，都是很好的一部小说。小说带有强烈的自传性，基本上以菲利普·罗斯和他的母亲作为原型来构造了全书。据说，为了写这部小说，菲利普·罗斯先写了一部《艺术家的肖像》的草稿，打算以詹姆斯·乔伊斯的《一个青年艺术家的画像》为蓝本，写出对自我成长的认识，但是他发觉，这部以第三人称叙事的作品不能更为深刻地表达对自我的深度挖掘，于是，他重起炉灶，以第一人称的叙述结构了全书，成就了这本《波特诺的怨诉》。在小说一开始，波特诺已经是三十三岁的成年人，他在纽约的一家心理诊所，向一个精神分析师讲述自己成长的经历。他出生于一个传统犹太人家庭，父母亲对他的成长有一种控制性的力量和影响，而波特诺一直想挣脱这种来自父母、来自犹太人传统文化和社会的几重压力，为了表达他的反抗，他和黑人女佣一起用餐，喜欢非犹太人女孩子，还沾染了手淫的恶习。从某种程度上说，我觉得这部小说是描绘手淫最精彩、最伟大的一部了，有一种说法，说这部小说对手淫的研究和美国另外一个大作家麦尔维尔对鲸鱼的研究一样透彻。波特诺和母亲的关系是这部小说的核心关系，十分精彩。在母子的对立、纠缠和爱恨当中，在波特诺的不断手淫和不断的忏悔、恼恨的过程中，在被母亲的威力压迫中，他惧怕被一种莫须有的力量吞噬，一个美国犹太人成长的经历栩栩如生地呈现了。尽管小说在一些地方显得没有节制，但是菲利普·罗斯勇敢地将犹太人的缺点呈现了出来，这是“二战”之后很罕见的文学声音。于是，这部以性意识与犹太特性相结合的《波特诺的怨诉》成了菲利普·罗斯早期小说中最好的作品。

稍后，他在 1971 年出版了长篇小说《我们这一伙》。小说中继续着作者对美国犹太文化的批判和审视，这一次，他把目光放到了特定的历史时期——尼克松执政时期的文化氛围和社会环境里，描绘了一个美国犹太人聚集区的一伙人，而不再去描绘一个具体的犹太人。正如小说题目所表达的，他以一伙犹太人在美国的多少带有荒诞色彩和物质化的生活中的遭遇，继续探讨着新一代犹太移民的文化特性和精神品格，他们如何在美国的自由土地上生存并且找到自己的位置的问题，带有尖刻的讽刺和批判态度。

在菲利普·罗斯创作生涯的第一个阶段，他以上述五部小说，以毫不手软的自我审视的笔调，剖析和挖掘了美国犹太文化的复杂性，带有浓重的自我批判和自我认知的力量，使人们看到了一个犹太新锐作家的顽强崛起。

二

菲利普·罗斯创作生涯的第二个阶段，我认为，是开始于惊世骇俗的中篇小说《乳房》，之后，他的写作经历了长篇小说《伟大的美国小说》、《我作为男人的一生》以及文学论文和谈话录《读我的作品及其他》，还经历了长篇小说《情欲教授》，最后以小说《被缚的朱克曼》三部曲作为结束——这个三部曲包括了三部篇幅较大的小说：《鬼作家》、《解放了的朱克曼》、《解剖学课》，和一部中篇小说《布拉格狂欢》，继续扩大的文学版图，使他成为带有喜剧色彩和讽刺精神的狂欢式的小说家，成为能够惊心动魄地审视与解剖自我的小说家。

中篇小说《乳房》出版于 1972 年，合中文三万多字，这是一部明显带有卡夫卡影响的荒诞小说，也是表现美国人异化状态的小说：有一天，某个大学的文学教授戴维忽然变成了一只乳房，变成了鼓胀的、有一个乳腺和乳头的怪东西，乳头是他的嘴巴和耳朵。戴维教授的这个变形，很容易让我们联想到卡夫卡笔下的那个变成了甲虫的格里高利。整部小说都是以第一人称来叙事的，戴维虽然变成了一只乳房，但是，人所具有的欲望和感觉在他身上都还存在，丝毫没有减退，而且还有加强的趋势，尤其是性欲。戴维如今变成了只剩下性感区域的乳房，乳房这个性感和哺乳器官决定了戴维教授的存在意识，于是，戴维可以用乳头和女护士进行性活动，不仅继续承受着强烈性欲的折磨，而且变本加厉地去寻找性的满足。我在想，为什么菲利普·罗斯会写这么一部荒诞风格的小说？可能他是想以这种方式来探讨现代美国人的欲望，尤其是性欲的本质和人的自我的丧失，而描绘美国人的特性是他内心的渴望，他以这种方式描绘了美国人自我放纵、崇尚肉体而内心空虚的存在状态。五年之后的 1977 年，菲利普·罗斯又出版了《乳房》的姊妹篇《情欲教授》，具体说来应该算是《乳房》的前传。《情欲教授》描绘了变形前的文学教授戴维喜欢追逐异性，为自己强烈的性欲不能满足而苦恼，他在为人师表和情欲满足之间受到强烈的道德煎熬，以至于深深地陷入了痛苦和矛盾中不能自拔。这两部小说大胆地描绘了性欲对当代人的控制，描绘了情欲在人的生活中占据的重要位置，因此受到了保守人士的批评，也得到了一些作家和读者的激赏。菲利普·罗斯以这两部小说作为对弗洛伊德精神分析理论的呼应和反驳，对美国1960年代之后性自由和性解放浪潮进行了批判。

据说，每一个美国作家都想要写出一部“伟大的美国小说”，这被看成是美国作家集体的野心和梦想。那么，什么是“伟大的美国小说”？早在1868年，美国评论家德佛瑞斯特就给“伟大的美国小说”下了一个定义——“一部描述美国生活的长篇小说，它的描绘如此广阔真实并富有同情心，使得每一个有感情有文化的美国人都不得不承认它似乎再现了自己所知道的某种东西”。这个定义比较宽阔，也比较模糊，谁也说不清楚究竟什么样的小说是伟大的美国小说，但是，我想，霍桑的《红字》、麦尔维尔的《白鲸》、福克纳的《喧哗与骚动》一定是“伟大的美国小说”。作为美国作家，虽然没有人公开宣布自己在写这样的小说，但是实际上他们都是有这个雄心的。那么，好了，菲利普·罗斯自然也不例外。1973年，他出版了长篇小说《伟大的美国小说》，就直接拿这个名字来和德佛瑞斯特的呼唤相呼应。但是，评论家们对这部小说的关注度不高，原因在于这部小说的风格可能过于喧闹了。这部小说还戏仿了西班牙流浪汉小说，不同的是，那些流浪汉如今变成了美国的棒球运动员。小说详细描绘了美国人最喜欢的棒球运动，以一个美国人为中心，让他在美国四下浪游，贯穿了整个故事情节，刻画出一群年轻的美国人的精神状态和日常生活，在如何打棒球运动的过程中，显现了当代美国的混乱和物质主义的甚嚣尘上。到这个时候我总算明白了，菲利普·罗斯写这部小说意在反讽——真正意义上的“伟大的美国小说”可能并不存在，因为，当代美国人的生活就像他们喜欢棒球运动那样，正在从对伟大事物的追寻变成了对输赢和赌注更关心，已经逐步地走向了庸俗和渺小。这部小说带有浓厚的讽刺喜剧色彩，是菲利普·罗斯小说中最具有笑的力量的作品。

作为对《情欲教授》与《乳房》情节过于前卫、离奇、荒诞和惊世骇俗的修正，1974 年，菲利普·罗斯出版了长篇小说《我作为男人的一生》。这是一部中规中矩的现实主义风格的长篇小说，不同的是，它带有浓厚的心理分析小说的风格。小说共分成两个部分，第一个部分是作者假装正在写的一部小说，第二个部分是以自传材料来作为对第一个部分的补充。整部小说的素材，就取材于菲利普·罗斯本人的经历：他于 1959 年结婚，1962 年离婚，他的前妻于 1968 年死于车祸。可能是前妻的死使他萌发了写作这部小说的想法，小说描绘了一个二十七岁的男人是如何从一个一文不名的大学生，逐步走向了事业辉煌的历史：他当上了大学教授，还成了一个前途无量的青年作家，但是却在和女人的恋爱与婚姻中败北，几乎把自己和他人都毁灭了。小说采取了类似“中国套盒”那样的写法，人物身上的大故事中套着小故事，以此衬托生活本身的复杂性。有趣的是，男人作为婚姻的牺牲品在这部小说里是第一次提出来的，过去的小说中，大部分说的都是女人是婚姻的牺牲品，譬如菲利普·罗斯早期的小说《当她是好女人的时候》就是在说，女性是婚姻的牺牲品。现在，一切倒过来了，小说中，主人公和妻子陷入互相折磨的斗争当中，互相被折磨得遍体鳞伤精神困顿，最后，以主人公妻子的意外车祸导致的死亡作为他们婚姻的收场。但是，这个时候，男主人公感到十分害怕婚姻，他已经没有勇气去和情人结婚了。我很看重这部小说，它旨在展现美国的一桩具体的婚姻生活中那惊心动魄的互相控制和反控制、折磨和被折磨。原来，婚姻的内部竟然是这么地狂暴和复杂，变化多端和云谲波诡。研究菲利普·罗斯生平和创作的人一定要注意研究这本小说，它里面隐藏了大量菲利普·罗斯本人对婚姻的理解和生活信息。

在出版了《我作为男人的一生》这部以剖析自我为主题的小说之后，菲利普·罗斯索性一不做二不休，继续挖掘自我的精神境域和存在感，他出版了一个小说三部曲《被缚的朱克曼》。小说的主人公朱克曼是菲利普·罗斯本人的化身，这个小说系列一开始包括了三个长篇小说《鬼作家》

（1979）、《解放了的朱克曼》（1981）、《解剖学课》（1983），和一部中篇小说《布拉格狂欢》（1985），以作家朱克曼的成长作为主线，讲述了朱克曼这个犹太作家由青年时代如何成名，一直到盛名天下的全过程，在他的四周，还出现了大量环绕他的人物。第一部《鬼作家》，描绘朱克曼年轻时就通过小说暴得大名，但是却因为写的小说嘲讽了犹太人的文化传统而遭到了自己族群的激烈批评，为了消除坏影响，让保守的犹太人息怒，朱克曼就去拜访一个犹太作家老前辈朗诺夫，据说，朗诺夫是以美国犹太作家马拉默德作为人物原型来刻画的。这个前辈作家在犹太人的传统文化面前故步自封，不敢越雷池和自己喜欢的女子结婚的故事，和朱克曼的选择刚好形成了对照。在这一点上，朱克曼恰恰和犹太作家前辈完全不一样，他无论是想法还是做法上都和前辈是相反的，反映出两代犹太作家之间的文化冲突和裂隙。

《解放了的朱克曼》中的朱克曼，就如同是菲利普·罗斯另外一部小说《波特诺的怨诉》中走出来并且长大了的波特诺，他继续着自己长大之后的历程。在精神上摆脱犹太人传统文化束缚之后，他有一种轻松自在的解放感，但是，这种自在感又给朱克曼带来了无尽的空虚。《解剖学课》和这个系列的尾声、中篇小说《布拉格狂欢》则继续探索朱克曼如何陷入情欲的炼狱而不能自拔，在精神和肉体的双重压力下，找不到自己的家园，无所适从地感到惶惑和痛苦的故事。这个系列，是菲利普·罗斯在创作生涯的第二个阶段里的压轴之作，他以大无畏的精神，无情地剖析自己、分析自己、瓦解自己后又拼合自己，是美国作家中拿自己开刀、审视自我最无情的作家。朱克曼作为菲利普·罗斯的化身和他的第二自我，似乎一生都在和菲利普·罗斯纠缠着，后来，他又写了几部以朱克曼为主角的小说，继续挖掘着自我，把自我的生活和精神的矛盾与美国社会几十年的风云变幻结合起来，成为将自我投射到整个时代里的最深入的小说家，这成为他小说的一大特色。

1980年，菲利普·罗斯还出版了《菲利普·罗斯的读者及其他》，收录了他的一些文学论文和谈话录，作为他第二个阶段的结束和总结。

三

在对自我进行不断的挖掘和批判、审视之后，菲利普·罗斯进入自己创作生涯的第三个阶段。这个阶段以小说《反生活》（1986）开始，以“美国三部曲”作为结束，逐渐地由对自我的讽刺性挖掘到全面深刻地描绘和批判美国的社会现实。

长篇小说《反生活》中的主人公依旧是作家朱克曼，但是，现在的朱克曼已经开始走向了国际，和菲利普·罗斯一样，小说主人公的足迹遍布以色列、瑞士、英国和美国，在国际背景下，继续着对自我的寻求。这部小说在生活和艺术之间、在现实和虚构之间、在理想和欲望之间，进行了很好的呈现，描述了一个作家的肉体处境和精神上的困境。

1988 年，菲利普·罗斯出版了跨文本作品《事实：一个小说家的自传》一书。这本书在文体上很有特点，是以一篇论述文学的论文与一个小说家的自传结合而构成的，表面看似乎是一本探讨小说怎么写的元小说，但在小说里，菲利普·罗斯的化身朱克曼又复活了，继续和作者也就是活着的菲利普·罗斯进行着对话和反诘，不断地对美国的文学、生活、历史和现实进行着分析和批判、嘲讽和挖苦。后来，可能是感到自己把朱克曼当作替身不过瘾，菲利普·罗斯干脆在长篇小说《欺骗》（1990）中直接出场了，小说的主人公就是他自己，也叫菲利普·罗斯，小说的地理背景挪到了伦敦，整部小说都是对话体，是作家本人和几个女人之间关于婚姻、生活、爱情和男女关系的对话。由于是对话，因此在形式上容易散乱和铺张，小说的力度明显不够，不是他的重要作品。我觉得有些遗憾：菲利普·罗斯似乎在一些主题和经验上过于重复自己，而且，他是一个非常自恋的作家，对自我的挖掘是不厌其烦，有时候到了连读者都感到厌烦的地步了。

稍后，出版于1991年的《遗产》是一部非虚构作品，描述了菲利普·罗斯本人的父亲，在去世之前和之后的那段时间里，父亲和儿子之间发生的一切。之所以命名为“遗产”，是菲利普·罗斯认为最终父亲给他留下了丰厚的遗产——父亲留给他的爱。小说有大量惊心动魄的细节来拷问自我的灵魂，探索着两代人之间血和肉的联系，以及灵魂的联系，是一部感人至深的作品。看到这部作品的时候，我一度觉得他可能就此放弃对自我的挖掘和寻求了，但是，不久，菲利普·罗斯继续开始对自我进行解析了。这是菲利普·罗斯贯穿了一生的写作路数，他似乎永远都在和镜子里的另外一个自己搏斗、辩论、嬉戏和对峙，他似乎永远都无法走出以自身作为出发点来书写的那个看上去狭窄、实际很宽阔的领域。

菲利普·罗斯虽然有时候喜欢重复主题，但他也总是力图找到新的形式感。长篇小说《夏洛克战役》（1993）就是这样，它以过去的一个叙述者菲利普·罗斯分为两个菲利普·罗斯作为小说的叙述起点，讲述一个美国广告商人在以色列以菲利普·罗斯的名义，号召其他犹太人离开以色列的故事，因为，他认为，阿拉伯人早晚要对犹太人进行大屠杀。在小说中，两个菲利普·罗斯对于犹太人的归属和政治现实处境互相辩论、意见相左，展现出当时以色列犹太人问题的复杂性和人的存在本身的复杂境遇。通过这部小说，我看到菲利普·罗斯还能够把对自我的书写放大到对整个犹太族群的现实处境的探讨上，使我很服气这个“白毛老怪”，虽然他不断地拿自己开刀，他也许不是那么自恋，他是在拿自己说事儿，并把自我和全体犹太人的命运联系起来了，这就是菲利普·罗斯高人一筹的地方。

经过了三十多年的写作，菲利普·罗斯逐渐地达到了他文学生涯的顶点。1995 年，他出版了长篇小说《萨巴斯剧院》，这部小说获得了美国全国图书奖。随后，他出版了“美国三部曲”：《美国牧歌》（1997）（获得了 1998 年的普利策小说奖）、《我嫁给了共产党人》（1998）、《人性的污秽》（2000），作为对整个 20 世纪的清算和对自我的总结，菲利普·罗斯依靠《萨巴斯剧院》和“美国三部曲”这几部小说，最终获得了在 20 世纪后半叶美国文坛举足轻重的地位。《萨巴斯剧院》的篇幅是菲利普·罗斯小说里最长的，他一反过去喜欢描绘犹太知识分子的习惯，在这部小说里，他描绘了一个木偶戏艺人萨巴斯的生活。萨巴斯来自社会底层，举止粗鲁，出言不逊，精力旺盛。萨巴斯如同一个被情欲所驱使的魔鬼，撒谎、偷窃、通奸、离经叛道，他拥有的是一个疯狂的黑色喜剧的世界，得到了许多，最终也都失去了。小说以萨巴斯的离奇经历作为主线索，将美国社会的众生相以闹剧的形式表现了出来，小说的叙述有着巴赫金所说的那种狂欢化的风格效果，混沌、拉杂，泥沙俱下，以一个在人间混不吝的木偶戏艺人的生平，展示出美国当代生活的混乱和无秩序。小说以戏剧的结构完成了小说里戏内有戏、故事里套故事的特点，将萨巴斯本人的生活变成了戏剧一样的非正常的状态，充满了巧合、冲突、意外和妥协的艺术。这是他对人生体验到了一定层次之后的集中书写，也是我最喜欢的他的一本书。

“美国三部曲”在菲利普·罗斯一生的创作中占据着重要的地位。三部小说情节上互相疏离，并没有直接的关系，但是，在小说的深度主题上，三部小说则互相印证，呈现出关于美国的总体把握。《美国牧歌》将小说的背景放到了20世纪60年代肯尼迪总统遇刺之后，约翰逊总统执政时期的越南战争和尼克松总统的水门事件上，小说分为三个部分：“追忆乐园”、“堕落”和“失乐园”。小说主人公西摩是一个犹太商人，他恪守犹太人的传统文化，努力经营商业，但是他的女儿梅丽则是一个在20世纪60年代性自由和性解放的社会气氛里长大的激进分子，最后，她竟然用炸弹去炸毁了一家邮局，来反对政府的越南战争政策，结果被关进了监狱，因此，老牌保守的西摩的生活遭受了打击，他的美国梦也遭到了破灭，一曲个人的哀歌混合了美国梦的牧歌，是一个时代氛围的精确描绘。《我嫁给了共产党人》则将小说的叙述背景放到了 20 世纪 50 年代。当时，反共的参议员麦卡锡掀起了追查共产党运动，臭名昭著的“麦卡锡主义”横行一时。在反共思潮在美国横行的时代里，一个女子嫁给了一个共产党人的结果可想而知。这个女人的生活遭到了毁灭性的打击。小说从呈现个人生活入手，探讨了 20 世纪 50 年代“麦卡锡主义”对美国人民的伤害，以及其造成的心理影响和打击。

三部曲的第三部《人性的污秽》则将小说的背景放到了克林顿总统执政时期的 20 世纪末，以克林顿和莱温斯基的性丑闻事件作为大背景，讲述了一个犹太老教授和一个中年女清洁工之间的通奸和偷情，结果，这个老教授被学校开除，他的家庭瓦解了，事业也毁掉了，他向作家朱克曼讲述了自己的故事——这一次，作家的分身朱克曼又出现了。结尾是教授因为车祸，和自己的情人一起离奇地、充满了悬疑地死亡了，他就这样毁灭于自己人性的弱点。小说被拍摄成电影，由著名的英国演员安东尼·霍普金斯和澳大利亚的金发美女妮可·基德曼演对手戏，妮可·基德曼扮演的女清洁工对于她自己都是一个突破，在电影中，她的扮相很局促，和清洁工形神都很相似。这成为名噪一时的一部电影。

通过上述这三部分别截取了美国特定历史时期的历史事件为背景的长篇小说，菲利普·罗斯以他生花的妙笔，书写了关于20世纪美国的带有编年史性质的，丰富、缜密、宏伟和广阔的作品，成为越老越能写、越写越好的、攀登到文学巅峰的小说家。

四

菲利普·罗斯创作生涯的第四个阶段，开始于2001年，其标志是这一年里他的长篇小说《垂死的肉身》出版。菲利普·罗斯创作生涯的最后一个阶段目前仍旧在继续，在这个阶段的菲利普·罗斯虽然已经垂垂老矣，似乎快到他生命的尽头了，但是，他却显示出愈老弥坚和炉火纯青的面目来。虽然他眼下创作的小说呈现出一个创作力旺盛的作家开始收尾的迹象，但是，他以每年一部的速度出版新作，并不见其创作力的衰减。

小说《垂死的肉身》篇幅不长，罗斯继续把视野放到大学里，讲述了一个六十多岁的大学教授和他二十四岁的女学生之间的性爱激情。对于老教授来说，年轻女学生的身体是他的乐园，使他可以摆脱对死亡和衰老的恐惧。但是，二十四岁的女学生最后患了乳腺癌，不得不切掉乳房，先行面对了可怕疾病带来的死亡威胁。小说在男人和女人之间、在老人和青年之间、在死亡和欲望之间，找到了一种紧张而又平衡的关系。不过，我觉得这部小说的主题和他过去的作品有重复，是一部比较平常的作品。2001 年，菲利普 · 罗斯还出版了论文对话集《随谈录》，收录了他对文学艺术以及美国文化特性的思考。

作为一位密切关注美国文化和历史走向的杰出小说家，菲利普 · 罗斯对美国特性的探询是一贯的主题，而且，他很善于用小说去反映当下美国社会面临的严重问题。2004 年，菲利普 · 罗斯推出了小说《反美阴谋》，一开始，我还以为这部小说是关于"9 · 11"事件的小说，但它实际上是一部虚构的政治幻想小说。在小说中，菲利普 · 罗斯假想了在 1940 年美国的大选中，一个美国右翼政客赢得了竞选，成了美国总统，他和希特勒达成了和平协议，开始对美国进行法西斯式的统治，并且将少数民族族裔强行归化。在小说中，菲利普 · 罗斯本人也出场了，那年他刚刚七岁，经历了那个黑暗的时代，整个家庭在右翼的统治下，连呼吸都是困难和沉重的。我觉得，菲利普 · 罗斯写这部小说，主要在于提醒美国人，一旦美国右翼政客上台，最终就是小说中描绘的可怕结果，这也许有些杞人忧天，有些天方夜谭，但也使读者看到了另外一种历史的面目。

《反美阴谋》掀起的热浪还没有平息，2006年，菲利普·罗斯又出版了一部小说新作《凡人》。小说中描绘了一个无名无姓的很普通的美国犹太广告商人的生和死。这个人和菲利普·罗斯本人一样，出生在1933年，然后，他经历了第二次世界大战、1950年代的政治压抑和沉闷，以及1960年代的动荡和性解放，个人也经历了三次失败的婚姻，最后，老年将至，他逐渐地走向坟墓。小说思考了一个普通人在美国的社会环境中能够如何生活，又是如何面对死亡的。在这部小说中，我可以看到菲利普·罗斯对死亡的一种态度和情绪：老之已至，死亡的来临也是迟早的，有一种其鸣也哀的悲怆。

2007年10月，菲利普·罗斯又出版了一部小说新作《退场的鬼魂》，使我更加钦佩这个创作力旺盛的文学长跑运动员了。《退场的鬼魂》是菲利普·罗斯“朱克曼系列小说”的最后一部，描绘了主人公、作家朱克曼进入老年状态的情况。他在做了前列腺手术之后，失去了性能力，连大小便都无法控制。于是，他隐居起来进行写作，又偶然结识了一对作家夫妇，他开始为作家朋友那美貌的妻子所吸引，身体里的性本能慢慢地被唤醒了，对生命的感觉在恢复。在菲利普·罗斯一生的小说写作中，对自我的审视、与自我的纠缠，大部分都是以朱克曼这个菲利普·罗斯的分身来衬托和书写的。据研究者说，以朱克曼为主角和配角的小说至少有六部，还有一种说法是有九部，可见其壮观。这个系列小说，我觉得可以和约翰·厄普代克的“兔子系列”小说相媲美，甚至更为丰富，它是以伪自传和自我分身的“精神分裂”的方式，清晰地呈现了菲利普·罗斯对自我的理解和对美国社会与历史清理的全过程。

他的最新长篇小说《愤怒》出版于2008年，小说的历史背景是1950年代的朝鲜战争，一个受伤的士兵躺在异国的战场上，开始了对自己短暂一生的回忆，小说描述了一个美国青年如何因为家庭原因，悲剧性地一步步走向战争和毁灭。菲利普·罗斯老当益壮，2009年秋天要推出他的第三十部小说《羞辱》，据说这是一部讲述一个老年男性演员经历性爱冒险之后改变了苍白人生的故事。他的第三十一部小说出版于2010年，小说题目叫作《报应》，讲述一个患了小儿麻痹症的病人对周围的社会环境不满，并进行报复的故事。

中国作家孙甘露说：“以我对当代美国文学有限的知识，菲利普·罗斯应该位于索尔·贝娄和约翰·厄普代克之间。”我觉得他的评价比较中肯。在菲利普·罗斯超过了五十年的辛勤创作生涯中，他创作了超过四十部的长篇小说、短篇小说和随笔、传记、对话等非虚构作品，作品雅俗共赏，赢得了全世界读者的欢迎，深受读者的喜爱。他被批评家认定为美国当代最杰出的作家之一，也是战后美国犹太裔作家的代表。他获奖无数，获得过美国犹太人书籍委员会的达洛夫奖、古根海姆奖、欧·亨利小说奖、美国文学艺术院奖、美国全国图书奖、全国书评家协会奖、普利策小说奖等等，并且三次获得了美国笔会颁发的福克纳小说奖。在 1970 年，他被选为美国文学艺术院院士。菲利普·罗斯的小说风格多变、主题深刻、题材多样，对自我的发现和清理是他最惊心动魄和最令人叹为观止的特点。他不仅擅长表现美国中产阶级犹太人的生活和生存境遇，而且对 20 世纪后半叶的美国历史也做了深入的透视和呈现。虽然有批评说他的作品“犹太味太重”，“性描写太多”，“笔调过分插科打诨”，但是，菲利普·罗斯已经确立了一个庞杂和丰饶的、能够代表美国的作家形象。

2008 年，七十五岁的菲利普·罗斯和朋友们一起，隆重地庆祝了自己的生日，在生日聚会上，他感叹：“时光飞逝，白驹过隙。好像还是在 1943 年。”因为，在 1943 年，十岁的小菲利普·罗斯已经开始写自己的第一篇小说了。2009 年，他在接受记者访问的时候说，未来二十五年，小说这种艺术形式，将成为少数人喜欢的读物，因为我们身处一个信息爆炸、互联网和屏幕的时代里。不知道他的观点是不是能够应验。现在，菲利普·罗斯对于自己取得的成就，是欣喜还是略带遗憾？是满意还是颇为自负？那就只有他自己知道了。

阅读书目：

《垂死的肉身》，吴其尧译，上海译文出版社 2004 年 11 月版；

《凡人》，彭伦译，人民文学出版社 2009 年 6 月版；

《反生活》，楚至大等译，湖南人民出版社 1988 年 12 月版；

《鬼作家》，董乐山译，上海译文出版社 2011 年 8 月版；

《鬼作家及其他》，董乐山译，四川人民出版社 1987 年 4 月版；

《行话：与名作家论文艺》，蒋道超译，译林出版社 2010 年 2 月版；

《美国牧歌》，罗小云译，译林出版社 2004 年 11 月版；

《人性的污秽》，刘珠还译，译林出版社 2003 年 2 月版；

《乳房》，姜向明译，上海译文出版社 2010 年 8 月版；

《退场的鬼魂》，姜向明译，上海译文出版社 2011 年 11 月版；

《我嫁给了共产党人》，魏立红译，译林出版社 2011 年 1 月版；

《我作为男人的一生》，周国珍等译，湖南文艺出版社 1992 年 2 月版；

《遗产：一个真实的故事》，彭伦译，上海译文出版社 2006 年 1

月版；

《欲望教授》，张廷佺译，上海译文出版社 2011 年 9 月版；

《再见，哥伦布》，俞理明等译，中国社会科学出版社 1987 年 3 月版；

《再见，哥伦布》，张迪译，人民文学出版社 2009 年 6 月版。

辑三

拉美“文学爆炸”巨匠

胡安·鲁尔福：平原烈火与人鬼之间

（1918—1986）

一

在20世纪的小说史上，凭借很少的作品获得不可撼动的文学地位的，只有屈指可数的几个人，巴别尔是一个，胡安·鲁尔福是另一个。在中文版《胡安·鲁尔福全集》里收录了包括十七个短篇的系列小说《烈火平原》（新译《燃烧的原野》）、八万多字的中篇《佩德罗·巴拉莫》，还有一部电影剧本《金鸡》，这些就是他留下来的全部作品了。算下来，凭借二十多万字的作品就可以彪炳20世纪小说史，只有胡安·鲁尔福做到了这一点。这可能是绝无仅有的，因为，连巴别尔的英文版全集也厚达一千多页。那么，胡安·鲁尔福到底对小说做了什么样的贡献，以至于凭借区区一个短篇小说集、一部中篇小说，就可以在整个拉丁美洲傲视群雄，还反过来影响了欧洲、非洲和亚洲的很多作家，并成为拉丁美洲“魔幻现实主义”小说流派的开山者？

胡安·鲁尔福，1918 年出生在墨西哥圣·卡布列尔市的一个没落的种植园主家庭，六岁的时候，他父亲去世了，紧接着就是母亲的去世，于是，胡安·鲁尔福基本上是在孤儿院长大的，并由叔叔出钱抚养成人。十五岁的时候，他到墨西哥城攻读大学法律系和人文学科，毕业之后，考取了墨西哥内政部移民局的公务员，在繁忙的工作之余勤奋创作。他的第一个短篇小说《生活本身并不严肃》讲述一个怀孕的母亲和腹内孩子的交流，她在衣柜中取衣服的时候，不慎摔倒了。小说没有告诉我们，她肚子里的孩子是不是流产了，但是其简约的叙述非常有控制力。此后，他陆续地发表了一系列反映他的家乡农村社会状况的短篇小说，这些小说加起来有十七篇，1953 年以《烈火平原》为名正式出版了。这个短篇小说集以它独特的艺术品质引起了墨西哥文坛的关注。

我觉得，《烈火平原》中的十七个短篇小说，虽然都可以单独成篇，但它们却是一个整体和系列。因为它们都有一个共同的主题，那就是，描绘墨西哥 20 世纪的革命和社会现实。十七篇小说宛如十七个侧面，将墨西哥的历史与现实的复杂面貌一一呈现。像这类以系列短篇小说构成一本书的写法，在20世纪有不少精彩的作品：詹姆斯·乔伊斯的《都柏林人》、舍伍德·安德森的《小城畸人》、巴别尔的《骑兵军》、奈保尔的《米格尔大街》都是这种体裁的佳作和典范。我把这类小说叫作“橘子瓣小说”，因为它们每一篇都像一枚橘子瓣一样地紧紧簇拥在一起，形成了一个向心的结构。我在一些大学讲授文学课的时候，经常向学生推荐这几个小说集，我觉得，要想学习写作短篇小说，这几本书是最应该认真阅读的。

《烈火平原》中的作品，在叙述技巧上呈现出万花筒一样绚丽和复杂的面貌。仔细阅读这十七篇小说，你会发现，胡安·鲁尔福在小说的结构和叙事上非常讲究，几乎每一篇的叙事角度、结构、事件和细节全都是别具匠心设置的，都大为不同，每一篇都非常精彩，可见胡安·鲁尔福在写作它们时的那种刻苦用心。根据我自己的写作经验，我猜测胡安·鲁尔福在写这本书的时候，一定磨砺了很久。

下面，我将逐一简单分析这十七篇小说。在这部集子中，一部分小说是描绘墨西哥革命的。墨西哥是一个历史悠久的文明古国，是拉丁美洲古代印第安文化的中心之一，古玛雅文化、阿兹特克文化和托尔特克文化曾经无比璀璨地闪耀在人类文明的时间深处。1521年，墨西哥沦为了西班牙殖民地，经过了漫长的殖民统治，1810年，墨西哥人民开始了反抗殖民统治的斗争，并于1821年获得了独立，此后，1917年正式成为墨西哥合众国。墨西哥的20世纪现代史充满了战争和暴力冲突，她走向现代化之路也非常艰难，总是伴随着流血冲突和战争。在小说集中，像《剩下他孤独一人的夜晚》（新译《那个夜晚，他掉队了》）、《我们分到了土地》、《烈火平原》等，就以点带面地描绘了1910年至1920年墨西哥农民起义从开始到失败所造成的影响。

《我们分到了土地》的叙述非常简洁精当，留了很多的空白，但是却疏而不漏，讲述的是一群农民在一个清晨去察看政府分给他们的土地。他们走了一天，才在荒无人烟的地方找到了属于他们自己的土地，可这些土地都是寸草不生的荒地。大部分人都灰心丧气地回去了，剩下的四个人不甘心，还在继续前行。小说的结尾是这样的："我们继续前进，向村子走去。然而他们分给我们的土地却是在悬崖的上面。"

《烈火平原》的笔法也是简洁有力的，描述了一支人员越来越少的起义军的战斗旅程，最后，他们不断地被追击、被围剿，最终失败了。小说一开始的叙述者是"我们"，第一人称复数，显示人多势众，到了小说的结尾，则由幸存者比乔恩以"我"来叙述了，"我"出狱之后，见到为他生了一个孩子的女人，那个孩子已经成长为少年，名字也叫比乔恩。

《剩下他孤独一人的夜晚》十分简短，描绘了三个掉队的士兵在追赶自己部队的过程，其中，两人被抓获了，并被吊起来残酷折磨，第三个人在听到了埋伏的敌人的对话之后，侥幸逃脱了。小说描绘了战争的残酷无情和人生的无常与无奈。

《你没有听到狗叫吗？》（新译《你听不到狗叫》）大部分以对话构成，十分精彩，讲述一个年老的父亲背着自己生命垂危的儿子，一路上返回村庄的故事。一路上，在父子的对话中，他们回顾了过往生活的艰辛和欢悦，可是儿子的生命力却越来越弱，最终，他死在了父亲的背上，没有听到家乡村子里传来的狗叫声。

《那个人》的叙述相当精彩，叙述者不断地转换。小说讲述的是一场追击，追踪者根据前面的逃亡者留下来的踪迹，紧紧进行跟踪。一开始，小说的叙述者是跟踪者和逃亡者交替叙述，追捕和反追捕不断反切，故事扣人心弦。最终，这个逃亡者死亡了，到结尾部分，叙述者忽然变成了第一人称"我"，"我"是一个目击逃亡者尸体的牧羊人，"我"向律师讲述自己的见闻，因为他作为窝藏者被抓了，而那个背负命案的逃亡者被谁所杀，一直是一个谜。

《马卡里奥》则以一个白痴男孩的自述构成，全文只有三千多字，讲述了这个白痴马卡里奥眼中混乱的世界。女人、性欲、食欲是他内心里真正有所感觉的东西。这个角色使我想起威廉·福克纳的《喧哗与骚动》中的傻子班吉，一种内心的洪荒感弥漫其间。

《教母坡》（新译《科马德雷斯坡》）的叙述者是第一人称“我”，他和一对亲兄弟是一伙的，但因为农村的贫瘠导致人性恶的爆发，他杀害了他们。在野蛮的时代和野蛮的环境中，生命如此脆弱，而死亡则是家常便饭。

《你对他们说，不要杀我》（新译《求他们别杀我！》）以对话和描述交替的方式，讲述了一场延续了三十年的仇杀。一个贫穷的牧民曾经失手打死了牧场主，因为那个牧场主当年不让他的牲口吃牧场的青草。三十年后，牧场主的儿子当上了上校，他派人来抓捕那个牧民，并且处死了他，尽管眼下这个失手杀人的牧民早就垂垂老矣，已经成了行尸走肉，也没有被放过。

《你该记得吧》（新译《你还记得吧》）的篇幅十分短小精悍，中文只有不到两千字的篇幅。小说的叙述语调很独特，每段都以“你该记得吧”来开头，讲述了叙述者看到的墨西哥封闭的农村里，另一个家庭发生的暴力凶杀事件。最后，杀人者甚至“还选了一棵他喜欢的树让人将他吊死”。那种麻木、愚昧、封闭和野蛮所构成的墨西哥农村生活景象令人触目惊心。

《玛蒂尔德·阿尔康赫尔的遗产》（新译《玛蒂尔德·阿尔坎赫尔的遗产》）中，一对父子由于分别参加了不同的武装组织，结果竟然成了不共戴天的仇敌。最后，父亲被儿子杀死了——“他骑在马屁股上，左手紧紧地拿着他的笛子，右手按着横卧在马鞍上的他那已经死去了的父亲的遗体”。战争使人六亲不认，使人变得野蛮而无情，小说以极其冷静的笔法营造出令人心碎的悲剧效果。

《清晨》讲述了一个死亡事件：一个和自己的外甥女乱伦的庄园主，在清晨的时候发现他的一个长工知道了这桩丑闻，就使劲殴打那个长工。后来，庄园主莫名其妙地死了，长工被警察抓获，成为庄园主之死的替罪羊。可到底是不是长工杀的，小说最终也没有说明。小说依旧在描绘和批判墨西哥农村的封闭、愚昧和邪恶环境中所产生的恶行和暴行。

《都是因为我们穷》以一个少年的视线，讲述他整个家庭的贫穷、遭受自然灾害比如洪水时的无助、家庭的分崩离析，等等，描述了贫穷带给人的毁灭力量，叙述了人性在善恶之间的徘徊。

《地震的一天》（新译《地震的那天》）由两个人的对话构成，讲述了发生在某年 9 月的大地震之后，当地政府的州长在被地震破坏的地区视察和慰问的时候，要的都是花架子，开的都是空头支票的情景。鞭挞了政客的腐败和无能。

《塔尔巴》（新译《塔尔葩》）讲述了一个身患严重皮肤病的人，听说一个叫塔尔巴的地方有一座圣母塑像，能够包治百病，于是，他千辛万苦、千里迢迢地抵达了那里，结果，他所期待的神迹并没有显现，最终他客死他乡，尸骨无还。

《北方行》(新译《北渡口》)在叙事上很讲究，以一个已经死去的人给父亲讲述去北方谋生的路途中的见闻来结构全篇。结果，在美国和墨西哥边境他被打死了。这种叙述手法在他后来的《佩德罗·巴拉莫》中就运用得更加老到和熟练了。

在《安纳克莱托·蒙罗纳斯》(新译《安纳克莱托·莫罗内斯》)中，小说基本上由对话构成，呈现出滑稽和残忍交织的画面，并批判了一些宗教徒的愚昧：安纳克莱托·蒙罗纳斯被一群中老年修女所疯狂拥戴，并且请求册封他为圣徒，可实际上，这个安纳克莱托·蒙罗纳斯是一个匪徒、无赖和奸淫妇女的坏蛋，最后，那些修女为他的恶行所震撼，一个个地离开了他。

《卢维那》(新译《卢维纳》)已经有了后来的《佩德罗·巴拉莫》的雏形，讲述了在不毛之地卢维那活人越来越少，只有年迈的老人不愿意离开那里，因为他所有死去的亲人都埋葬在那儿。讲述人平静而舒缓地描述了卢维那糟糕的一切，使我们看到了一片洪荒世界的氤氲苍茫。

以上《烈火平原》中收录的十七篇小说，从篇幅上看，大都短小精悍，短的只有一两千字，长的也就一万多字，但是其冲击力却巨大。胡安·鲁尔福非常善于运用减法，他的小说仔细看来，真是字字珠玑，很难从小说中删去一些东西。并且，他的叙述语调大都是低沉舒缓的，可是，由于每一篇小说中都有耸人听闻的死亡和暴力事件，小说获得了巨大的震撼效果。十七篇小说所构成的《烈火平原》这个整体，其所呈现的墨西哥历史和现实的容量也很大，其复杂的叙事技巧也让人眼花缭乱、五味杂陈。我十分惊叹胡安·鲁尔福写作短篇小说的精湛手艺，他甚至可以在一篇小说中就不断转换视角，并且在行文中留下了大量的空白，有的地方就如同白描，有的地方则完全依靠简约的对话去呈现出隐藏在场景和对话后面更加复杂的东西。

从总体上说，《烈火平原》给我们描述了一个被贫穷、残暴和原始欲望所俘获的墨西哥的历史和社会现实，带有一种洪荒世界的景象。这还是一个混沌未开的世界，是和现代文明相隔绝的世界，她走向现代化之路自然无比艰难和漫长。胡安·鲁尔福既给我们展示了这样一个可怕的世界，也展示了某种希望，那就是对人性中的美好和善良的确信，对社会公义的呼唤。

二

1955 年，胡安·鲁尔福的中篇小说《佩德罗·巴拉莫》

出版了。这部翻译成中文八万多字的大中篇，迄今为止，仍旧被很多作家、评论家认为是20世纪拉丁美洲小说的巅峰之作，只有《百年孤独》等少数小说才可与之争锋。

为什么《佩德罗·巴拉莫》的地位如此之高？它写的是什么？到底给小说史贡献了什么，才显得这么地重要？我想你一定会问这个问题。从小说的故事情节来说，简单地讲，它写的是人与鬼之间的故事，描绘的是一个人鬼不分的世界。佩德罗·巴拉莫是小说中的一个中心人物，但一开始他并没有出场，出场的叙述人，是他的一个私生子，他前往科马拉地区去寻找他的父亲佩德罗·巴拉莫："我到科马拉来，是因为有人告诉我，说我父亲住在这里。他是个名叫佩德罗·巴拉莫的人。这还是我母亲对我说的呢。我答应她，待她百年之后，我立即来看他……"于是，伴随着叙述者进入科马拉，他面对的则是一个荒凉的世界。

小说的第一个部分，就是叙述者、佩德罗·巴拉莫的私生子胡安·普雷西亚多的讲述和他看到的景象。而他眼前的科马拉的世界，和他母亲曾经给他描述的完全不一样，和他看到的情景形成了强烈的反差。叙述者开始碰到一个赶驴的人，他就向那个人打听佩德罗·巴拉莫，赶驴人给他指路，并且告诉他，佩德罗·巴拉莫早就死了。虽然自己要找的父亲已经死了，但他还是继续前行，来到半月庄，在那里碰到了母亲过去的熟人，一个老太太，她开始给他讲述他母亲的故事，以及佩德罗·巴拉莫的故事。就这样，他不断地遇到不同的人，在众人的回忆和讲述中，佩德罗·巴拉莫的形象渐渐地浮现在我们的面前。这个时候，他父亲佩德罗·巴拉莫的内心独白也开始不断涌现在小说的片段里，参与到小说的叙述当中作为对其他人讲述的补充。此时，加上叙述者胡安·普雷西亚多还和自己的母亲多洛雷斯对话，和眼前的人对话，小说的时间和空间就完全混杂在一起，完全打乱了。这个时候，你要是不注意的话，你会混淆小说内部的时间。到了小说的中间部分，你会发现，小说开头部分的讲述者，佩德罗·巴拉莫的私生子胡安·普雷西亚多原来也已经死了，是他的鬼魂在坟墓里和一个老乞丐的鬼魂在说话。这是小说的第一部分。在这个部分里，胡安·普雷西亚多作为读者的一个向导，带领我们来到了科马拉，来到了半月庄，一起看到了一幅衰败的场景，因为，那里已经没有活人，那里到处都是坟墓和鬼魂在低语。

在小说第二个部分中，主要描绘的是佩德罗·巴拉莫在贫瘠的山村里如何利用自己的凶狠和残暴，巧取豪夺、奋力崛起的故事。其中，穿插了他和苏珊娜的爱情故事，这场爱情导致了一场悲剧，最终，佩德罗·巴拉莫被另外一个私生子，也就是小说开始时胡安·普雷西亚多碰见的那个赶驴人阿文迪奥用刀给砍死了。这个部分的描述非常清晰，讲述的是佩德罗·巴拉莫崛起于草莽之间，但是却落得了一个悲剧下场的过程，由大量的片段独白、回忆、对话和倒叙所构成。第二部分的叙述改变了原来由第一人称“我”讲述的视角，也就是说，改变了佩德罗·巴拉莫的私生子胡安·普雷西亚多的视角，改为了第三人称的叙述，场景不断地转换，一直到佩德罗·巴拉莫的死亡。

可以说，小说的真正主角就是佩德罗·巴拉莫，这个如同鬼魂一样存在于那个村庄里的大庄园主佩德罗·巴拉莫，一开始他很穷，做过学徒、小工，后来依靠自己的聪明、霸气和残酷，逐渐成为整个科马拉地区的霸主。他有着无数的田产、马匹和女人，生下了很多私生子，但是他残酷无情，对所有的女人和私生子都不好，他关心的只是自己财富的增加和性欲的满足。他的爱情只迸发了一次，那就是对青梅竹马一起长大的苏珊娜，但是苏珊娜后来嫁到了外地。丈夫死了之后，她才回到了半月庄，又嫁给了佩德罗·巴拉莫，之后，却变成了一个精神病人。因为他们的爱情完全不对称，苏珊娜爱的是自己的前夫，从来都没有爱过佩德罗·巴拉莫，她郁郁寡欢，很快就去世了，他们的关系以悲剧结束。这时，你会再度发现，书中所有的人物都已经死去了，他们的所有对话、动作和叹息，都是消失在一片荒芜和贫瘠的土地上的影子，根本就不存在，在你眼前的，只是杂草丛生的荒野，是消失了的半月庄，和在这片土地上生活过的、彼此之间有着爱恨情仇的男人和女人。

《佩德罗·巴拉莫》虽然篇幅不长，但却是一部奇书。首先，它完全打破了时间和空间的界限，在叙述上，将过去、现在和未来打通了，将发生在不同时间和空间的事情都放到一个平面上来讲述，现实与梦幻、死亡和生命、过去和现在，好像有一个不断地移动镜头的摄像机在将这些镜头以蒙太奇的手法拼贴与杂糅起来一样，进行了呈现。如果你集中精力，那么看上去时空倒错的故事，就可以被你理出一条时间的逻辑线索。因此，这本小说读者的参与是很重要的，你必须抓住胡安·鲁尔福递给你的每一个线头，然后，去领略他制造的由鬼魂共同出演的一场人生的大戏，在这出戏里，一个人的崛起和他最终的死亡，一场爱情的迸发和等待，一个地区的逐渐衰亡到只剩下了杂草和鬼魂，成了留给我们的永恒印象，关于这个世界的印象。小说还隐隐地将墨西哥革命和基督派之间的战争造成的后果投射到小说中的环境和人物的命运中，有着复杂的历史信息和时代背景。

从这部小说的叙事技巧上讲，过去传统小说的全知全能的叙事者不见了，代之出现的是有限的视角，而且，很快，你会发现，有限的视角还在转换，由第一人称到第三人称，然后又回到了第一人称。当最开始的叙事者、私生子胡安·普雷西亚多也变成了鬼魂作为第一部分的结束，小说忽然开始追寻佩德罗·巴拉莫的生平与崛起的足迹来叙述了。苏珊娜死去的时候，科马拉人不仅没有哀悼，而是在欢庆这个时刻，这导致了佩德罗·巴拉莫内心的怨恨，他发誓科马拉这个地方要完全衰败，直到荒草掩埋了所有人的尸骨和鬼魂。最后，他的愿望达到了，他自己也死亡了。从小说的结构上讲，整部小说浑然天成，不分章节，完全以片段的描写、对话、回忆和内心独白来构成，这些片段实际上是整部小说的零件，需要聪明的读者自己去组装。在一个人鬼不分，现实和虚幻的世界不分，过去、现在和未来不分，这里和那里不分的世界里，胡安·鲁尔福创造了一个非凡的小说世界。他带给我们的，是一种新小说才有的那种斑驳陆离的感受，犹如我们第一次看到毕加索立体主义绘画，第一次看到达利的超现实主义绘画作品那样，会感到欣悦和无比的震惊。小说中的人物、场景和时间、空间的比例全部变形了，但是，却抵达了叙事艺术的神奇境界。最终，当你读完这部小说之后，浮现在你眼前的，就是一个创世纪般的荒芜世界。

《佩德罗·巴拉莫》对时间的运用和对小说空间的拓展都是空前的，它对拉丁美洲小说的发展影响巨大。而很多作家都从这部小说中汲取了他们想要的东西。比如，墨西哥作家卡洛斯·富恩特斯就从中看到了希腊神话的再现，他认为，小说中的人物关系、男女关系、父子关系是希腊神话中的、因为情欲和原罪导致的纷争在墨西哥现代社会中的化身和争斗的延续，我看这也是一种十分有趣的观点。不过，我觉得天才的胡安·鲁尔福不见得就那么熟悉希腊神话。

此外，《百年孤独》也很明显地受到了这部小说的启发和影响。加夫列尔·加西亚·马尔克斯写道："发现胡安·鲁尔福，就像发现卡夫卡一样，无疑是我记忆中的重要一章……我当时三十二岁，是一个已经写了五本不甚出名的书的作家，我觉得我还有许多书未写，但是我找不到既有说服力又有诗意的写作方式。就在这时，阿尔瓦罗·穆蒂斯带着一包书大步登上七楼到我家，从一堆书里抽出最小最薄的一本，大笑着对我说：'读读这玩意儿，妈的，学学吧！'那就是《佩德罗·巴拉莫》。那天晚上，我把书读了两遍才睡下。自从十年前那个奇妙的夜晚我在学生公寓里第一次读到卡夫卡的《变形记》之后，我再没有这么激动过。第二天，我读了《烈火平原》，它同样令我震撼。那一年余下的时间，我再也没办法读其他作家的作品，因为，我觉得他们都不够分量。"

后来，加西亚·马尔克斯还和富恩特斯一起将《佩德罗·巴拉莫》改编成了电影剧本。在很多人的顶礼膜拜下，《佩德罗·巴拉莫》逐渐成了"拉丁美洲魔幻现实主义"文学流派最有力的代表性作品。

三

胡安·鲁尔福还出版了一个电影剧本《金鸡》，讲述一个残疾人的故事。他救活了一只雄鸡，拿它去参加斗鸡比赛，赢了一大笔钱之后，迸发了生活下去的信心。但是，这个人却是一个赌徒，最终他把赢来的钱又都赌输了，命运大逆转，他再次进入悲惨境地，不得不自杀身亡。

胡安·鲁尔福后来就基本停笔了。据说是因为生计，需要养家糊口，他不得不陷身于繁忙的公务生活，再没有时间写作了。但是，我倾向于他已将自己的写作资源用完了，没有动力再继续写了，或者，他干脆认为，再写也很难超越自己，那就不写了吧。类似的情况还有美国作家塞林格，在出版了《麦田里的守望者》之后，他出版了几个中短篇集都很一般，让人疑心那甚至不是他的作品，这是因为，塞林格的写作资源就那么一点儿。读者在后来不断地期待胡安·鲁尔福写出新作，他也曾经公开说，他一直在写一部叫作《山脉》的长篇小说，但是，一直到他去世，《山脉》也没有拿出来。也许，这部小说永远胎死腹中了。

从总体上说，胡安·鲁尔福的《烈火平原》和《佩德罗·巴拉莫》的背后有着古代印第安阿兹特克人的神话传说和信仰体系作为支撑，比如，对死亡和生命的看法，就和别的文明模式下的人大为不同。在墨西哥，每年都有一个“死人节”要过，传说这一天，在大地上游荡的死人都会回到家里来，重新和活着的人相聚，这一天就是一个人鬼不分的日子。因此，我们就很容易搞明白了，为什么《佩德罗·巴拉莫》能够出神入化地描绘一个人鬼不分的世界，因为在墨西哥，这种观念其来有自，绝不是无源之水，无本之木，它深深地根植在墨西哥奇特的古印第安文化、西班牙天主教文化所营造的混血文化的土壤里。因此，《佩德罗·巴拉莫》这本书无论是艺术水准、思想高度还是文化资源，都是技高一筹的。

就这样，胡安·鲁尔福是以少胜多，以少许卓越的小说精品而傲视群雄，成为开启了拉丁美洲“文学爆炸”的先行者。

阅读书目：

《胡安·鲁尔福全集》，屠孟超等译，云南人民出版社 1993 年 9 月版；

《胡安·鲁尔弗中短篇小说集》，屠孟超等译，外国文学出版社 1980 年 12 月版；

《佩德罗·巴拉莫》，屠孟超译，译林出版社 2007 年 10 月版；

《燃烧的原野》，张伟劼译，译林出版社 2011 年 9 月版；

《人鬼之间》，屠孟超译，人民文学出版社 1986 年 8 月版。

加西亚·马尔克斯：（1927—2014）一个大陆的孤独和奋斗

一

加夫列尔·加西亚·马尔克斯的名气太大了，谈论他是一件危险的事情。我觉得，在所有形容他的话里面，马里奥·巴尔加斯·略萨的命名最为贴切——“拉丁美洲的弑神者”。这个称谓一般是给君王和大祭司的，但是，巴尔加斯·略萨曾经毫不犹豫地把它戴到了加西亚·马尔克斯的头上。

1927年，加夫列尔·加西亚·马尔克斯出生于哥伦比亚马格达莱纳省的一个小镇上。他的父亲曾经在大学的医学系学习过，没有正式毕业，后来做了报务员。他和加西亚·马尔克斯母亲的爱情经历了很多曲折。后来，加西亚·马尔克斯以父母亲的爱情经历为素材，写出了长篇小说《霍乱时期的爱情》。而影响加西亚·马尔克斯最终走上文学道路的，主要是他的外祖母，这是一个相信万物有灵和鬼怪世界的女人，善于讲故事，加西亚·马尔克斯的童年都是在外祖父母家度过的，因此，从小他就在外祖母的膝盖旁听她讲故事，这给他的想象力增添了最早的动力。他也很早就开始了自己的阅读生涯，据说，七岁的时候，他就读过《一千零一夜》了。上中学的时候，他曾经给喜欢的女同学写过十四行诗。我在这里抄录一首《致一位女生的十四行晨诗》："她向我致意后随风而去 / 声音里呼出清晨的哈气 / 一扇窗户的亮光走进屋里 / 失去光的不是玻璃而是气息 / 这早起的姑娘与时钟相似 / 又像个故事难以置信地消失 / 当她将这一时刻的线剪断 / 清晨溢出她那白色的血液 / 她若身着蓝衣上学去 / 分不清她是在走还是在飞 / 似一股微风般轻轻飘拂 / 在这蓝色清晨里难以知悉 / 过去的种事物，哪个是微风 / 哪个是姑娘，哪个是晨曦。"这样的诗篇，实在是温婉动人。

加西亚·马尔克斯的外祖父曾经是一名自由党军队的上校，多年之后，加西亚·马尔克斯根据自己外祖父的形象和遭遇，写了一部很有名的中篇小说《没有人给他写信的上校》。而他最著名的长篇小说《百年孤独》中也有以两位老人为原型的小说形象。1947 年，二十岁的加西亚·马尔克斯进入首都波哥大大学法学系读书，但没过多久，1948 年保守党和自由党展开的全国内战导致的政局动荡，使加西亚·马尔克斯辍学了，他开始在波哥大的新闻界工作，很快，作为《观察家报》派驻欧洲的记者，他又来到了欧洲，在巴黎、巴塞罗那、罗马、纽约、哈瓦那四处漂泊，一方面作为记者观察、记录、报道和了解世界，另外一个方面，孜孜不倦地开始了自己的文学写作。

早在 1948 年，加夫列尔·加西亚·马尔克斯就想写一部家族史小说《家》，这是后来《百年孤独》的雏形，但是下笔之后他就感到有些困难：把握一个大家族的命运，在他当时还有些力所不逮。于是，他就写了一部中篇小说《枯枝败叶》，五易其稿之后，于 1955 年正式出版。同一年中，他还出版了短篇小说集《蓝宝石般的眼睛》，但是这两部书都没有引起读者和评论家的注意。在欧洲担任驻外记者期间，他开始写作中篇小说《没有人给他写信的上校》，1957 年在九次修改之后最终完成，后来于 1961 年出版。此时，他身在欧洲，《观察家报》被哥伦比亚当局查封，他没有任何经济来源了，穷困潦倒，朝不保夕。这是他一生中最困难的时候。1959 年，他开始为古巴的一家通讯社工作，发表了报告文学《铁幕内的 90 天》，1961 年在墨西哥定居下来。在这一年，他的一部篇幅不大的长篇小说《恶时辰》获得了美国埃索石油公司设立的小说奖，这给了他很大的鼓励，他又鼓起了写作的信心，次年，他出版了短篇小说集《格兰德大妈的葬礼》。

这一个时期，应该算是加西亚·马尔克斯创作的早期阶段。这个阶段的成果我盘点了一下，包括了一部十二万字的小长篇《恶时辰》，两部中篇小说《枯枝败叶》和《没有人给他写信的上校》，两部短篇小说集《蓝宝石般的眼睛》和《格兰德大妈的葬礼》，还有一部1955年在报纸上连载的长篇报告文学《水兵贝拉斯科历险记》，以及报告文学《铁幕内的90天》等。但是，这些作品都没有给加西亚·马尔克斯带来他想要的文学名声，也没有给他带来金钱回报。不过，我觉得，恰恰是这些作品，给他未来的写作打下了一个坚实的基础，使他找到了自己的方向，写出了《百年孤独》等几部伟大的作品。比如《枯枝败叶》，就很像是《百年孤独》的一个草稿，小说采取了多个人物内心独白的方式，描绘了一个叫马孔多的小镇上的生活。村民们被美国的跨国资本企业所控制，人们的生活陷入了精神和物质的双重困境。小说的形式实验为他后来写《百年孤独》积累了有益的经验。中篇小说《没有人给他写信的上校》以加西亚·马尔克斯的外祖父为原型，描绘了一个退役的上校，一直在等待养老金的到来，但却不断地落空，不得不去斗鸡，但斗鸡最终也失败了的故事。

七十岁的上校以“吃屎！”来回答同样为吃饭发愁的妻子的提问，描绘了一个为国家建功立业的老军人晚年贫困潦倒、无人关心救助的悲剧形象。长篇小说《恶时辰》是他早期作品中篇幅最长的，没有章节，一共分为三十多个片段，描绘了一座小城市令人窒息的生活。这些没有希望的人制造了一连串揭露别人隐私的匿名帖事件，小说塑造了神甫、镇长等多个后来可以在《百年孤独》等作品中找到蛛丝马迹的人物形象。他在这个时期出版的两个短篇小说集《蓝宝石般的眼睛》和《格兰德大妈的葬礼》中所收录的小说，还没有形成他个人鲜明的风格，故事带有变形、夸张和魔幻的色彩，可以看出卡夫卡、福克纳与海明威等作家的影响。这些篇章从小说的题目上就可以看出师承：《死亡三叹》《死亡联想曲》《在猫身上转世的爱娃》《三个梦游症患者的痛苦》《与镜子的对话》《有人弄乱了玫瑰花》《超越爱情的永恒之死》《伊莎贝拉在马孔多观雨时的独白》，等等，死亡、镜子、转世、梦游、爱情等充斥其间，可见他最开始写作的时候就受到了现代主义小说的影响。这其中，《格兰德大妈的葬礼》最有代表性。写于1962年的这篇小说实际上是一篇象征小说，小说中的格兰德大妈，是拉丁美洲的化身。加西亚·马尔克斯以细致的笔法描绘了这么一个“大妈”的葬礼，间接地表达了他对拉丁美洲的社会现实和经济、政治、文化在美国影响下的担忧。

二

在墨西哥城居住和工作期间，加西亚·马尔克斯读到了胡安·鲁尔福的小说《佩德罗·巴拉莫》，这对他的触动和影响特别大，他仿佛被开了天眼，立即看到了自己写作的一种可能性。胡安·鲁尔福的《佩德罗·巴拉莫》中对时间的掌握、叙述方式是前无古人的，小说中人鬼不分，没有界限，这给马尔克斯带来了巨大的启发。1963 年，他和卡洛斯·富恩特斯合作，一起将《佩德罗·巴拉莫》改编成了电影剧本，还为一家电影公司撰写其他题材的剧本。这个时候，他发现，“电影的艺术容量远远不如小说”，于是，从 1965 年开始，他茅塞顿开，找到了一种独特的叙述方式，找到了小说《百年孤独》开头的第一句话。十四个月之后，他完成了这部小说，1967 年 5 月，《百年孤独》第一次出版，很快就引起了轰动，到处都是市场售罄告急的消息，于是，《百年孤独》就不断地被加印。四十年来，这本小说的发行量有数千万册，光是 2007 年的“四十周年纪念版”就发行了一百万册。

关于《百年孤独》的写作和出版，加西亚·马尔克斯经历了一个异常艰难的阶段，他自己对此有着深情的描绘：

从弱冠之年到三十八岁，我已经出版了四部作品，于是，我坐在打字机前，开始写道：“多年以后，奥雷良诺·布恩蒂亚上校面对行刑队，准会想起父亲带他去参观冰块的那个遥远的下午……”当时，我一文不名，真不知道我妻子梅塞德斯是怎么让我们活下来的。她一天也没有让我们的肚子挨饿。我们坚持不贷高利贷，只好硬着头皮跑了几趟慈善机构。起初当然是变卖所有以应特急，但那些东西并不值钱；然后是首饰，那可是她多年来所得的全部馈赠。当铺老板用外科医生般神奇的目光逐件检查了那些钻石耳环、绿宝石项链、红宝石戒指，最后，牛仔赶车似的回过头来说：“全都是些玻璃玩意儿。”

1966年8月初的一天，梅塞德斯和我终于可以到墨西哥城的邮局寄书稿了。《百年孤独》用正常打印纸誊清，共五百九十页，好大一包，而收件人是布宜诺斯艾利斯南美出版社文学部主任弗朗西斯科·波鲁阿。邮局的工作人员给包裹过秤后说：“82比索。”梅塞德斯数了数钱包里的钞票并拨弄完手中的硬币，回到现实中：“我们只有53比索。”

于是，我们只好打开包裹，将稿子一分为二，并把其中一部分寄往布宜诺斯艾利斯。我们甚至不知道余下的部分该如何发落。我们很快发现，寄出的并非是小说的上半部而是结尾。没等我们想出法子，南美出版社的那个波鲁阿因为急于看到全书而预付了稿酬，因此也为我们解决了邮资问题。就这样，我们总算获得了新生，并到今天。

（见加西亚·马尔克斯在2007年《百年孤独》出版四十周年一百万册纪念版发行仪式上的发言。）

很久以来，伴随电影的诞生、电视的普及和电脑网络的发展，一些人以为，在20世纪这个多媒体发达的时代，很难再看到那种动人心魄的、描绘历史场面广阔、结构宏大的用文字叙事的作品了。但是，1967年《百年孤独》的问世，改变了这些人的看法。《百年孤独》是20世纪最重要的长篇小说之一，它的出现，使拉丁美洲“文学爆炸”潮流成为世界瞩目的事件，反过来影响了欧洲和美国的一些作家，也极大地影响了最近三十年的中国当代小说的发展。同时，凭借这部作品，加夫列尔·加西亚·马尔克斯将一个神奇、美丽、动荡不安和光怪陆离的拉丁美洲的形象带给了全世界，也将小说创新的潮流推波助澜地引领到拉丁美洲大陆上，成为我所描述的20世纪“小说的大陆漂移”最重要的一个环节。

《百年孤独》这部小说的篇幅不算很长，翻译成中文才三十万字，但是它的容量却很大。《百年孤独》一共分为二十章，它的开头十分著名："多年以后，奥雷良诺·布恩蒂亚上校面对行刑队，准会想起父亲带他去参观冰块的那个遥远的下午。"在这句话中，过去、现在和未来，三种时间全都包括在里面了，因此，《百年孤独》中对时间的运用和处理是它的核心技巧。小说描绘了拉丁美洲一百年的历史，以布恩蒂亚家族六代人的经历和一代代人的独特命运作为叙述的主线，气魄宏大，人物众多，那些不断重复和互相很接近的名字使读者很难分辨清楚。这个家族的最后一代人是个怪胎，被蚂蚁吃掉了。同时，小说还描绘了象征整个拉丁美洲的马孔多小镇的兴衰史。马孔多，原来是一片无人的沼泽地，在迁居而来的人们的辛勤劳作下，这里渐渐变成了繁华的市镇，最后，它又在跨国资本的侵袭下遭到毁灭，飓风席卷了它，它在大地上消失了。在小说的最后，一场持续了四年十一个月零两天的暴风雨将马孔多重新化为了洪荒和虚无，暗示人类将在不断的循环和轮回中永劫往返。因此，这部小说带有创世神话和寓言的性质，在形式上形成了完美的封闭式内部结构。

《百年孤独》还写出了拉丁美洲的山川、河流、动物、植物、人的命运和面孔，光是涉及的动物就有四百多种。加西亚·马尔克斯虚构了一个家族的命运，来代表拉丁美洲整个大陆的命运。小说中描绘了大量神奇和带有魔幻色彩的细节和故事情节：一个被杀的人的血会流好几公里；一个姑娘会坐毯子飞上天空；有人死后能够复活，有的人死了却阴魂不散地继续纠缠着活人。小说中，死亡和生命、时间和历史成了混沌一片。由此，一种被评论家称为“魔幻现实主义”的文学风格也诞生了。查阅《中国大百科全书·外国文学卷》中，对“魔幻现实主义”是这么解释的：“20 世纪 60 年代拉丁美洲小说创作中出现的一个流派。其特点是在反映现实的叙事和描写中，使用或者插入神奇而怪诞的人物和情节，以及各种超自然的现象。”这个名词最早出现在 20 世纪 30 年代的德国，当时，一个德国艺术评论家在评论后期表现主义绘画的时候，用了这个词汇。而早在 1943 年，古巴作家卡彭铁尔也提出了“神奇的现实”的文学观点，和“魔幻现实主义”有着异曲同工之妙。

但是，在加西亚·马尔克斯看来，也许根本就没有什么“魔幻现实主义”，他仅仅是把外祖母给他讲的故事和哥伦比亚的日常生活、民间故事与历史事件综合在一起，一股脑地写了出来，于是，就有了这么一个“魔幻现实主义”。所以，他从来都认为他写的是真正的现实主义小说，因为，拉丁美洲到处都是这样的神奇和充满了魔幻色彩的现实：“在拉丁美洲的河流上，可以看到像人一样吃奶的海牛，雨有时候一下就是一个月，在热带雨林中，几天之后，草木就将所有大地上的痕迹覆盖成原始洪荒的状态……”

可以说，《百年孤独》这样一部关于拉丁美洲大陆命运的大书的出现，改变了世界文学的版图，把世界文学创新的增长点转移到了拉丁美洲这个经济并不发达但是历史文化丰富和社会问题复杂的地区，加西亚·马尔克斯完成了一个巨大的历史使命，功不可没。这部小说也成了20世纪影响最大的小说之一，对中国当代小说的影响也很大。

1972年，加西亚·马尔克斯出版了短篇小说集《难以置信的悲惨故事——纯真的埃伦蒂拉和残忍的祖母》，收录了一些情节魔幻和夸张的、主题美丑兼备的小说。这些小说都是他的早期作品，修改了多年才结集出版的。其中，《纯真的埃伦蒂拉和残忍的祖母》讲述了一个悲惨的故事：十四岁的小孙女埃伦蒂拉竟然被她的祖母卖到了妓院。而《巨翅老人》《世界上最美的溺水者》则是两则带有童话色彩的幻想故事，营造出一个完美的想象世界。但是其中不少小说，都有一种青涩之感，可以看到加西亚·马尔克斯早年学步阶段的影子。

三

在《百年孤独》之后，长篇小说《族长的没落》是加西亚·马尔克斯最重要的作品之一，于1975年问世。这是一部反对拉丁美洲的独特产品——独裁者的小说。和《百年孤独》一样，《族长的没落》也是一部奇书，全书不分章节，仅仅分为六个没有标题的大段落。在这部小说中，加西亚·马尔克斯也没有使用写实的手法，而是研究了拉美历史上出现的很多独裁者的生平，把他们综合成一个带有象征意味的复杂形象。小说一开始，情节就十分离奇——大独裁者孤独地和成群的奶牛以及老鹰生活在自己的深宫大院里，因为，他对一切人都不信任，他深深地生活在一种孤独之中："到周末时，一些兀鹰会抓破了金属窗栅，从窗户和阳台飞进了总统府，拍击着翅膀，使总统府的内室里'停滞时期'的窒闷空气震荡起来了……"，这个独裁总统的形象，带有鲜明的滑稽和黑色漫画的色彩。总统非常害怕被暗杀，因此，很多年来，他都在不断地消灭自己的政敌，以及政敌的朋友，他采取了一系列残酷的手段清除政敌。他前后砍掉了九百一十八个下属官员的脑袋，为的是清除所有反对他的可能性；他连全国黑色的狗都不放过，因为，他曾经做梦梦见黑色的狗是他的政敌变的；他有五千多个儿子，还有数不清的情妇，他仅仅是为了占有她们而从来都没有获得过爱情；他永远都一个人睡觉，甚至不断地变换睡觉的地点和时间；他母亲去世了，却要全国举哀一百天；他的儿子刚刚出生，就被封为少将军衔；最终，他死了，尸体被兀鹰所啄食，他的儿子也被猎狗吃掉了，人们终于迎来了独裁者倒台的那一天。

在这部小说中，独裁者的孤独是加西亚·马尔克斯刻画的重点，独裁者的孤独带有浓厚的象征意味，就像是拉丁美洲本身的孤独一样。这样的深刻立意，已经超越了这本书所能达到的边界。小说的语言风格狂放不羁、气势如虹、波涛汹涌、泥沙俱下，在一种荒诞、离奇、魔幻和匪夷所思的想象的氛围里，给我们塑造了一个难忘的独裁者形象。

加西亚·马尔克斯一直很关心拉丁美洲的独立和民族解放事业。1979 年，他出版了报告文学《尼加拉瓜之战》，描述了他在尼加拉瓜的见闻。非虚构报告文学一直是加西亚·马尔克斯创作中的重要品种，这是因为，他有时候觉得非虚构作品在对现实问题的发言方面要更加有力。1986 年，他出版了反映智利独裁者皮诺切特政权迫害持不同政见知识分子的报告文学《米格尔·利丁历险记》，成为他这类作品的代表作。

加西亚·马尔克斯的中篇小说《一桩事先张扬的凶杀案》发表于 1981 年，讲述了一桩由拉丁美洲的陈规陋习和愚昧闭塞所导致的悲剧：圣地亚哥·纳赛尔被事先到处张扬要杀他的兄弟俩给无辜地杀害了，而他们杀害他仅仅是因为没有人来阻挡他们的行为。小说的叙述节奏紧凑，在 1990

年还被中国女导演李少红移花接木地改编成了电影《血色清晨》。

1982年，加西亚·马尔克斯以“他的小说以丰富的想象编织了一个现实与想象交相辉映的世界，反映了一个大陆的生存与命运”而获得了诺贝尔文学奖，成为万众瞩目的事情。而且，他的获奖似乎是众望所归的事，这么多年来，从来没有遭到质疑。诺贝尔文学奖被称为“死人之吻”，一般的作家在获得了这个奖之后，往往再也写不出好作品了。但是，加夫列尔·加西亚·马尔克斯是一个例外，1985年，他出版了长篇小说《霍乱时期的爱情》，再度使我们看到了一个杰出作家的叙事才能。

在《霍乱时期的爱情》出版之前的几年里，加西亚·马尔克斯参与了电影《预兆》《蒙铁尔的寡妇》《我亲爱的玛丽亚》等的编剧工作，电影《预兆》还获得了西班牙圣塞巴斯蒂安电影节的大奖。但是，长篇小说《霍乱时期的爱情》的出版，再次带给人们以巨大的惊喜，首版就印了一百二十万册，成为一大畅销书。我非常喜欢这部小说，因为，《霍乱时期的爱情》包罗万象地描绘了人间各种各样的爱情：忠贞不移的、举棋不定和首鼠两端的、同性的、转瞬即逝的和生死相依的，人类的各种爱情模式和花样，几乎都被这部小说一网打尽了，它对人类情欲的展示和对无望爱情的守候的描述，无有出其右者。据说，小说取材于加西亚·马尔克斯父母亲的真实爱情经历，不过，在小说中，他做了最大限度的想象和美化，进行了夸张和抒情性的描写，使父母亲的爱情生活成为一部传奇。小说的主角有三个，他们之间的关系持续了一生。加西亚·马尔克斯把一个情欲故事描绘成了波澜壮阔的爱情史诗。在小说的最后，男主人公阿里萨终于和他爱了几十年的女人费尔米娜在一条大船上相聚了，后来，这艘挂着标志船上有霍乱的黄旗的船，回避开所有的骚扰，在有着人类般乳房的海牛的宽阔河流上，永无休止地来回航行，并不靠岸，只是为了守候主人公最后得到的爱情，这样的结尾令人荡气回肠，又潸然泪下。

《霍乱时期的爱情》是一部小说杰作，但加西亚·马尔克斯也有少许败笔，比如，我觉得，他出版于 1989 年的长篇小说《迷宫中的将军》就不算很成功。这是一部以“拉丁美洲的解放者”玻利瓦尔为主人公的历史小说，小说将叙述的时间起点定格在 1830 年 5 月 8 日这一天，当时，他泡在浴缸里一动不动，侍卫误认为他已经死了，但是，这是玻利瓦尔陷入思考的方式之一。小说叙述了玻利瓦尔从这一天开始，一直到 12 月 10 日为止的长达半年多的活动，描绘了玻利瓦尔梦想在南美洲建立一个“大哥伦比亚”共和国的计划的失败，以及他失却权力之后的孤独和被病痛逐渐吞噬的绝望感。按说这是一个大题材，本该写得很好，但可能是因为他删得太多——定稿只有原稿的一半，或者，是他内心对拉丁美洲的解放者玻利瓦尔心存太多的敬畏，没有放开来，使小说显得比较单薄和空疏，容量较小，总体上不算成功，艺术成就和获得的影响远不如《百年孤独》和《霍乱时期的爱情》。

不过，加西亚·马尔克斯是一个在写作上精益求精的人，他喜欢反复修改自己的作品，觉得不到应该拿出来的时候，坚决不拿出来。1992 年，加西亚·马尔克斯出版了短篇小说集《十二篇异国旅行的故事》，就是他从 1975 到 1992 年间写的很多旧作中挑选出来，经过不断的修改之后才出版的。这本书讲述了十二个异国他乡的人的故事，是他在世界各国旅行中得到的灵感，十二个故事大都有些离奇和匪夷所思，依旧带有魔幻的特点。

1994 年，他还出版了一部篇幅不大的小长篇《爱情和其他魔鬼》，翻译成中文在十万字左右，叙述了一个带有传奇和魔幻色彩的爱情故事。《爱情和其他魔鬼》把时间背景放到了 17 世纪的哥伦比亚，讲述一个侯爵的女儿在十二岁的时候被疯狗咬伤，被各种治疗方法弄得奄奄一息，又被送到了修道院里，在驱魔术的折磨下死亡。多年之后，考古人员发现，这个小姑娘的骸骨依然完好，而且头发长到了二十二点一一米长。

四

加西亚·马尔克斯总是一方面对历史充满了想象的热情，一方面又对眼前的社会现实充满了批判的精神。他对拉丁美洲存在的政治、经济、文化的弊病深恶痛绝，并直接以笔书写之。长篇小说《绑架新闻》就是这样的作品，它出版于1996年，是一部专门描绘哥伦比亚贩毒集团绑架记者的纪实小说。我们知道，哥伦比亚贩毒集团是世界上最强的毒品犯罪集团，是哥伦比亚甚至是美洲社会的毒瘤，连美国政府也很头痛。因此，怀有忧患意识的加西亚·马尔克斯不可能不对此有所观察。《绑架新闻》的写法比较传统，是加西亚·马尔克斯的非虚构文本系列里比较靠小说的一本书。它讲述了好几个记者接连被贩毒集团绑架的故事，对贩毒集团的所作所为进行了正面抨击。不过，我觉得这部小说因为有着太高的新闻性和纪实性，多少降低了小说的想象力和审美特质，有着巨大的现实意义的同时降低了文学性。尽管如此，《绑架新闻》在加西亚·马尔克斯的作品序列里也不能忽视。

此外，加西亚·马尔克斯还出版了他和巴尔加斯·略萨的对话《拉丁美洲小说两人谈》（1966）、和作家门多萨的对话集《番石榴飘香》（1982）、随笔集《纪事与报道》

（1976）、《海边文集》（1981）、《在朋友们中间》（1982）等等。1995年，在阿根廷的布宜诺斯艾利斯，上演了他写的唯一一部戏剧《爱情诅咒一个老成持重的男人》。2002年，他还出版了自传的第一卷《活着为了讲故事》，这部自传精彩纷呈，洋洋洒洒，讲述了他的童年、家世，一直到1967年他出版《百年孤独》之前的那段艰难的人生岁月。这部自传他打算写三卷，但是，在1999年他被查出来患了淋巴癌之后，三卷本自传的写作进程就慢了下来，目前，据说他已经完成了后两卷的初稿，正在不断地修改和完善当中。

进入新千年之后，加西亚·马尔克斯仍旧是老当益壮，但创作量开始下降，创作精力有所衰减，但是，他依旧存有老骥伏枥、志在千里之心，仍旧想向自己的写作极限进行挑战。2004年，七十六岁的加西亚·马尔克斯出版了一部小长篇《苦妓回忆录》，小说篇幅不大，只有一百零九页。这是一部向日本作家川端康成致敬的作品。因为，多年之前，他阅读川端康成的小说《睡美人》，觉得那是他读到的最动人的情爱小说。《睡美人》描述了一个老人喜欢和被药所迷的少女进行一种性爱，表现了老年人那种依旧对青春和生命的依恋。加西亚·马尔克斯的这部小说也涉及老年人的性心理和性状态，但是，有他独特的创造和升华。小说描述了一个即将进入九十岁门槛的老男人，在面对一个十四岁雏妓沉睡身体的时候所迸发出的激情、怜悯、悔恨和幸福交织的复杂感情。最终，享用少女贞操的性爱没有成功，但是，老人的内心迸发了对少女的爱情。这可以看成是加西亚·马尔克斯对生命的留恋和对性爱欢愉的怀想，尤其是当他自己也老年已至的时刻。这部小说出版之后大受欢迎，大家都认为，加西亚·马尔克斯依旧活力非凡，宝刀未老。

在谈到这篇小说缘起的时候，加西亚·马尔克斯说："我重读的另外一本书是川端康成的《睡美人》，大约三年多来，这本书一直触动着我的心灵，它依然是一部美丽的作品，但是这一次我读了它却毫无作用，因为我要寻找的是关于老年人性行为的踪迹。但是我在书中找到的只是日本老人的性行为，那种性行为似乎和日本的一切东西一样古怪，当然和加勒比海地区老人的性行为毫不相干。当我把我的忧虑在饭桌上讲给家人听的时候，我的一个儿子说：'你再等几年吧，那时你会根据自己的经验弄明白的。'"（见加西亚·马尔克斯的《如何写一部长篇小说》。）我想，当加西亚·马尔克斯像他儿子所说的那样变得更老一点之后，他果然找到了老年人性行为的感觉了，于是，就写出了这本小长篇。该小说获得了 2006 年美国《洛杉矶时报》设立的图书奖。2008 年，又传出他将出版一部修改了多年的爱情小说的消息，书名叫《我们相会在八月》，此书已经预告多年，据说它讲述了一个五十二岁的女人在二十三年婚姻中的生活，但是，后来又因故推迟了该书的出版。2009 年，传说他在写作一部关于古巴革命的作品，时间的跨度超过了五十年。

自《百年孤独》之后，加西亚·马尔克斯的小说一直畅销全球，雅俗共赏、引人注目，大家总是热切地期待着他的新作问世。他从来不媚俗，既有充沛的想象力和小说艺术创新的能力，又有直面社会现实和世界热点问题的批判能力，就像挥舞着两把菜刀的将军那样，他从不畏惧，所向披靡。他鲜明的批判性来自他多年的新闻记者实践，他的独立知识分子的批判精神也是拉丁美洲作家中最有战斗力的。他不断地批判不义和不公的社会，对拉丁美洲、对他的祖国哥伦比亚本身的历史和现实，都做了毫不留情的批判，他还善于描绘像爱情这样的人类美好的基本情感，鞭挞政治独裁者，最终，他被塑造成“拉丁美洲魔幻现实主义小说”的大师。其实，在加西亚·马尔克斯看来，从来就没有什么“魔幻现实主义”，有的只是拉丁美洲独特的社会现实本身，那些魔幻的东西其实都是真实存在于拉丁美洲人的生活中的。

据说，在 1990 年，加西亚·马尔克斯就悄然来到中国上海，做了短暂的停留，除了游览名胜古迹、观察当时中国的社会状况以外，他还收集了一些中文译本，这些译本都是他没有正式授权的“盗版”。对中国在加入国际版权公约之前出版了很多他的书，他一直很有微词，声称绝不将自己的版权卖给“盗版横行”的中国，我想，他是做出了一个非常错误的决定，这也就是中国读者在最近十多年很难读到他的新作的原因。因为受损失的不光是中国的读者，也包括了加西亚·马尔克斯自己。

在拉丁美洲“文学爆炸”的整个大潮当中，阿斯图里亚斯、卡彭铁尔、胡安·鲁尔福、豪尔赫·博尔赫斯算是第一代开拓者和奠基者，在他们作品的感召和影响下，更多的作家成了新一波文学的弄潮儿，从而形成了在1960年代彻底爆发的拉丁美洲“文学爆炸”，改变了世界文学的版图，把世界文学创新的中心和焦点从北美洲带到了拉丁美洲。像卡洛斯·富恩特斯、加西亚·马尔克斯、胡里奥·科塔萨尔和巴尔加斯·略萨就是拉丁美洲“文学爆炸”的小说新主将，而在他们周围的，尚有数十位具有极大创新精神的作家，一起开创了一个文学的新大陆。加西亚·马尔克斯因为描绘了一个大陆的孤独和奋斗，他的影响和贡献在整个20世纪后半叶至今都是非常大的。多年之后，瑞士的《周报》评选的“在世最伟大作家”中，加西亚·马尔克斯名列第一。

文学本来没有冠军，但是，加西亚·马尔克斯却一直坐在冠军的位子上。

阅读书目：

《爱情和其他魔鬼》，朱景冬等译，山东文艺出版社 1999 年 1 月版；

《百年孤独》，范晔译，南海出版公司 2011 年 6 月版；

《百年孤独》，高长荣译，北京十月文艺出版社 1984 年 9 月版；

《百年孤独》，黄锦炎等译，上海译文出版社 1989 年 11 月版；

《百年孤独》，吴健恒译，云南人民出版社 1993 年 9 月版；

《超越爱情的永恒之死》，王银福等译，浙江文艺出版社 2001 年 8 月版；

《电影导演历险记》，蔺家群译，文汇出版社 1988 年 4 月版；

《恶时辰》，刘习良等译，南海出版公司 2013 年 3 月版；

《番石榴飘香》，马尔克斯、门多萨著，林一安译，生活·读书·新知三联书店 1987 年 8 月版；

《回归本源——加西亚·马尔克斯传》，达索·萨尔迪瓦尔著，卞双成等译，外国文学出版社 2001 年 1 月版；

《霍乱时期的爱情》，蒋宗曹等译，黑龙江人民出版社 1987 年 7 月版；

《霍乱时期的爱情》，徐鹤林等译，漓江出版社 1987 年 12 月版；

《霍乱时期的爱情》，杨玲译，南海出版公司 2012 年 9 月版；

《加西亚·马尔克斯评传》，陈众议著，浙江文艺出版社 1999 年 12 月版；

《加西亚·马尔克斯研究》，林一安编，云南人民出版社 1993 年 3 月版；

《加西亚·马尔克斯中短篇小说集》，赵德明等译，上海译文出版社 1982 年 10 月版；

《将军和他的情妇》，申宝楼等译，南海出版公司 1990 年 4 月版；

《枯枝败叶》，刘习良等译，南海出版公司 2013 年 1 月版；

《两百年的孤独》，朱景冬译，云南人民出版社 1997 年 7 月版；

《马尔克斯的一生》，杰拉德·马丁著，陈静妍译，黄山书社 2011 年 9 月版；

《马尔克斯散文精选》，朱景冬译，人民日报出版社 1999 年 10 月版；

《没有人给他写信的上校》，陶玉平译，南海出版公司 2013 年 5 月版；

《我不是来演讲的》，李静译，南海出版公司 2012 年 1 月版；

《一百年的孤寂》，宋碧云译，台湾远景出版事业公司 1982 年 12 月版；

《一个遇难者的故事》，王银福译，云南人民出版社1991年10月版；

《一桩事先张扬的凶杀案》，魏然译，南海出版公司2013年6月版；

《族长的没落》，伊信译，山东文艺出版社1985年7月版。

卡洛斯·富恩特斯：
（1928—2012）
文学大壁画——“时间的年龄”

一

在墨西哥1910年革命之后，墨西哥绘画领域出现了以奥罗兹科和里维拉为代表的“墨西哥壁画家”群体，他们雄心勃勃地将自己的艺术志向放到了在受欧洲人侵扰前的拉丁美洲古老艺术风格的当代复活上，在一些公共建筑上绘制了巨幅的、主题连续的壁画，创造出美术史上罕见的、强有力的绘画风格，几乎可以和欧洲文艺复兴时期以及任何人类艺术繁盛时期的艺术大师的作品相比拟。而在文学领域，自1950年代开始，卡洛斯·富恩特斯就不自觉地在用西班牙语构筑自己的文学大壁画，以文学的表现形式，呼应了奥罗兹科和里维拉的“墨西哥壁画家”群体所追求的宏大目标。

卡洛斯·富恩特斯是我最喜欢的拉丁美洲作家之一，墨西哥 20 世纪最杰出的小说家，他以五十多年的文学创作生涯和超过二十部长篇小说及其他数十种文学评论和随笔集，给我们带来了一个斑驳陆离的、复杂而广阔的文学世界。这个文学世界中的长篇小说，被他称为是以“时间的年龄”为总标题的小说世界。这个系列的作品，到 21 世纪，终于构成了还可以叫作“墨西哥的 20 世纪”的宏大壁画，在这幅壁画上，跃动着无数活灵活现、栩栩如生的墨西哥人，以及他们所创造的世界。

如果从这个角度来考察的话，那么卡洛斯·富恩特斯肯定是 20 世纪写出了超越墨西哥乃至拉丁美洲地域和历史的非凡作品的大作家，他的作品往往气势宏大、结构复杂、形式新颖、语言神奇，为人类未来小说的新发展提供了可能性。对于这一点，他自己说：“时间是把我的文学作品连接起来的关键因素。我想象了它，我用一个总题目《时间的年龄》把它们连接在一起，共包括了二十一个题目，其中十四个我已写完。这是一部《人间喜剧》，这个计划在文学上已有先例（巴尔扎克），毫不新鲜：在我的《人间喜剧》里通行着自由的道路。我考虑的轴心就是时间。我认为，时间是小说主要关心的问题，通过这种关心可以传达它。我想传达我的时间观，这种时间观不是年代学上的概念，而是对时间的连续性结构的反叛。关于这种反叛，有人谈到过，比如捷克斯洛伐克的作家米兰·昆德拉。”这段话是卡洛斯·富恩特斯1994年接受记者的访问时谈到的。到2008年他八十高龄的时候，他的《时间的年龄》这部内部有联系的长篇小说群组，已经基本完成了。

由于说到了米兰·昆德拉，我在这里提供一点备忘：他在第一次读到卡洛斯·富恩特斯的长篇小说《我们的土地》之前，还一直以为自己是孤身在进行着对小说中时间运用的复杂性进行探索的人，而很长时间以来，困惑米兰·昆德拉的问题就是如何处理小说中的时间。他始终认为，他是把时间互渗的艺术手法运用到小说中的唯一一个人，他不相信生活在另外一片大陆上、与他的经历完全不同的作家，也有着相同的美学观点，1968年，当苏联的军队驾驶坦克进入捷克首都布拉格之后，三个正在欧洲浪游的拉丁美洲作家胡里奥·科塔萨尔、加西亚·马尔克斯和卡洛斯·富恩特斯，悄悄地来到布拉格，专程看望了包括米兰·昆德拉在内的一些捷克作家，彼此建立了深厚的友谊。卡洛斯·富恩特斯在他的小说中将许多历史时间互相渗透，形成了独特的小说的时间美学和历史学，从此，也带给了米兰·昆德拉“同道不孤”的感觉。

卡洛斯·富恩特斯1928年11月出生在巴拿马城，他的父亲是墨西哥一位出类拔萃的外交官，当时正在巴拿马担任墨西哥驻外的外交官。可以说，卡洛斯·富恩特斯后来之所以成为视野开阔、成就卓著的小说家，和他的家庭出身与成长的环境有着密切的关系。作为一个高级外交官的儿子，卡洛斯·富恩特斯从小就受到了很好的家庭熏陶，他可以跟随父亲在世界各地周游：少年时代，他接连到过北美、欧洲、拉丁美洲和亚洲的很多国家，在这些国家或旅游或学习。光是在华盛顿，他就待了九年，能够熟练地掌握英语、法语等多种重要的欧洲语言。1944 年，十六岁的卡洛斯·富恩特斯回到了墨西哥，不久，他就进入墨西哥国立自治大学学习法律，获得了法律学士学位。但是，法律似乎不是他最终的兴趣所在，他的兴趣在文学。卡洛斯·富恩特斯属于天才的文学少年，早在十二三岁的时候，他就开始在报刊上发表文学作品，这极大地鼓舞了他的文学写作的热情。很快，大学毕业之后，他继承了父业，在墨西哥外交部开始了外交官生涯，同时，利用业余时间勤奋写作。

1954 年，还不到二十六岁的卡洛斯·富恩特斯出版了自己的第一部短篇小说集《戴假面具的日子》，获得了广泛的瞩目和好评，从此跃上了文坛。《戴假面具的日子》一共收录了六个短篇小说，从风格上说，我感觉卡洛斯·富恩特斯受到了福克纳、加缪、胡安·鲁尔福等现代主义作家的巨大影响，所收录的六篇小说从题材上看，都是墨西哥的本土题材，显示了他很善于把现代主义的外壳包裹本土的地域文化特征，并加以想象的能力。比如，其中一篇小说《恰克·莫尔》，讲述的是一个墨西哥浪荡子的故事。由于他不务正业，家道凋敝，到了一贫如洗的地步，走投无路，结果，墨西哥古代的阿兹特克文明造就的古印第安神话中的雨神恰克·莫尔显形了，这给这个浪荡子以巨大的鼓励和启示，他从此改名为恰克·莫尔，成为风雨之神的化身，开始在世间以另外一种面目生存。这个小说集中的其他几个短篇小说，诸如《特拉克索尔卡索》等，都体现出他将墨西哥古老的神话传说和当代墨西哥生活相联系的努力，并且，他以神奇和幻想的方式，将历史和现实之间的时间打通，这成为他后来很多小说的写法。时间的运用在卡洛斯·富恩特斯的笔下是一个核心的词汇，他的所有小说都是关于时间的，他可以将时间并置、连通，时间不仅是连绵的，而且还是重叠的效果，创造出叠加的、斑驳的历史感，这为小说无限地扩大内部空间，提供了新的可能性。

1958年，年仅三十岁的卡洛斯·富恩特斯出版了自己的第一部长篇小说《最明净的地区》，从此一炮走红，确立了自己作为墨西哥一流作家的地位。我常常感叹卡洛斯·富恩特斯的宏阔和丰富，俗话说，“从小一看，到老一半”，在这部长篇小说处女作中，卡洛斯·富恩特斯就展现了他巨大的文学雄心，那就是，他要去描写全部的墨西哥的文明、历史和现实。如此宏伟的抱负，总是在他后来的几乎每一部长篇小说中出现。《最明净的地区》翻译成中文有三十四万字，它可以说是关于墨西哥和她的首都墨西哥城的传记，也是一部 20 世纪现代墨西哥命运的总结。小说的情节主干设定在 1951 年，却又不断地回溯到 1910 年的墨西哥资产阶级革命。小说是全景观的，结构和层次十分复杂，气势恢宏。小说的主要人物叫作罗布莱斯，他原来是一个穷困的佃农，在 1910 年的墨西哥资产阶级革命中加入到起义部队里，经历了可怕的战争和流血岁月，见识了革命的残酷和历史的无情。进入墨西哥城掌权以后，他迅速地将那些破落资产阶级家族的地皮转卖，发财之后，又开始投身于工业和金融业，最后成了一个掌握了经济命脉的大银行家。但在 1950 年代的股市上最终破产，他绝望地将自己的住宅点燃，把与外人偷情的妻子也烧死了，然后一个人躲到了某个双目失明的女人家里隐藏了起来，依靠回忆生活，了此残生。而穿插在小说中的另外一个叙述的声音，还有一个幽灵般的、不死的人西恩富戈斯，他是墨西哥 20 世纪上半叶的见证人，仿佛是古老的墨西哥神话传说中的人物，他半人半神，来往于墨西哥的传说时代和 20 世纪，不断地现身于墨西哥城的各个场景中，对各色人物发表议论，由此展现出非常复杂的墨西哥历史和现实。小说还塑造了一个诗人萨马科纳来作为知识分子的代表，他的精神苦闷和理想追求受到挫折，内心矛盾而找不到出路。这三个人物构成了小说的人物主骨架，然后，是无数次要人物的陆续登场，你来我往，生死无常，演出了一场跨度半个世纪的、多声部的关于墨西哥命运的大戏。

我觉得，《最明净的地区》这部小说的写作技法还深受乔伊斯的《尤利西斯》和福克纳的小说《我弥留之际》，以及美国作家多斯·帕索斯的《美国》三部曲的影响，不仅结构严谨复杂，在细节上，运用了大量零碎的场景描写、内心独白、意识流手法。他还将报纸拼贴和引文囊括进来，运用了类似摄影机不断转移的手法，通过摄影镜头的放大、闪回、切换、全景、鼎革等手段，将一个声音和形象都无比多样的墨西哥全盘端给了我们。读完全书，我甚至觉得，小说的真正主人公已经不是小说中的那些人物了，而是整个墨西哥城，是墨西哥城在发怒，在哈哈大笑，在战栗，在沉睡中呼吸。墨西哥城在三面环山的环境里，一直被历史的烟云覆盖，并且永恒地存在在那里，在黑暗的夜晚中飘浮。卡洛斯·富恩特斯在三十岁的年纪就写出有如此宏大追求和结构、层次、意蕴都非常丰富的小说，他从此成了 20 世纪拉丁美洲最受人瞩目的小说家，也是众望所归。

《最明净的地区》获得了成功之后，卡洛斯·富恩特斯激发出巨大的创作热情，1959 年，他又出版了自己的第二部长篇小说《好良心》，这部小说的题材仍旧是关于墨西哥的，有趣的是它的结构，前半部完全是古典现实主义的手法，结构严谨，描绘精确细腻、叙述扎实生动，可以看到 19 世纪那些伟大的欧洲现实主义作家狄更斯、托尔斯泰、司汤达等人的影响，描写了一个墨西哥外省青年海姆·塞瓦约斯试图反抗自己的中产阶级家庭，最后却在现实中失败的故事。但是，到了小说的后半部分，手法突然变成了现代主义的，驳杂的、多样的层次感就出来了，使得小说的后半部分在形式上似乎是对前半部分的戏仿和嘲讽，断裂和对照鲜明的文体共同存在于一本小说里，这说明了卡洛斯·富恩特斯在创作这部小说的中途，发生了改变。我自己也有这种经验：当我一开始确定了某一部小说的叙述语调和结构，在写作的过程中，我可能突然会对既定下来的小说的叙述语调不感兴趣了，于是，我立即改变了小说的结构和叙述方式、叙述语调，使小说最终变成和我刚开始的设想完全不一样了。

卡洛斯·富恩特斯对自己的写作有着清醒的认识，他说："过去的墨西哥小说——革命小说、土著主义小说和形形色色的写实小说，犹如中世纪的城垣一样包围着我，但是，我的故乡墨西哥城却像突然夷平了城垣和带吊桥的中世纪古堡在向四周扩张……它建立在姗姗来迟的巴洛克艺术的基础上，本来就缺乏节制。”因此，要描绘复杂的、不断扩张和斑驳陆离的墨西哥城和墨西哥的整个社会，传统的小说形式已经完全不合适了，必须要用新的形式来呈现，这就是《最明净的地区》大量运用现代小说技巧、《好良心》在结构和技法上上下部分不一样的真实原因。卡洛斯·富恩特斯不断地改变小说的轨道，把它引向了现代主义的道路。

二

《阿尔特米奥·克罗斯之死》(1962)是我最喜欢的20世纪的小说之一，它标志着卡洛斯·富恩特斯的创作进入一个高峰。这部小说至今也是他非常好的小说之一，他另外两部非常好的小说，《我们的土地》(1975)和《与劳拉·迪亚斯共度的岁月》(1999)，我认为是鸿篇巨制。这几部小说构成了他长达五十多年的写作生涯中的几座高大的山峰。

《阿尔特米奥·克罗斯之死》是一部雄心勃勃的小说，一部一气呵成的、将小说内部的时间运用得炉火纯青地步的小说。从主题上看，这部小说实际上延续了《最明净的地区》中对墨西哥特性的探讨，对墨西哥20世纪历史的批判和挖掘，但是从表现形式和写作技巧上，则显示了卡洛斯·富恩特斯特斯出神入化的艺术手法。《阿尔特米奥·克罗斯之死》是卡洛斯·富恩特斯1960年短期侨居古巴时所写下的，这是一部意识流特征相当明显却又充塞了大量的社会和历史信息的小说。这一次，和《最明净的地区》描绘外部世界的广阔相反，卡洛斯·富恩特斯把摄影机转向了人物的内心，进入人物复杂多变、微妙和如同洪水般流动的意识世界。小说的一开始，就是阿尔特米奥·克鲁斯的弥留之际，然后，阿尔特米奥·克鲁斯展开了自我回忆的大回溯：阿尔特米奥·克鲁斯本来是墨西哥一个大资本家，他控制着新闻传媒业，成为巨头。现在，在病床上弥留的他开始回忆自己的一生。他本来是孤儿，参加了革命军队之后成了军官，革命胜利了，他也拥有了土地，开始投身于政界，逐渐成为影响很大的政客和社会活动家，他的人格也越来越复杂，由他的历史间接描绘了广阔的墨西哥20世纪的历史和变革的历程。仔细地阅读小说，你会发现时间的运用是跳动的，一共分了十二个大的段落，这十二个段落时间的顺序完全打乱了，小说的开始是1955年，但是紧接着就是1941年阿尔特米奥·克鲁斯和美国人勾结、做生意的事情，然后是1919年主人公继承了一个富家女财产的情况，接着，跳到了1913年他在部队里参加战斗的情况，以及与一个女人的性爱。然后，突然跳到了1924年，这一年阿尔特米奥·克鲁斯当上了议员。就这样，卡洛斯·富恩特斯自由地、技巧娴熟地将主人公的回忆打乱，来模拟病人的思维，最后回到了1889年阿尔特米奥·克鲁斯刚出生的时候，等于刚好是主人公从死亡到出生的一次回溯，但是中间却是跳跃叙述，以十二个大的段落，来展现阿尔特米奥·克鲁斯一生中最重要的十二个片段，场景和时间不断地变化，带给了读者缭乱的印象和丰富的感受。在表现手法上，卡洛斯·富恩特斯继续运用内心独白和电影蒙太奇等手法，不过显得集中而精确，语言如同奔流的河水，以病人的断续记忆带领我们跟随他情绪的流动，去经历他一生的岁月，也将墨西哥20世纪前50年的历史描绘了出来。阿尔特米奥·克鲁斯这个人物的塑造非常生动形象，充满了立体感和复杂性，他残暴又温柔、冷酷又多情、忠诚又圆滑，令人尊敬又让人唾骂，既伟大又有些卑鄙。小说的叙述方式是交叉运用第一、第二、第三人称，顺时叙和倒时叙不断交叉，三种时态，过去、现在、未来混杂在一起，而又不显得凌乱，让你在眼花缭乱的同时，感受到了一个人和一个时代的斑驳陆离的全景观。因此，在这部小说中，卡洛斯·富恩特斯创造性地使用了经过他发展和改造后的现代主义小说技巧，将墨西哥的独特历史囊括其中。

《阿尔特米奥·克罗斯之死》的出版，使卡洛斯·富恩特斯获得了国际声誉，由此，拉丁美洲大陆作为新生的文学领域，被西方强烈关注。一个墨西哥作家这么称赞这部作品：“它写出了墨西哥的伟大，墨西哥的戏剧，以及它的贪婪吝啬，它的纯洁和温柔。”1960年代是拉丁美洲“文学爆炸”的关键年代，正是在这十年里，以卡洛斯·富恩特斯的《阿尔特米奥·克罗斯之死》、科塔萨尔的《跳房子》、加西亚·马尔克斯的《百年孤独》、巴尔加斯·略萨的《绿房子》和《酒吧长谈》为代表的杰作纷纷出笼的时代，世界文学的版图立即发生了变化：世界文学——假如真的有像歌德所希望的那种世界文学，那么，这种世界文学的中心开始转移到整个美洲大陆，包罗了美国、加拿大和拉丁美洲地区的大陆上了。我认为，美国文学也是在1960年代之后才进入更加丰富和多元、更加具有创造力、反过来影响欧洲小说发展的新阶段的。一片文学的新大陆诞生了，或者，像我说的那样，文学创新的新大陆“漂移”到了美洲的土地上，而在这个时期，相比之下，欧洲作家就开始逐渐失色了。

卡洛斯·富恩特斯顽强突进，继续扩大战果。《奥拉》出版于1962年，是卡洛斯·富恩特斯的中篇小说代表作。《奥拉》的灵感来自日本导演沟口健二的电影《雨月物语》，而沟口的电影又来源于中国明代的传奇《爱卿传》，讲述了一个时间与爱欲纠缠的耸人听闻的故事。它的主题是“过去在现实中继续，现实是过去的复现”：一个老女人利用古代秘方，继续保持青春少女的模样，一个男人向她靠近，进入了她捕捉青春的圈套，但是，他感觉到自己拥抱的，竟然是一具散发死亡气息的衰朽老人的躯体。

《盲人之歌》（1964）是一部短篇小说集，收录了七篇小说，依旧带有卡洛斯·富恩特斯独特的将时间和传说、幻觉和神话、现实和梦境混合的风格，当代故事和历史再现的重叠，也是他一贯的拿手好戏。

对墨西哥特性的挖掘是卡洛斯·富恩特斯一贯的主题。1967年，卡洛斯·富恩特斯出版了两部长篇小说《神圣的地区》和《换皮》，这两部小说在卡洛斯·富恩特斯的小说系列里不算是最好的，似乎是他继续走向高峰的间歇和休息之作，在题材上有了调整。《神圣的地区》将视点缩小，放到了家庭的环境里，描绘了一个墨西哥电影女演员和她精神有问题的儿子的关系。小说不断地在母亲和儿子的视线之间转移，描绘了1960年代墨西哥中产阶级家庭气氛和社会气氛。《换皮》在这一年的晚些时候出版，讲述了一个个人和世界冲突的故事：墨西哥大学一位教授和他的妻子、情妇一起，带着从德国到墨西哥的朋友，去游览墨西哥古老的乔卢拉神庙，结果，在这次游览中，他们之间的关系发生了变化，如同某些动物的换皮一样，四个男女轮流上床做爱。最后，古老的金字塔倒塌，男主人公被给砸死了，以死亡结束了他们之间的关系。旅行在小说中是一种象征，象征他们想到达一个理想的地方，和理想与现实之间的冲突。小说也谴责了墨西哥知识分子的非道德化倾向，另一个潜在主题是墨西哥作为讲西班牙语的拉美国家和欧洲国家之间的文化关系，以及“二战”之后欧洲的政治局势对墨西哥的影响。《换皮》中的叙述角度非常新颖，有一个潜在的叙述者在不断地说话，同时，三种人称的单数和复数的叙述不断转换，显得繁忙和缤纷，但是并不感觉混乱。这就是卡洛斯·富恩特斯的过人之处了。《神圣的地区》和《换皮》这两部小说写得都很紧凑，从人和人之间的紧密关系入手，描绘墨西哥某个独特历史阶段的社会气氛，以及隐约受到遥远古老的美洲古代文化影响的现实。他的另外一部中篇小说《生日》出版于1969年，题材仍旧是将墨西哥古代印第安人的神话传说和当代墨西哥人的生活融会起来，通过两条并行的线索，将古代文化和当代生活做了一个对比。

卡洛斯·富恩特斯中年时代的长篇小说巨著《我们的土地》（1975）是他的代表作。在此之前，他的小说都和20世纪的墨西哥有关，但是，这部篇幅较大的作品则不仅深入到墨西哥遥远的历史中，还将视线扩大到整个拉丁美洲。这是卡洛斯·富恩特斯的小说中结构最宏伟、最复杂的一部，翻译成中文能够有六十万字，可惜此前一直没有中文译本。小说由三个互相联系的部分组成：古代罗马和墨西哥的比较、基督的故事和墨西哥神话中的羽蛇传说、西班牙帝国和美洲大陆之间的关系，是通过三个私生子来描述的。小说的很多场景在西班牙，作者似乎想把西班牙的历史和社会生活也囊括到这部小说里，故事主要围绕着西班牙君主费利佩二世建造的巨大陵墓来展开，因为这幢建筑是十六七世纪西班牙的伟大符号，国王是秩序和威权的象征，他的统治残酷而严密，但是，有三个私生子以民主、自由和爱情的名义来领导了持续的反抗，最终，一个古老的世界逐渐崩溃，而一个新的世界秩序建立起来，这个世界，就是欧洲资本主义的世界。小说的内部空间巨大，时间混杂，生死相通，有的人被国王处死了，但几百年之后，这个人又重新复活了，在小说中，死亡和生存不是对立的，而是并存的，正如米兰·昆德拉所极力赞赏的那样，小说中的时间和生死之间是没有界限的。同时，对历史的重现和复原，也是卡洛斯·富恩特斯着力要做的。

卡洛斯·富恩特斯说："每一部小说必须是历史的产物，都必须建立在历史的基础之上，同时又高于历史。"《我们的土地》是他将时间和历史扭结成一个链条和圆环的尝试，小说将欧洲的西班牙、美洲的墨西哥和作者想象的世界并行放在一起，给我们带来了宏阔的视野和结构。小说最鲜明地呈现了巴洛克时代艺术的特征。针对这一点，卡洛斯·富恩特斯说："巴洛克就是一朵刚刚盛开的鲜花，其茂盛的程度使人感到：盛开之时就是成熟之日，美丽至极就是病变之开始。艺术与大自然相似，它们都憎恶空白，因此就填满一切空白。巴洛克拒绝延长空间。对于巴洛克艺术来说，生就是死，它的出现就是它的固定。因为它整个包括了选中的现实层面，完全填满这一层面，无法延伸或发展。"《我们的土地》以巴洛克艺术的驳杂和丰富，给我们展现了人类的广阔时间线索——古代希腊神话、《圣经》传说、墨西哥古代阿兹特克文化关于宇宙和人类的神话，成为他解释今天人类走向的基础和根源，可以说，这部小说是百科全书式的，以"旧世界"、"新世界"和"另外一个世界"来结构，把1492年哥伦布发现"新大陆"、1521年西班牙某地的公社社员起义、1598年西班牙国王腓力二世去世、1968年墨西哥镇压广场学生示威游行、2000年7月14日年新世纪之交的巴黎塞纳河畔怪象不断的一天这些时间的点，都以时间的圆环方式连接了起来，带给我们关于历史和宗教、神话和传说、时间和人物命运的宏大想象。而在小说的结尾部分，2000年的最后一天，在巴黎忽然出现了末世景象：浓烟滚滚，四处都有烤焦了的人肉的味道，小说开头出现的男女主人公又出现了，世界上就剩下了他们两个人，他们生下来一个雌雄同体的怪胎，象征着新世界的诞生。我以为，《我们的土地》实际上在讲述以西方文明为基础的人类故事，卡洛斯·富恩特斯把欧洲、拉丁美洲和未来的时空混杂在一起，把除了中国、印度以及巴比伦文明以外的西方文明以及古代美洲印第安人的神话传说交混起来，把现实和历史连通起来，自由地在人类文明中穿梭，告诉我们历史是循环的和永恒的，这就是小说中蕴含的历史观。

继《我们的土地》之后，卡洛斯·富恩特斯继续在各个方向上拓展自己的文学疆界，以艺术创新的勇气和毅力，不断地将墨西哥的历史、现实和古代文化的影响结合起来：

在长篇小说《海蛇头》(1978) 和《遥远的家族》(1980) 中，卡洛斯·富恩特斯继续对墨西哥特性进行探索，发掘墨西哥民族文化的渊源，所运用的小说技法也越来越成熟和复杂。我发现，卡洛斯·富恩特斯可以做到写每一部小说，都能够找到和题材相适应的新形式，以新颖的、大胆创新的形式来讲述他的故事，从而将小说的形式探索和内容完美地结合，也将拉丁美洲"文学爆炸"的成果继续扩大。

和美国的关系是墨西哥在政治、历史和文化上最重要的关系，1985 年，卡洛斯·富恩特斯出版了长篇小说《美国老人》，它讲述了一个美国作家去墨西哥旅游，刚好碰上了墨西哥的革命事件，在墨西哥他和一个女子相识并且恋爱，而这个女子又和比她年轻的一个墨西哥男青年有着爱情的关系，三个人演绎了一场与地缘政治、革命和性爱结合的关系。小说表面上是一女两男的爱情故事，实际上，卡洛斯·富恩特斯表达了墨西哥和美国复杂的文化和地理、反抗和依赖、抵触和互相需要的微妙关系。

长篇小说《克里斯托瓦·诺纳托》出版于1987年，这是一部带有幻想色彩的小说，卡洛斯·富恩特斯虚构了1992年即将发生在墨西哥的经济危机和政治动乱，表达了卡洛斯·富恩特斯对祖国的拳拳之心和担忧之情，以及他一贯以文学来关心现实的追求。

历史小说《战役》(1990)讲述了19世纪一个拉丁美洲学习法律的青年，因为受到了法国思想家卢梭的影响，而和其他青年一起参加秘鲁革命军的故事。但是，理想最终不能替代现实，这个青年战死了，他的热情化为了战争中死亡的幽灵的哀怨。

长篇小说《狄安娜，孤寂的女猎手》(1994)风格上有些变化，从题材上说，完全是一部爱情小说，篇幅也不大，比较轻巧，是卡洛斯·富恩特斯对他一次爱情经历的小说化表达。在1960年代，他曾经爱上了美国著名女演员琼·塞贝格，和她有过激情四射的蜜月般的爱情，小说以她的神秘死亡而结束。小说还以1960年代美国"越战"后爆发的示威游行和1968年的墨西哥镇压学生运动的历史事件作为背景。

除了上述长篇小说，卡洛斯·富恩特斯晚近的小说中，最重要的是长篇小说《与劳拉·迪亚斯共度的岁月》（1999），这是卡洛斯·富恩特斯在世纪之交写出的又一部内容复杂的力作。我觉得，这部书和君特·格拉斯的《我的世纪》以及我国作家莫言的《丰乳肥臀》有着异曲同工之妙，当新千年即将来临时，很多作家都想通过文学来总结20世纪，君特·格拉斯、莫言和卡洛斯·富恩特斯就分别用《我的世纪》、《丰乳肥臀》和这部《与劳拉·迪亚斯共度的岁月》，来作为他们回望20世纪的深情一瞥。

《与劳拉·迪亚斯共度的岁月》翻译成中文有四十万字，可以说是一部大部头。小说的主人公劳拉·迪亚斯是一位德裔妇女，她来到了墨西哥，在岁月流逝中与众多的亲人和朋友生离死别，构成了命运无常的宏大交响曲。小说叙述的起点是1905年，共分为二十六章，以2000年新千年的到来作为结尾，以这个欧洲裔墨西哥妇女百年的经历，讲述了20世纪风云变幻的历史打在个体生命中的烙印。和小说中塑造的劳拉·迪亚斯这个坚韧的女性形象相对比的是，小说还描写了一个类似智利独裁将军皮诺切特那样的独裁统治者，也是这部小说中令人难忘的人物形象。不过，在阅读中我体会到，和以往卡洛斯·富恩特斯的那些技巧复杂得令人眼花缭乱的小说不同，这部小说在叙述上非常扎实，似乎有某种向传统小说回归的趋向：小说的叙述时间线索是顺时针的，是沿着时间流逝的方向来叙述的，二十六个章节覆盖了整个20世纪，小说的地理背景也不断地变化，从德国到墨西哥、美国和法国，总之，不断地在欧洲和美洲之间变换场景，而人物的命运和遭遇也随之变化，劳拉·迪亚斯的亲人和朋友不断地出现，又接连消失，在苍茫大地上，他们的生命和死亡成为世纪的见证和脚注。这是卡洛斯·富恩特斯创作生涯中又一部史诗性的作品，小说的总体气质依旧是波澜壮阔的，他将个人的命运与政治、宗教、历史、艺术、哲学结合起来，以劳拉·迪亚斯这个特定的人物经历和存在状态，来见证墨西哥历史的风云变幻。

三

我喜欢那种愈老弥坚的多产作家。卡洛斯·富恩特斯就是这样一个作家。进入新千年之后，越过了七十岁门槛的卡洛斯·富恩特斯老当益壮，创造力丝毫没有衰退，佳作迭出，还不断地传说他要得诺贝尔文学奖了。他的长篇小说《伊内斯的本能》出版于2001年，这是一部带有幻想色彩的爱情小说，讲述的是一个女高音通过一张照片就爱上了一个男子的故事。但是，女主人公不知道他是谁、他在哪里，于是，她通过幻想和想象来寻找他。小说在时间的河流里自由地游动，从遥远的过去到遥远的将来，将一个和爱本能有关的故事讲述得扑朔迷离，有一些早期的中篇小说《奥拉》的那种玄妙和幻想气质。

卡洛斯·富恩特斯想象力丰富异常，思考墨西哥的未来也是他的着力点。2003 年，卡洛斯·富恩特斯推出了一部新的长篇小说《鹰之椅》，这是一部带有幻想色彩的书信体小说，它讲述的是未来的墨西哥社会一些政坛人物的故事，他们互相通过写信来表达他们对当下的看法，由此构成了小说的文本。按照其中的一个政客的话说，他们都是“以政治为食，以政治为梦想，为政治快乐和痛苦”的人，议会内政党的轮替，总统竞选以及前总统的影响，等等，构成了小说的情节和基本框架。小说背景设定在 2020 年，那一年，同 2001 年新千年开始时一样，墨西哥社会动荡不安，腐败现象日趋严重，经济上受到了美国的严重控制。墨西哥总统在新年到来之际，果断地向美国发起挑战，他宣布，如果美国政府不付给合理的价钱，墨西哥参加的石油组织就不向美国出口石油；同时，他还抨击美国政府武力侵占哥伦比亚，和美国决裂了。美国政府恼羞成怒，立即采取报复手段，致使墨西哥的通信卫星神秘地毁坏了，同外界的一切联系手段，包括电话、传真、因特网等全部中断，墨西哥陷入长达数月与外界的隔绝中，人们只能采用书信、录音等办法和他人进行联系，于是，书信再次回到了人们的生活中。富恩特斯把小说的故事安排在这样一个不远的将来，充分发挥了他的想象力，创作出具有幻想色彩和荒诞情节的小说，来和今天的墨西哥的现实对照，表达了他对墨西哥未来面临的和美国的关系以及石油与能源危机的忧虑。

卡洛斯·富恩特斯的短篇小说在数量和水准上似乎无法和他的长篇小说相比，但是，仍旧带有他鲜明的艺术个性。在短篇小说集《戴假面具的日子》之后，他还出版了多部短篇小说集：《烧焦的水》（1981）；《康斯坦西亚和其他几篇处女小说》（1990）——这是包含了四个短篇小说的集子，四篇小说都和女性有关，她们在男人所掌握的世界里无法主宰自己的命运；《甜橙树或时间怪圈》（1993）则包含了五篇短篇小说，以盛产甜橙树的地中海地区为背景，讲述了西班牙对美洲的征服者科尔特斯的故事，五篇小说像五瓣橘子瓣一样互相联系和映衬，将墨西哥混血文化的特质描绘了出来。短篇小说集《水晶边境》（2000），由九篇小说构成，讲述了墨西哥和美国接壤的边境地带的偷渡造成的悲剧性故事。在2006年，他又出版了一部短篇小说集《一切幸福的家庭》，其中收录了十七个短篇小说，将墨西哥一些家庭的不幸和痛苦展示了出来，使我们看到，每个家庭其实都是有自己的秘密的。小说中的家庭里到处都是欺骗、痛苦、虐待、性暴力、冷漠和虚伪。可以说，卡洛斯·富恩特斯的短篇小说善于将细节和场景强调出来，带给人们深刻的印象。而且，他喜欢写一些主题类似的系列短篇小说，你既可以把它们当作一组短章构成的长篇小说来看，也可以把它们看成是系列短篇小说。

卡洛斯·富恩特斯是一个文学大师，一个全才，除了小说创作，他还写了好几个戏剧剧本：《独眼的是国王》（1970）、《所有的猫都是褐色的》（1970）、《想象的王国》（1971）、《月光下的兰花》（1982）、《黎明的庆典》（1991）等，这些戏剧带有现实主义和超现实主义的特征，有的戏剧非常有幽默感，从历史的题材和现实的素材里打捞到一些戏剧冲突的材料。2006年，他还出版了回忆录《68年一代》，回忆了他所处的拉丁美洲"文学爆炸"时期和拉丁美洲各国的作家们互相之间建立深厚友谊的过程。

在卡洛斯·富恩特斯的创作中，文学评论和随笔著作有着十分重要的地位，可以看出他雄厚的理论功底和文学批评的素养。他主要的评论集有：《巴黎，五月革命》（1968）——这是写1968年法国红五月的社会运动的；《两扇门的房子》（1970）、《墨西哥时代》（1970）、《墨西哥的新契机》（1995）、《被埋葬的镜子》（1992）、《墨西哥的五个太阳》（2000）等著作，都是从墨西哥的文化特性和与欧洲的文化联系入手，来分析墨西哥的文化现实和前景；《西班牙美洲的新小说》（1969）是对1960年代之前拉丁美洲新小说的介绍和判断；《堂吉诃德或阅读的批评》（1976）、《勇敢的新大陆》（1990）对拉丁美洲的印第安古文化、非洲文化和西班牙文化的交融进行了梳理，并对拉美大作家卡彭铁尔、加西亚·马尔克斯、科塔萨尔等人的作品进行了深入分析，对拉丁美洲“文学爆炸”的前因后果做了分析；在《小说的地理》（1993）中，他评论了博尔赫斯、写过杰作《人子》的罗亚·巴斯托斯和西班牙重要作家胡安·戈伊蒂索洛（写过《天堂里的痛快》）等很多作家。

在卡洛斯·富恩特斯的著作中，《时间的肖像》（2000）是一本很特别的书。它是卡洛斯·富恩特斯为了纪念自己的儿子，由两人合著的。到2009年，他已经是八十一岁高龄的老人了，但他可是白发人送黑发人：他的一个儿子和女儿都先他而去了，这使他觉得生命的脆弱和无常，必须要以回忆来书写离愁。后来，他又出版了一部十分精彩的、融合了回忆录色彩的随笔集《我相信》（2002），全书是由二十六个字母来排列出四十一个章节的随笔，是他对自己经历的20世纪中所遇到的各种问题的思考，大部分都是关于信念和哲学的思考。在这个集子里，弥漫的是一个经历了人世沧桑的老人对岁月的依恋、对旧人的怀念、对糟糕时代的批判、对未来的希望，等等。最终，他还是相信，他获得了一些值得他信赖的东西。该书获得了皇家西班牙学院文学奖，奖金可不少，有两千五百欧元。

说起获奖，卡洛斯·富恩特斯几乎是一个得奖专业户：他在 1967 年获得西班牙简明丛书文学奖；1977 年获得了委内瑞拉罗慕洛·加列戈斯文学奖，这是拉丁美洲一个非常重要的文学奖；1979 年获得了墨西哥雷耶斯文学奖；此外，还获得了西班牙塞万提斯文学奖阿斯图里亚斯王子文学奖等重要奖项；2008 年，他还获得了西班牙首届堂吉诃德奖。对于这样一个无可争议的大师来说，我觉得，如果诺贝尔文学奖能颁发给他，只能说是他给诺贝尔文学奖增添光彩和加分了。2008 年 11 月 11 日，卡洛斯·富恩特斯迎来了他的八十岁生日，墨西哥特地举办了一系列的活动，来庆祝他的八十华诞。同时，他的一出新歌剧也上演了，他的最新的、大部头的长篇小说《意志与财富》也预告要出版了。据说，这仍旧是一部雄心勃勃的小说，描绘了跨国资本对信息技术的垄断和人性在全球化时代的扭曲的新现实，说明他仍旧在继续绘制他那个题目为《时间的年龄》的文学大壁画。

卡洛斯·富恩特斯一直对小说的未来抱有信心，他说：

"小说将人类重新带进历史。在一本伟大的小说中，主角的命运被重新展示，而他的命运是其经历的总和。小说也是各种文化的一种介绍信，它们没有被全球化的浪潮窒息，现在敢于以前所未有的活力自我肯定……小说给我们提出了一种文字记载的想象空间的可能性，而它与真实世界的关联一点也不比故事本身要少。小说总是在不断地预示着一个新的世界，一幅即将到来的景象。因为小说家们知道在 20 世纪可怕的教条主义暴力之后，故事已经变成了一种可能性，而永远不再是一种标准。我们认为已经了解了这个世界。而现在，我们应该去展开想象了。"

卡洛斯·富恩特斯以巨大的勇气和宏大的气魄，以巴尔扎克为师，以不断创新的艺术手段作为武器，以"时间的年龄"为总体构想，创作出二十多部长篇小说、多部短篇系列小说，描绘出 20 世纪拉丁美洲人的生存和历史的境遇图。的确，卡洛斯·富恩特斯具有犀利的社会批判能力，他不断创造出幻想、历史、现实和神话结合起来的作品，以巴洛克艺术风格的多变和复杂，创造出一幅幅繁花似锦、光怪陆离的小说大壁画，在 21 世纪这个大众媒介时代，我很难相信，还会有像卡洛斯·富恩特斯这样有宏大的抱负，企图囊括历史和整个时代的全部面貌，将时间与历史打通，在时间中自由穿梭的作家出现，谁还愿意花这么大的力气，去画这么宏伟的历史和时间的文学壁画？我真的有些悲观，因为，在眼下电子媒介逐渐占上风、到处都是信息垃圾和碎片的后现代与全球化的社会里，卡洛斯·富恩特斯属于那种正在消逝的文化背影和一个伟大的文学传统，这个传统也许不会再回来了。

阅读书目：

《阿尔特米奥·克罗斯之死》，亦潜译，人民文学出版社 2011 年 8 月版；

《阿尔特米奥·克罗斯之死》，亦潜译，外国文学出版社 1983 年 3 月版；

《阿尔特米奥·克罗斯之死》，亦潜译，译林出版社 1999 年 6 月版；

《奥拉·盲人之歌》，赵英等译，花城出版社 1992 年 9 月版；

《狄安娜，孤寂的女猎手》，屠孟超译，译林出版社 1999 年 2 月版；

《墨西哥的五个太阳》，谷佳维等译，译林出版社 2009 年 9 月版，2012 年 12 月新版；

《我相信》，李易非等译，台湾二鱼文化出版公司 2006 年 10 月版；

《我相信》，张伟劼等译，译林出版社 2007 年 8 月版，2012 年 12 月新版；

《与劳拉·迪亚斯共度的岁月》，裴达仁译，译林出版社 2005 年 5 月版，2012 年 12 月新版；

《最明净的地区》，徐少军等译，译林出版社 1998 年 8 月版，2012 年 12 月新版；

《最明净的地区》，徐少军等译，云南人民出版社 1993 年 3 月版。

辑四

“无国界作家”旗手

维·苏·奈保尔：（1932—2018）穿行在文明冲突地带

大街上的孩子

我记得，早在二十多年以前，维迪亚达·苏莱普拉沙德·奈保尔就被英国某评论家称为是“没有写过一句败笔的作家”。这句话形容一个在世的作家，评价相当高了。几十年间，维·苏·奈保尔的足迹遍布世界，其见识之广，视野之开阔，都是在世作家中比较罕见的。因此，他长久以来都是诺贝尔文学奖的强有力的候选人，到2001年终于众望所归地摘得了这个奖项。早在20世纪70年代，自他发表了长篇小说《游击队》之后，在英语世界的很多读者和评论家看来，维·苏·奈保尔就已经是一个当代经典作家了。

维·苏·奈保尔祖籍印度，1932年他出生在拉丁美洲加勒比海地区的岛国特立尼达和多巴哥共和国。这个名字拗口的国家的人口只有一百多万，绝大多数是黑人和印度人，宗教信仰是天主教和基督教。特立尼达和多巴哥自1814年开始沦为英国殖民地，经过了漫长的被殖民统治时期，1962年独立后成为英联邦国家成员，经济支柱主要是石油产品和一些海产品。1880年，维·苏·奈保尔的祖父作为劳工，从印度移民到了加勒比海的小安的列斯群岛。据说，他祖父出身于印度最高种姓——婆罗门阶层。到了维·苏·奈保尔的父亲这一代，又从乡下到了西班牙港生活，一开始他在一家报社当记者，结婚、生子并勉强维持家庭，还怀有当作家的梦想，努力地拉扯孩子们长大，对儿子维·苏·奈保尔寄予厚望，但是他自己的作家梦始终没能实现。奈保尔在特立尼达和多巴哥的首都西班牙港度过的童年和少年时期，这给他留下了难以磨灭的印象，尤其是他早年生活的一条大街，最终化身为“米格尔大街”，成为他一部短篇小说的素材源泉。1948年就读于西班牙港女王学院，1950年，十八岁的维·苏·奈保尔获得了一份奖学金，前往英国伦敦，在牛津大学攻读英语文学。从穷乡僻壤来到了繁华的伦敦，他感到一切都是那么新鲜和刺激。在大学里，他勤奋学习，尤其对英语文学下了很深的功夫来研读。从大学毕业之后，他做过英国广播公司的编辑、《新政治家》杂志的评论员等工作，在英国待了下来。由于一开始在新闻机构和政治评论性杂志工作，他获得了一个犀利的批判视角，去观察审视当代世界的政治、经济和社会文化的冲突。1955 年，他正式定居在英国。之后，他不断地从英国出发，足迹遍布全世界。他尤其喜欢去一些不同文明的冲突与融合的地带，像非洲、南美等大洲，中东地区，美国、加拿大，南亚的印度、巴基斯坦，东南亚的印度尼西亚、马来西亚等，写下了关于这个世界的全部印象。

维·苏·奈保尔之所以成为后来的大作家维·苏·奈保尔，是因为特立尼达和多巴哥这个岛国本来就是一个融合了黑人文化、印度文化和北美及西班牙文化的国度，在那样的地方长大，维·苏·奈保尔自然就有一种天生的多元文化意识。而后来在全世界的旅行当中，他更是能够在对比发达国家和不发达国家、第一世界和第三世界、伊斯兰社会和基督教社会、印度和英国中，找到文化差异和类同之间的关系，能够去雄心勃勃地描绘 20 世纪人类生活的全景图画，写出了人类文明冲突地带的复杂景象——维·苏·奈保尔是一个多产作家，至今已经出版了三十多部作品，其中，一半是小说，一半是非虚构作品，质量都很上乘。在他的非虚构作品中，游记又占有很大分量，游记和小说这两种文体在他的作品序列里是等量齐观的。阅读维·苏·奈保尔，我总是可以感觉到他的愤怒和讽刺，以及人道主义情怀和丰富的想象力。他以角度别致的作品，拓展了英语文学的新疆界，成为所谓的“后殖民文学”“离散作家”“无国界作家群”的代表作家。

维·苏·奈保尔的处女作是长篇小说《灵异推拿师》，出版于1957年。这是他自牛津大学毕业之后，窝在伦敦的一个穷亲戚家的地下室里写出来的东西。小说的篇幅不大，以特立尼达和多巴哥作为小说的地理背景，讲述了一个叫甘涅沙的乡村按摩师的故事。这个按摩师以能够包治百病作为幌子，给很多人治病，奇迹般地使一些人痊愈，因此使自己带有了神汉和地区明星相混合的光环。而且，这个狡猾、聪明的按摩师很会经营自己，他借助大家对他的盲目信服，逐渐地走到了那个岛国社会的中心——他开始写书、到处演讲，后来竟然成了国会议员，还获得了大英帝国的勋章。小说是以第三人称的角度来叙述的，叙述语调平实缓和，耐心地将岛国的气氛、按摩师甘涅沙本人的奇特经历呈现出来，带有19世纪英国小说的传统叙事风格，并隐含一种温和的讽刺和滑稽荒诞的感觉。1958年，维·苏·奈保尔出版了自己的第二部长篇小说《艾薇拉的投票权》，继续描绘特立尼达和多巴哥的特殊人文环境，以一个名叫艾薇拉的女人的政治境遇，来折射那个加勒比海岛国的社会制度困境，带有令人啼笑皆非的荒诞感。这两部小说都是维·苏·奈保尔的起步阶段的作品，比较平实质朴，也呈现出他鲜明的个人风格，那就是，一些诸如印度、特立尼达和多巴哥、殖民地、穆斯林、移民、多元文化等他后来小说中的关键词汇，已经成为这两部小说中重要的字眼了。

其实，维·苏·奈保尔动笔最早的小说是短篇小说集《米格尔大街》。但是，这部小说集的出版时间是 1959 年，按照出版的顺序算是他的第三本书，出版之后获得了英国的毛姆小说奖。我认为，它是我们了解维·苏·奈保尔的重要入门书。这部书的中文译本早在 1992 年就由花城出版社出版了，在他获得诺贝尔文学奖之前，这是他唯一一本中文译本。《米格尔大街》带有系列小说的特征，描写了西班牙港一条街上的人和事，书中的人物都是小人物，几十个人物栩栩如生，他们生活在一个十分闭塞的小地方，却觉得自己生活在天堂里。他们都有着令人啼笑皆非的命运和遭遇、生活的喜乐和困境。《米格尔大街》具有串珠式和橘瓣式小说的形式感，我猜测这部小说的形式感也许受到了美国作家舍伍德·安德森的《小城畸人》，或者詹姆斯·乔伊斯的小说集《都柏林人》的启发。《米格尔大街》的叙述扎实，语言平实，情景生动活泼，刻画人物的细节准确生动，寥寥几笔就把一个人写活了，弥漫着奈保尔的人道关怀和善意的讽刺，实在是 20 世纪短篇小说中的珍品。每次有朋友要找短篇小说作为范例，我就给他推荐这本小说集。

维·苏·奈保尔不到三十岁就依靠上述三部小说在英语文坛上显示了他卓越的写作才能，完成了他的初试啼声。很快，他就进入了自己写作的第二个阶段。1961 年，他出版了长篇小说《毕斯沃斯先生的房子》，这是他早期的一部重要的长篇小说。《毕斯沃斯先生的房子》的创作灵感，来源于他的父亲——他的父亲是一个想当作家的记者，但是，他在那个岛国上的命运是悲凉的，一生都在为生活奔忙，在为房子努力，被各种生活琐事所困窘，最终没有能成为一个作家。因此，小说描写的，就是类似维·苏·奈保尔的父亲这么一个小人物的命运和挫败感。维·苏·奈保尔的父亲西帕萨德死于 1953 年，很可惜，只要他再等上三年多一点，他就看见儿子成为一个作家了。因为，1957 年，他儿子的第一部小说《灵异推拿师》就出版了。西帕萨德一生都想成为一个作家，也希望儿子维·苏·奈保尔能够成为一个作家，并且坚信这一点。1975 年，成名之后的维·苏·奈保尔在英国一个出版商的帮助下，终于出版了父亲生前留下的唯一一部小说集，算是了却了父亲的遗愿。

长篇小说《毕斯沃斯先生的房子》描述了特立尼达和多巴哥的一个印度裔家庭的生活。毕斯沃斯是这个家庭的主人，作为印度移民的后代，他有着远大的理想，总想着要有一番抱负，但是，却受到了社会环境的严重限制。他一生都在为能够有一幢自己的房子而努力，他营建的第一幢房子被种植园的工人烧毁了，第二次建造的房子被他烧荒的时候不慎烧掉了。最后，他离开了乡下种植园，来到了特立尼达和多巴哥的首都西班牙港，在那里，他在一家报社干起了记者，地位不高，却十分努力，最终买了一幢属于自己的房子，却因为负债和压力过大，心脏病发作去世了。小说给一个小人物生活在这个世界上的卑微努力画了一幅细致的画像。在阅读这部小说的时候，读者很容易感受到作者叙述功底的扎实、细节和环境描写上的周到细致。如同电影慢镜头和工笔画一样，他带领我们来到了一个特定年代的特立尼达和多巴哥，在中文达四十五万字的篇幅里，详细地描绘了毕斯沃斯先生——他父亲的化身——的命运和遭遇。这部小说显示了维·苏·奈保尔完美地继承了19世纪英国现实主义大师狄更斯卓越的写作技巧，并且发扬光大了。这部小说后来还被美国一家报纸评选为“20世纪一百部最佳英文小说”之一。

“幽黯的国度”

维·苏·奈保尔的游记和随笔作品占了他已经出版的全部作品的一半，说明了他在非虚构作品体裁方面获得的成就。我觉得，他的游记所取得的成就是他获得诺贝尔文学奖的一个重要因素，因为，他的游记不是那种简单的所游所记，而是对所到国家和地区的文化、社会、政治和历史的精确观察和描述，是对他所游历的那些世界文明的冲突地带的历史和现实进行深入思考和犀利批判的文化著作，拓展了一般游记的概念，把游记这种文体提升到一个新的高度。除了塑造出20世纪全球移民的独特形象的那些小说，奈保尔对游记的新发展贡献了巨大才华，他的游记是带有纪实风格的现场采访、历史探询、哲学、宗教和社会学思考相融合的一种新文体，是对20世纪文学文体的一大贡献。因此，要想全面了解维·苏·奈保尔所创造的文学世界，必须要研读他那些非虚构的游记作品。1962年，他出版了长篇游记《中间通道：对五个社会的印象》，第一次展示了他在游记方面的写作水平。这是一本专门描述西印度群岛地区的五个小国家的历史、文化和现实政治与命运的游记。这个地区一些小国家在摆脱了旧殖民主义者之后，所选择的道路并没有给人民带来幸福和安宁，欧洲老牌的殖民主义者英国、法国和荷兰带给这个地区的文化、政治和经济后遗症非常明显，至今没有消退。维·苏·奈保尔毫不掩饰地表达了他对此种状态的批判态度，同时，这五个国家刚好处于过去贩卖奴隶时代，从非洲经过大西洋到达美洲的航道中间的位置，因此才取名“中间通道”，暗示这些地区现在处于世界的尴尬位置。

维·苏·奈保尔是一个左右手都能写的作家，左手刚刚完成了游记《中间通道：对五个社会的印象》，右手就写出了长篇小说《史东先生和骑士伙伴》。小说出版于1963年，他把小说的背景第一次放到了伦敦这个他逐渐熟悉起来的大城市，描绘了一个叫史东的老年人的生活状况。史东先生是一个图书管理员，他在六十二岁这一年遇到了一个寡妇，两个人萌发了爱情。他们结婚之后，史东先生感到自己的年纪越来越大，对岁月和人生的留恋也更加迫切了，于是，他就组织了"骑士伙伴"这么一个关怀退休人员的组织，去慰问那些孤独老朽的退休者，并且获得了大家的赞许。小说中弥漫着一股温暖的色调，叙述语调舒缓平和，将一个老年人对岁月流逝的感觉传达得十分真切。我奇怪于写这部小说时的维·苏·奈保尔才三十岁出头，他竟然能将老年人的心理状态描绘得如此逼真。但是，从他的整体创作来说，这部小说很一般，其题材多少也显得有些突兀。不过，也许，他写这部小说是为了证明他也能写英国背景的小说？小说后来获得了英国霍桑登奖，给了他一些信心。

自1960年代以后，维·苏·奈保尔花了很多时间在全球各地旅行。他穿越了今天仍旧是战乱频繁的非洲，穿越了孕育人类文明发祥地之一的两河流域，穿越了他的祖籍之国——印度，写下了关于这些地区的游记，将这些地区的文化冲突、社会矛盾和复杂前景进行了毫不遮掩的展现和批判，犀利地表达了他的文化忧虑。关于他的祖籍之国印度，在近三十年的时间里，他前后写了三部游记：1964 年，他出版了《幽黯国度：记忆与现实交错的印度之旅》（后简称《幽黯国度》），到 1977 年，他又出版了《印度：受伤的文明》，1990 年，他出版了这个系列的最后一部《印度：百万叛变的今天》。仅仅从书名上，我们就可以判断出，他对印度的热爱，以及深邃的忧思和毫不留情的批判。我常常拿他的游记来和我们的一些散文作家的游记比较，我们的一些作家往往以旅游小册子作为资料，在那些资料的基础上进行文学的加工改写，发一点肤浅和矫情的感慨，把篇幅拽长，然后就成了“大文化散文”。这样的写作实在缺乏良知、深度和批判精神。而维·苏·奈保尔的游记能够展现出一个社会的现实和历史的深广度，体现出现代知识分子大无畏的批判精神。尤其是他关于印度的这三部游记，是他多次到印度进行深度观察并以大量的历史材料作为素材所构筑的鸿篇巨制：1962 年，维·苏·奈保尔第一次踏上了印度的国土，在印度主要的城市游历，并且回到了他祖父的故乡。但是，他的所见所闻令他感到失望和震惊，印度的落后、贫穷、愚昧使他感到了疏离，进一步感到了愤怒。于是，在《幽黯国度》中，他以尖酸刻薄的语调书写了自己对祖籍之国的这种恼恨。阅读他这本书，有时候觉得他像一个画家，他细致地描绘了风景中的人群和生活状态。1975 年，在甘地夫人颁布了紧急状态令之后，奈保尔再次来到了印度，一番观察体验，他写出了《印度：受伤的文明》，这一次，他从印度文明的成因出发，将印度现实的独特境遇描绘了出来，笔法依旧保持了讽刺和警觉，将发展中国家印度的困境和文化上的尴尬与无所适从逼真地描绘了出来。1988 年，他第三次来到印度，采访了大量的当代印度人，自己则扮演了一个聆听者的角色，把当代印度人的声音记录了下来，写成了对印度现实和历史的口述之作《印度：百万叛变的今天》。他关于印度的这个系列游记，是我们了解印度历史与文化的最佳参考书籍。他不仅以自身的游历作为主线，还将小说的技巧也使用出来，纵横开阖地在历史和现实的天地间往来，使游记具有了巨大的力量。我想如果我去印度旅行的话，我一定会带上他的这三本书。

1967 年，维·苏·奈保尔出版了两本小说：短篇小说集《岛上的旗帜》和长篇小说《模仿人》。这两部小说的题材又回到了西印度群岛，他继续探讨特立尼达和多巴哥人独特的生存状况。在小说集《岛上的旗帜》中，他继续运用在《米格尔大街》中所使用的写作技巧，以冷静的语调、白描的手法和略带嘲讽的口吻，塑造了一群目光短浅但是却想改变命运的岛民们。长篇小说《模仿人》中，塑造了一个加勒比海某个岛国的失意政客形象。这个印度裔的政客叫辛格，他在伦敦回忆自己的生平：年轻的时候，他准备投身到政治生活当中，但是却在时代的旋涡中不能掌握自己的命运而失败了。小说探讨了 1962 年独立之后的特立尼达和多巴哥的政治处境。虽然已经获得了独立，有了国家意识和自身的文化特性，但是，无论是经济、政治还是外交，这个岛国都无法摆脱过去的宗主国英国的影响，而这种影响也投射到像辛格这样心怀大志、最终却碌碌无为的人身上。

1969 年，他出版了一部将游记和历史研究综合起来的著作《黄金国的沦亡》，这一次，他把目光投向了特立尼达和多巴哥的遥远历史，将这个地区的历史命运与寻找新大陆、寻找黄金国度的欧洲人的历史联系起来，探讨了加勒比海岛国的历史文化成因，以及走向现代化的艰难历程，是一次对历史遮蔽的去蔽，是对殖民主义者留下的遗产做的一次清算。

世界的裂缝

维·苏·奈保尔很快迎来了他创作的高峰时期，这个高峰时期，我看是从 1970 年代初到 1980 年代末期，前后延续了二十年的时间。1971 年，他出版了长篇小说《自由的国度》，这部小说的结构看上去更像是一部中短篇小说集，可实际上，这是一部不同的主人公以相互关联的口吻叙述所构成的一个整体。小说分为五个部分，描述的都是到异国他乡创业的人的故事：一个加勒比海青年到达伦敦；两个白人来到了到处都是敌意的非洲；一个印度厨师到达美国华盛顿；叙述者本人在小说的开头部分和结尾部分来到了中东，经历了以色列和巴勒斯坦的冲突和血腥的战争。小说形成了结构上的向心力，在娓娓道来的、不显山、不露水的叙述语调中，呈现出这个到处都是文化冲突和敌视世界的真实面貌。维·苏·奈保尔似乎是从全世界取景，在几个带有特殊人物形象的取景器里，将人类生存的状况做了描绘。小说中，似乎每个身在异国他乡的人都和所处的环境格格不入，但是，他们为了新生活又不得不背井离乡。这种两难的处境，正是“二战”之后逐渐兴起的全球移民大潮所带来的社会问题。维·苏·奈保尔非常敏感地率先将这种世界处于文化裂缝的境况描述了出来。《自由的国度》因其视野的开阔和忧思的情怀，获得了英语文学最高奖布克奖，从此，他进入英语一线小说家的行列。1972 年，维·苏·奈保尔出版了一本随笔集《过分拥挤的奴工营》，包括了他的几篇探讨当代世界生存状况的长篇散文，表达了他对一些文化和政治问题的看法。维·苏·奈保尔怀有一颗济世之心，他把整个世界形容为一个过分拥挤的奴工营，猛烈地批判和分析这个不公和不义的世界到底是如何形成的。

长篇小说《游击队》是奈保尔最重要的小说之一，它出版于 1975 年，小说的情节生动紧张，描绘了一个虚构的加勒比海国家爆发了革命，最后，政府军和游击队之间展开了持续的战争，社会陷入战乱。小说塑造了加勒比海地区的多元文化所孕育的三个人物形象，他们血统复杂，有华人、黑人、白人和印度裔血统，都有一种莫名的漂泊感和文化上的无根感。最后，他们率领的游击队和白人政府的斗争失败了，主人公遭到了灭顶之灾，革命的最终命运就是彻底覆灭。《游击队》讲述了加勒比海国家的人民寻求自由独立的艰难，也描述了解放运动的局限性。小说出版之后，在美国获得了绝佳的评论，《纽约时报书评周刊》发表了一组文章来评价这本书。

这个阶段的维·苏·奈保尔十分关心世界政治。1975 年印度实施了紧急状态，他就立即赶到了印度，如我前面所说的，于 1977 年出版了《印度：受伤的文明》，这本书在印度引起了政界人士的不快。但是，奈保尔可不管这个，他注定要经常冒犯第三世界的统治者，他走到哪里，都是拿着放大镜在挑人家的毛病。1979 年，他出版了长篇小说《大河湾》，通过一个虚构的、被战乱和军事独裁所袭染的非洲国家中一个小商人的命运，描述了非洲国家的整体命运。书中那个不知名的国家像是乌干达，她刚刚获得独立，内战也结束了，但是，一个终身制的总统开始统治国家。商人沙林是一个印度裔的穆斯林，他来到这个国家的一个海滨小镇，安分守己地做买卖，是一个恪守道德准则的人。但是，独裁总统开始施行严密的社会控制，逐渐影响到了沙林的生活。政治局势开始动荡，他的生命和财产都遭到了威胁。最后，沙林选择了离开，因为他的生意越来越不好做了。在小说的末尾，起义军和政府军之间爆发了激烈战斗，这个国家重新陷入战乱当中。《大河湾》将视线投向了艰难地走现代化之路的非洲国家那里，在批判非洲有些国家的政治独裁和社会动乱方面，他是相当不留情面的。摆脱了殖民统治之后的非洲国家的独立并没有立即给人民带来和平和幸福，相反，更为复杂的种族暴力冲突又兴起了，死亡的悲剧每天都在上演。《大河湾》继续书写全球移民的悲情故事，维·苏·奈保尔把一种无根的飘零感扩大到了非洲。往往在写了一部小说之后，他就接着出版一部非虚构作品。1980 年，他出版了《埃娃·庇隆的归来以及特立尼达的杀戮》，这是一部记录他在阿根廷见闻的游记作品，他将阿根廷的社会现实和文化焦虑感清晰地表达了出来。1981 年，他出版了游记《在信徒们中间》，将他在伊朗、巴基斯坦、印度尼西亚和马来西亚旅行的感受，结合他对这几个伊斯兰国家的历史、宗教、文化和社会现实的分析，结合成一部文化巨著。

1984年，奈保尔出版了一本篇幅不大的论著《寻找重心》，里面只收录了两篇长文，一篇是长达几万字的关于写作技艺的随笔。在这篇结合他自身写作经验的文章中，他探讨了在20世纪写作小说的目的、意义、方法和技巧。从他的夫子自道可以看出，他对英国传统现实主义情有独钟，尤其对狄更斯更是推崇备至。在狄更斯的时代里，读小说就是一个消遣，狄更斯甚至可以同时为几家报纸撰写连载小说，他的小说臃肿、拖沓。可在维·苏·奈保尔看来，狄更斯的小说带有强烈的冲击力和对社会不懈的批判精神。另外一篇文章是他在象牙海岸——后来改名叫科特迪瓦——游历后写下的游记作品。两篇文章之间似乎有着一条裂缝，如同他一直在观察和分析着的这个世界的裂隙。

抵达的谜底

1987年，维·苏·奈保尔的长篇小说《抵达之谜》出版了。这是他非常重要的一部小说，在诺贝尔文学奖的答谢词中，他也提到了这部小说，可见其重要性。《抵达之谜》分为五个部分，是用倒叙手法来叙述的，小说以一个过来者的口吻在讲述，实际上，这个叙述者就是作家本人的化身。小说将主人公的经历以画同心圆那样的手法展开叙述，而作者和主人公本人也一起经过了由游移到确定、由漂泊到定居的过程，深刻分析了他这个外来移民和宗主国英国之间的爱恨关系。和奈保尔一样，叙述者从加勒比海地区出发，来到英国求学，后来又获得了英国的居留权，并开始从英国出发在全世界漫游。最终，叙述者在英格兰乡下定居下来，找到了安身的幸福感。小说带有强烈的自传性，奈保尔作为过去殖民地移民的愤怒、不平和自卑感都消失了，这些感觉在英国多元文化交融的人群中，已经被各种肤色和语言以及行色匆匆的背影所取代了。看来，心怀愤懑情绪的奈保尔，最终和殖民宗主国和解了。不过，在他的笔下，即使是对英国美丽乡间的如诗如画的描述，也可见到一种沉闷、僵硬和衰败的景象，小说弥漫着一种淡然的哀伤，一种凭吊气息。奈保尔把全世界的景象都纳入他写作的题材范围之内，这种气魄前所未有。1989 年，一生都喜欢旅游的他出版了游记《南方一瞥》，记述他在美国南部省份的见闻。他看到的同样是一个日渐衰败的、类似福克纳笔下的景象——虽然种族主义消失了，南方种植园阶层也不见了，但历史留下来的，却是黑洞一样吸食一切的东西。1990 年，奈保尔被英国女王册封为爵士，真正成了一个来自过去殖民地的、成功打入英国上层社会的、有贵族头衔的文化名流了。

1994年，奈保尔意犹未尽地继续书写移民身份在异质文化中的游移和漂泊这个主题，出版了长篇小说《世间之路》。在这部小说中，他将自传、游记和历史研究三者完美地结合在一起。从历史中，他发掘出那些曾经到达加勒比海地区的欧洲人的踪迹，对他们的生平进行了探寻；从现实中，他表达了全球化时代里的移民们为了寻找新生活而自我放逐的那种疏离感；从自我出发，他对自我身份的怀疑最终得到了一种确信。《世间之路》里弥漫着一个寻找者、发现者面对人类普遍生存境遇时的那种迷惑和哀愁，是《抵达之谜》的继续和新发展，共同构成了奈保尔最重要的小说作品。

1998年，奈保尔出版了游记《超越信仰》，这是他在1981年出版的游记《在信徒们中间》的姐妹篇。《超越信仰》描绘了他再度在伊朗、巴基斯坦、马来西亚和印度尼西亚这四个亚洲伊斯兰国家旅行的见闻。他从对一些人物多年的追踪和观察入手，描绘了这些国家在文化上的撕裂感和走向现代化的艰难过程。阅读这本书，我钦佩他深入陌生的国度里还能深刻地体验那个国家的社会生活的勇气，他在这方面似乎有着超凡的能力。在游记中，他描写了小到老百姓，大到最高统治者的群像，他像一个进行精准报道的记者、一个精通历史的学者、一个言语尖刻的讽刺作家、一个有着浪漫满怀的诗人，把游记写成了深广度惊人的、难以归类的作品。

1999年，奈保尔又出版了书信集《父子通信集》，收录了当年他在伦敦求学期间和父亲的通信。我想，声誉日隆的他出版这部书信集，显然意在缅怀他的父亲，因为他父亲对他寄予了厚望，年仅四十七岁就怅然去世了。在书中的那些信件里，我们可以看到一个踌躇满志、并不知道世界如何险恶的初生牛犊维·苏·奈保尔，在伦敦求学的艰难过程。如今，一个来自旧殖民地的穷小子，最终获得了英国的文化认同并被封为了爵士，他可以以这本书告慰父亲的在天之灵了。

进入新千年之后，维·苏·奈保尔放慢了自己写作的步伐，但仍旧具有创造的活力。2000年，他出版了一部讲述读书和写作经验的散文集《读与写》，无私地和读者分享了他的阅读经验与写作的秘密。2001年，他又出版了一部长篇小说《半生》，继续以半自传的方式，结合他父亲和他的亲身经历，讲述了一个作家从加勒比海的岛国来到了英国，成年之后又带着拥有葡萄牙血统的妻子移居非洲，描绘一个人半生漂泊在世界上的故事。我感觉这部小说在表现力和感染力上都弱于《抵达之谜》和《世间之路》，其探索的主题有重复感，不过带有了新千年来临的当下性。在如今全球化的浪潮中，反全球化的声浪越来越高的时代里，《半生》所表达的人生感喟，要更加复杂和生动。

2001年10月，一个历史性的时刻到来了：维·苏·奈保尔当之无愧地获得了当年的诺贝尔文学奖。在瑞典文学院颁布的授奖词中，是这样描绘他的："他独辟蹊径，不受文学时尚和各种流行模式的影响，从现存的文学类型之中创造出他自己的独特风格，以小说叙述而论，自传因素和纪实文学在奈保尔的写作中融为一体，并不总是能够发现哪种因素居于主导地位。"可以说，奈保尔创造出了现代人缺乏归属的新小说，描绘了这个分崩离析的时代的状况，也因此而成为最敏感、视野最开阔的当代小说家。

奈保尔老骥伏枥，继续耕耘，2004年七十二岁的他出版了长篇小说新作《魔种》，并且宣布，这是他的封笔之作，因为年迈的他感觉已经没有精力来创作新小说了。小说《魔种》讲述了一个来自印度的四十岁的移民威利的故事，他一开始在伦敦和西柏林生活，后来，他又来到了非洲，去那里寻找新的可能性。于是，小说的故事穿插在亚洲的印度、欧洲的英国和德国、非洲中部的战乱国家等三个地区之间，将印度人威利作为小说的主角，拿他当一个世界流浪汉，让他到处跑，并且经历半个世纪的混乱和各种人生的磨难，最终，他似乎发现了有一粒魔种在自己的内心里发芽了。《魔种》继续着奈保尔的在自传和虚构、历史和现实、文化和宗教之间的比较与质疑，是一部不失水准的作品。维·苏·奈保尔曾经言辞激烈地说，长篇小说已经死亡了，自从狄更斯之后它就已经死了，现在似乎人人都可以写作长篇小说，但是长篇小说的精神已经死了。他推崇的作家，也几乎没有一个是20世纪的，尤其是被公认的现代派的大家，比如乔伊斯、卡夫卡、普鲁斯特等等，他推崇的全部是19世纪甚至要更早的一些欧洲文学巨匠——这是颇值得玩味的一种态度。他还有一个特点，就是在自己的新书出版之前，喜欢开口骂人，据说，是为了宣传他的新书而吸引人们注意。2008年12月，一本带有爆炸性材料的奈保尔传记《世界是其所：奈保尔传》出版了，这本书描绘了奈保尔自高自大、对婚姻不忠和嫖妓的经历，展现了这个复杂作家的复杂性，引起了很大轰动。

维·苏·奈保尔是20世纪印度裔英语作家中的佼佼者。阅读他的作品，你会感到整个当代世界在你的面前徐徐展开，他那愤懑的情怀、尖酸的讽刺和忧伤的语调弥漫在他描写和塑造的在全世界流散的移民心中。跟随着那些离散者的脚步，我们也渐渐看清了人类居住的所有大陆的清晰轮廓。

阅读书目：

《毕司沃斯先生的房子》，余珺珉译，译林出版社 2002 年 6 月版；

《超越信仰》，朱邦贤译，台湾联经出版公司 2003 年 12 月版；

《抵达之谜》，邹海仑等译，浙江文艺出版社 2004 年 1 月版；

《浮生》，孟祥森译，上海译文出版社 2010 年 4 月版；

《河湾》，方柏林译，译林出版社 2002 年 6 月版；

《灵异推拿师》，吴正译，上海译文出版社 2008 年 1 月版；

《米格尔大街》，张琪译，花城出版社 1992 年 9 月版；

《米格尔街》，王志勇译，浙江文艺出版社 2003 年 1 月版；

《魔种》，吴其尧译，上海译文出版社 2008 年 1 月版；

《奈保尔家书》，北塔等译，浙江文艺出版社 2006 年 1 月版；

《世间之路》，孟祥森译，台湾远见天下文化出版公司 2002 年 12 月版；

《世事如斯：奈保尔传》，帕特里克·弗伦奇著，周成林译，中信出版社 2012 年 9 月版；

《维迪亚爵士的影子：一场横跨五大洲的友谊》，保罗·索鲁著，秦於理译，重庆出版社 2005 年 10 月版；

《印度：百万叛变的今天》，黄道琳译，生活·读书·新知三联书店 2003 年 8 月版；

《印度：受伤的文明》，宋念申译，生活·读书·新知三联书店 2003 年 8 月版；

《幽黯国度：记忆与现实交错的印度之旅》，李永平译，生活·读书·新知三联书店 2003 年 8 月版；

《游击队员》，张晓意译，南海出版公司 2013 年 3 月版；

《自由国度》，刘新民等译，上海译文出版社 2008 年 5 月版；

《作家看人》，孙仲旭译，南京大学出版社 2009 年 3 月版。

奥尔罕·帕慕克：
（1952— ）
编织叙述艺术的花毯

土耳其的“呼愁”

我最早接触到奥尔罕·帕慕克的作品，是在2004年。当时，我在澳大利亚墨尔本的一家书店里，看到了他的英文版《雪》，立即感到这是一个不容忽视的作家。眼下，他已是在世的最年轻的诺贝尔文学奖获得者了。2008年5月，他来到了北京，出席了一系列的文学活动。据接触过、接待过他的人说，他是一个集欧洲人的严谨、庄重和西亚人的散漫、随意于一身的人，在座谈和开会当中，他会不按常理出牌，会忽然消失不见，让接待方无所适从，而且，他还经常改变早就安排好的行程，不断地推迟或者提前一些活动的安排，既有着孩子气的调皮，也有着难以应付的刁钻和要大牌的毛病。但是，在另外一些地方，他又显示出超越一般人的对艺术和文化的理解，比如，他对中国古代美术和建筑就非常感兴趣，花了几万元在琉璃厂买了很多中国美术画册。当我们靠近他的时候，我们看见了他的调皮和散漫，骄傲和嬉皮，但同时也看见了他的灼人才华。那么，就让我们进入他所创造的文学世界中去，在那里，我们才会发现他真正的魅力，因为，一个作家所有的魅力和秘密，都深藏在他的文字中。

奥尔罕·帕慕克 1952 年出生于土耳其的伊斯坦布尔，这是土耳其最大的海滨城市，横跨欧洲和亚洲，大部分城区在亚洲，只有一小点城区在欧洲，博斯普鲁斯海峡分隔开了她的欧洲和亚洲部分。土耳其位于亚洲的西北端最靠近欧洲的地方，和希腊与保加利亚接壤。她的首都安卡拉则位于国家的中部，其文化地位比不上伊斯坦布尔重要。伊斯坦布尔有着辉煌的历史，在十五六世纪是土耳其奥斯曼帝国的首都，当时叫君士坦丁堡。1923 年，在凯末尔元帅的领导下，土耳其摆脱了西方帝国主义的控制，成立了土耳其共和国，从此，走上了世俗化的现代国家之路。奥尔罕·帕慕克出身的家族，属于土耳其富裕的中产阶级工厂主家庭，在父母亲的悉心照料和教导下，奥尔罕·帕慕克受到了很好的教育。他很早就对绘画感兴趣，六岁开始学习绘画，幼年时在一所美国人开办的学校学习英语。后来，他在伊斯坦布尔科技大学学习建筑，接着，又在伊斯坦布尔大学学习新闻，这期间，他迷恋上了文学，逐渐开始放弃了想当建筑师和画家的念头。从 1974 年开始，二十二岁的他最终选择了文学，开始埋头写作。笔耕三十多年来，他以十多部畅销的、惊世骇俗的小说和非虚构作品，成为当代世界最杰出的作家之一。

奥尔罕·帕慕克的第一部小说就是一个大部头。这是长篇小说《杰夫代特先生》，翻译成中文在五十万字。小说发表于 1979 年，获得了《土耳其日报》的一个小说征文奖。一直到 1982 年，这部小说才正式出版了单行本，并获得了第二年的土耳其凯末尔文学奖。写这部小说，花了奥尔罕·帕慕克五年的时间，这是一部带有 19 世纪欧洲现实主义风格的小说，写法还比较传统，但叙述非常从容，描绘非常真切感人。小说分三个部分，讲述了伊斯坦布尔一个上层人物杰夫代特州长和他的儿子、孙子等三代人的故事，细节精雕细刻，细致地描绘出伊斯坦布尔在一个特定年代的人群和日常生活，语调中，带有着一种浓郁的哀伤感。一个旧时代和旧人物逐渐老去和消逝，一个新时代和新的人不断诞生的景象令人感怀。我在这里引一段小说的开头部分，让大家感受一下小说的叙述风格：“杰夫代特先生嘟囔道：‘睡衣的袖子，我的后背……整个教室……床单和被子……唉，整个床都湿透了！

是的，所有的东西都湿透了，我终于醒了！’所有的东西都像他刚才在梦里见到的那样湿透了。他翻了个身，想到刚才的梦，感到一阵恐惧。他梦见自己坐在小学老师的对面……”可以说，这样扎实严谨的现实主义叙述是需要耐心，也需要功力的。奥尔罕·帕慕克的第一部小说就达到了令人炫目的地步，显示一个有着远大前程的小说家的诞生。

接下来，奥尔罕·帕慕克的第二部小说《寂静的房子》出版于1983年，这部小说花了他三年多的时间。后来，他基本上保持每三年左右就出版一部新作的速度，持续地建构着自己五彩斑斓的文学世界。《寂静的房子》在叙述的语调上是平缓的，小说的总体风格仍旧是现实主义的，但在结构上，则采用了现代主义小说的形式，用了五种角度，以五个人的叙述来构成一个多声部的叙述，形成了小说层次丰富的内部结构。小说描绘了几个孙子、孙女辈的孩子们，从大城市伊斯坦布尔来到了乡下僻静的房子里，去看望年迈的祖母。20世纪初期，孩子们的祖父塞拉哈亭被政敌击败，离开了伊斯坦布尔，和妻子法蒂玛一起住在了一个叫“天堂堡垒”的远郊别墅里。他打算写一部百科全书，但到死都没有完成。当孩子们来临之后，一时间，在这座寂静的房子里充满了喧闹，也由此展开了他们的故事。在表面祥和气氛的掩盖下，通过几天的时间和人们的交叉叙述，你会发现，每个人都有自己的悲伤和痛心之处。可以说，这部小说以多个角度呈现出土耳其特定年代的文化、政治和社会氛围，我觉得小说的主人公之一是那座没有说话但处处都在人物背景中的寂静的老宅子。这部小说获得了1991年的欧洲发现奖，并且很快被翻译成了法文，进入欧洲人的视野。

通过《杰夫代特先生》和《寂静的房子》这两部小说的写作，我感觉奥尔罕·帕慕克完成了他最早的写作练笔阶段，开始进入他写作的下一个阶段。在这个新阶段里，现代主义和后现代主义小说的技巧，开始明显地、频繁地出现在他的作品中，他所擅长的多角度、多视点、多声部地描绘事件、人物和时代的手法，也运用得炉火纯青，他所具有的美术、建筑的知识和修养也成了他小说中最重要的材料，由此开始形成了他自己独特的叙事风格。

1985年，他出版了篇幅不大的长篇小说《白色城堡》。从题材上说，这是一部历史小说，描绘了土耳其奥斯曼帝国时期和欧洲的意大利之间的一些文化交往，以及欧洲和西亚帝国在文化和精神上的碰撞。小说讲述一个年轻的威尼斯学者，他从意大利东部的亚得里亚海坐船前往那不勒斯，但是，在地中海上遭到了土耳其奥斯曼帝国海军的袭击，被俘之后被带到了奥斯曼帝国，成为帝国贵族霍加的一个奴隶。霍加发现，这个年轻的意大利俘虏实际上是一个学者，而且，他长得和自己竟然很像，就和他成了朋友。两个人互相接触，对对方的语言和文化产生了浓厚的兴趣，开始互相学习。后来，他们一起联手对抗袭击土耳其的瘟疫，获得了最高统治者苏丹的嘉奖。他们还一起为苏丹设计对抗来自西方国家威胁的秘密武器，但在欧洲军队来袭的时候，他们的武器没有派上用场，帝国失败了。就在战火纷飞的时刻，一个重大的事情发生了，霍加趁机逃跑，奔向了他朝思暮想的威尼斯，而那个和他相像的威尼斯人，则变成了他的替身，继续留在宫廷里，扮演霍加。

这部小说巧妙地书写了东方和西方互相发现和认同的历史，是一则历史寓言。不过，我觉得，这部小说写得有些矫情和拘谨，没有完全放开，小说人物的设置也显得机械和缺乏个性。无论如何，我很难相信，一个土耳其人和一个意大利人会相像到分不出彼此的地步。而且，这部小说虽然主题宏大，但是却写得有些单薄了，不够丰满。有趣的是，我在卡尔维诺的《我们的祖先》那本书中，发现了奥尔罕·帕慕克写这本书的灵感来源。奥尔罕·帕慕克自己宣称，卡尔维诺是他喜爱的作家，因此，受到他的影响在所难免。在《我们的祖先》三部曲之《树上的男爵》的第七章，小说主人公的父亲有一个来历复杂的私生子弟弟，“人们关于他的说法很多，说他出任过要职，当过苏丹的显赫的高官，土耳其国务会议的水利工程师，或者其他类似的官。后来一次宫廷谋反，或是一次为女人发生的争风吃醋事件，或者是一纸赌债，使他坠入了困境，沦为被贩卖的奴隶。据说，人们在一艘俘获的土耳其战船上发现他戴着锁链和奴隶一起划桨，他们释放了他。……”那么，是不是根据这段文字，奥尔罕·帕慕克写出了他的《白色城堡》？我有理由做出这样的推断。《我们的祖先》之《树上的男爵》写于1957年，而《白色城堡》写于1985年前，可以推断是卡尔维诺小说中的这段话，使奥尔罕·帕慕克迸发出虚构的热情，将17世纪的东方和西方、土耳其奥斯曼帝国和意大利之间的文化差异和互相的好奇描绘了出来。《白色城堡》这部小说的英文版还获得了1990年美国外国小说独立奖。

需要强调的是，在奥尔罕·帕慕克的作品中，土耳其最重要的一个文化概念“呼愁”，是无法忽视的。那么，什么是“呼愁”呢？奥尔罕·帕慕克说：“‘呼愁’一词，土耳其语的‘忧伤’，有个阿拉伯根源：它出现在《古兰经》时，词义与当代土耳其词汇并无不同。先知穆罕默德称他的妻子赫蒂彻和伯父塔利卜两人过世的那一年为‘忧伤之年’，证明这个词是表达内心深处的失落感。但如果说‘呼愁’起先的词义是指失落及伴随而来的心痛和悲伤，我自己所读的书却指出，伊斯兰历史在接下来的几百年间有一条哲学断层逐渐形成。随着时间的推移，我们看见两个迥然不同的‘呼愁’出现，各自唤起某种独特的哲学传统。根据第一个传统，当我们对世俗享乐和物质利益投注过多时，便体验到所谓的‘呼愁’：其含义是‘你若对这无常人世如此投入，你若是善良诚实的回教徒，便不会如此在意世间的失落’。第二个传统出自苏菲神秘主义思想，为‘呼愁’一词以及失落与悲伤的生命定位提供一种较积极、较悲悯的认识。对苏菲派来说，‘呼愁’是因为不够靠近真主安拉、因为在这个世上为安拉做的事不够而感受到的一种苦闷。”（见奥尔罕·帕慕克的《伊斯坦布尔》中《呼愁》一章。）

你看，在奥尔罕·帕慕克的所有小说中，都弥漫着“呼愁”的情绪，在他的笔下，“呼愁”如同黄昏缓慢地降临那样，弥漫在土耳其整个大地和城市上空，弥漫在人们的心头。“伊斯坦布尔的‘呼愁’，不仅仅是由音乐和诗歌唤起的情绪，也是一种看待我们共同生命的方式，不仅仅是一种精神状态，也是一种思想状态，最后既肯定人生，又否定了人生……现在我们逐渐明白，‘呼愁’不是某个孤独之人的忧伤，而是数百万人共有的阴暗情绪。我想说明的是伊斯坦布尔整座城市的‘呼愁’。”理解和进入奥尔罕·帕慕克的小说世界，必须要将这一段话深刻理解，才明白为什么他的小说中总是弥漫着一种莫名的忧伤，因为，这就是“呼愁”。

黑色和红色：颜色之名

1990年，奥尔罕·帕慕克出版了长篇小说《黑书》。这是一本在结构上带有多声部叙述和复调特征的小说，还有一个侦探小说的外壳。但是，其内里却是对伊斯坦布尔这座城市的文化，对男人和女人、婚姻和爱情、背叛和忠诚进行的诘问和探询。

小说的故事情节是这样的：律师卡利普有一天进门，发现自己的妻子茹梦忽然消失了，只留下了一张语焉不详的纸条。和她一起消失的，还有她的同父异母的哥哥耶拉。耶拉在伊斯坦布尔是一个很有名的专栏作家，他在报纸上长期开了一个介绍伊斯坦布尔这座城市的文化和历史的专栏，于是，这些文字，就成了卡利普找寻妻子的线索，他觉得，只有读懂了这些文章，他才会发现妻子失踪的线索。小说的故事情节就在他一边寻找妻子，一边大量引用耶拉文章的过程中徐徐推进，最终，他发现了他们死亡的真正原因：耶拉被刺杀身亡，当场倒在大街上，而茹梦则同时中弹，踉跄着进入一家玩具店中，倒在一堆洋娃娃中。后来，卡利普顶替耶拉，成了描写伊斯坦布尔的专栏作家，继续撰写关于这座伟大城市的文章。这部小说混合了多种元素，将很多关于伊斯坦布尔这座城市和博斯普鲁斯海峡的资料与对人生、婚姻的剖析结合起来，写得绵密、紧张，内容非常驳杂。1992 年，奥尔罕·帕慕克自己将这部小说改编成了电影《隐蔽的脸》。奥尔罕·帕慕克曾经离过婚，我在阅读这部小说的时候，似乎可以感觉到小说的主人公卡利普在寻找消失的妻子的心情，与奥尔罕·帕慕克对婚姻的感觉有关。当然，这是一种猜度罢了。1995 年，这部小说的法文版获得了法兰西文化奖，在奥尔罕·帕慕克的小说序列里，我很喜欢《黑书》，我觉得这是他写得最好的三部小说之一，它厚重、深沉，信息量巨大，是关于伊斯坦布尔的一部中型史诗。

接下来，在 1994 年，奥尔罕·帕慕克出版了长篇小说《新人生》。据说，这是土耳其历史上销售得最快的小说，快到什么程度，报道者没有说明。这部小说的叙述人是第一人称“我”，叙述语调依旧是典型的奥尔罕·帕慕克式的，迟缓，警觉，稠密，似乎有什么事情要发生在主人公身上了。果然，一天，一个叫奥斯曼的大学生，他读到了一本书，感到了强烈的震撼。此时，他爱上了一个神秘的女子嘉娜，同时，还目睹了情敌被谋杀未遂。然后，他离开了相依为命的母亲，由此卷入到一场命案中。他开始按照那本书的引导，去寻找未来生活的轨迹，他横跨国境线，吃到了一种叫作“新人生”牌子的奶糖，还遭遇了连串的车祸。这些经历都带给他一些人生的新感悟。他的叔叔死后给他也留下了一张纸条，使他逐步地接近了事件真相。于是，他自己的爱情和叔叔的爱情生活成为两条线索。当他探明了究竟，这才发现，他失去的往日生活才是他真正需要珍惜的。在小说的结尾，人物和读者都重新回到了起点——这么介绍故事情节，不知道读者是否明白这本书写了什么？我读这本书的时候，多少感到了迷惑：这么一本书，会是土耳其历史上销售最快的小说吗？土耳其人真正看懂了这本书吗？因为，《新人生》的品质很高，它要表达的东西相当模糊和多义，甚至没有给出一个确定的答案。《新人生》如同一团雾，当你走进去再走出来的时候，你看见的，仍旧是一团雾，它并不是那么好理解。

1998 年，奥尔罕·帕慕克出版了他最重要的长篇小说《我的名字叫红》。小说的时间背景是在 16 世纪末期达到顶峰后开始衰落的土耳其奥斯曼帝国时代，小说的故事情节围绕离开家庭达十二年之久的艺术青年黑回到了伊斯坦布尔之后，他不仅要面对一场他期待着的爱情，还被卷入了一场谋杀案展开：统治帝国的苏丹让一批细密画画家帮助他制作一本伟大的书，来赞颂苏丹本人的丰功伟绩和帝国的荣耀。他准备以当时意大利文艺复兴时期盛行的艺术风格来绘制细密画。但是，伊斯兰教原教旨主义思想是不允许带有阴影和透视风格的绘画出现在歌颂苏丹的书中的。一群卓越的细密画画家开始为苏丹工作，但是，很快，其中一个画家就被谋杀了。是谁干的？小说由此展开了对画家之死的调查。统治者苏丹要求画家们三天之内查出到底谁是凶手，于是，在逐步的推理中，在排除一个个的怀疑对象的过程中，小说也将故事推向了高潮。

《我的名字叫红》是奥尔罕·帕慕克迄今为止最好的小说。回过头来看他的创作生涯，《杰夫代特先生》《寂静的房子》《白色城堡》这三部小说，是他写作第一阶段的作品。在这个阶段，他实验了现实主义、自然主义、历史小说、多角度多声部的叙事技巧等写作手法。由长篇小说《黑书》开始，包括《新人生》，他已经知道了自己的长处和短处在哪里——他发挥了自己学习了多年的美术和建筑艺术的长处，在写作技艺上，他就像一个波斯细密画画家那样，精雕细刻地描绘着没有阴影，但实际上却阴影重重的世间万物和人，并且，以多个声音、多个角度来呈现多层次的内容。他往往把自己的小说伪装成侦探小说，或者，精心营造出一种悬疑的气氛，一开始就制造出一个悬而未决的大疑问：到底是怎么回事？读者会萌发好奇心。在不断的情节推展过程中，逐渐地逼近了事件的核心，也牢牢地抓住了读者的心。奥尔罕·帕慕克讲故事的技巧十分精湛，甚至连诺贝尔文学奖的评委马悦然先生都说："他太会讲故事了。"比如，在《黑书》中，一开始，小说男主人公的妻子和她的同父异母的哥哥都消失了，那么，他们到哪里去了？他们遇到了什么事情？他们之间是一种什么关系？他们是死是活？就是在这种种的疑问中，作者和读者一同经历了一场逐渐明晰的解谜过程，也澄清了人心的迷雾。

《我的名字叫红》也是这样，在小说的第一节，标题就是"我是一个死人"，由在枯井底死去的死者说话，一下子就抓住了读者的心。这部小说最典型的，就是它在叙述手法上采取了多声部的叙述手段，在全书五十九个章节中，几乎每个章节的叙述者都在变化，约摸有二十多个叙述者，轮番地上阵，讲述围绕着被谋杀的细密画画家的案件，展开了混音与大合唱。而且，在他们的讲述中，各个声音之间形成了佐证和旁证，形成了互相的补充和差异，有时候你感觉似乎离揭开谜底已经很近了，可是，有时候，你又会觉得距离事实和真相反而更远了。就是在这种扑朔迷离的叙述中，小说将一个时代的整体风貌呈现了出来。《我的名字叫红》中的多个角度的叙述手法，其实，在奥尔罕·帕慕克写《寂静的房子》的时候，就已经开始运用了，只不过那个时候他的技法还比较呆板。在《黑书》中，以穿插报刊专栏文章的引文手法，他也实现了小规模的多声部，至少是两个声部的叙述。

现在，在《我的名字叫红》中，这个多声部达到了令人吃惊的二十多个声音，在众声喧哗中不断推演，小说一开始分开的岔路和缝隙，就奇迹般地缝合了，一直到最后真相大白。

另外，在结构上，这部小说还体现了建筑之美。小说似乎是用一块块的砖头垒起来的，是用一幅幅的壁画拼接起来的，使小说体现出严整和具体的美。从小说的外形上，侦探小说的壳完美地罩在情节主干上面，这是因为人类的天性就喜欢谜语，喜欢刨根问底，喜欢谜底被揭开。但是，当你去掉它的侦探小说的外壳，你会发现，原来，这其实是一部现代历史小说，还是一部文化小说，小说的内容十分庞杂，涉及16世纪土耳其奥斯曼帝国的政治、文化、宗教，尤其涉及东方和西方的关系。奥尔罕·帕慕克说过，“在我所有的小说中，都有一场东方和西方的交会。当然，我很清楚所谓的东方和西方，其实都是文化的概念，也就是说，它们都是想象的产物。尽管如此，无论两者的想象成分有多少，东方和西方毕竟仍是事实……东方和西方蕴含深邃而独特的传统，决定了人们的智慧、思想、感知能力以及生活方式。东方与西方的交会，并非如人们以为的是通过战争，相反，一直以来，它都发生在日常生活的种种细节中，通过物品、故事、艺术、人的热情与梦想进行，我喜欢描述人们生活中此种活动的痕迹。”的确，在《我的名字叫红》中，大量东方的，也就是土耳其奥斯曼帝国时代和西方，也就是希腊、意大利等地中海国家交往细节出现在小说中。其中，关于宫廷书籍的制作，尤其是关于细密画的风格和意大利文艺复兴时期美术之间的关系，是小说着墨很多的地方。所以，我说这也是一部文化小说，它承载的文化信息不亚于一本专门研究那个时期的历史学著作，其信息甚至要大于任何一本年鉴学派的、研究地中海物质和精神文化的著作，就在于，它还描绘了人心，描绘了那个时期人的存在状态。难怪它出版之后，很快就获得了法国的文学奖、意大利格林扎纳·卡佛文学奖、爱尔兰都柏林文学奖等多个重要的欧洲文学奖，并且被翻译到四十多个国家和地区，成为20世纪十分重要的一部小说。奥尔罕·帕慕克还很喜欢用颜色来命名小说，红色、黑色、白色、“别样的色彩”，等等，使读者的眼前有了颜色所代表的所有的感觉和意味。

白雪覆盖下的冲突

进入新千年之后，奥尔罕·帕慕克似乎对现实政治越来越关心了。在当代土耳其，存在着世俗化、欧洲化和极端民族主义者之间的深层矛盾。奥尔罕·帕慕克带有自由主义思想，他公开批评土耳其政府，认为政府应该对20世纪初的一场针对亚美尼亚人的“百万人大屠杀”负责，结果，他的言论引来了土耳其极端民族主义者的仇视，他们甚至威胁要刺杀他，并将他告上法庭。奥尔罕·帕慕克也不得不上法庭去应诉。而抱有同样观点的一个土耳其某记者已经被极端民族主义者杀害了。但是，他并不胆怯和害怕，相反，他毫不妥协，也绝不收回自己的言论。虽然他批评政府，但土耳其政府对他则比较宽容，这一点，在 2008 年 5 月为他举办的北京欢迎会上，根据土耳其驻华使馆外交官的发言，我可以看出来，他们为他获得了诺贝尔文学奖、成为闻名全世界的土耳其作家而感到十分自豪。

关于百万亚美尼亚人被屠杀事件，我在美国作家冯内古特的小说《泰坦星的海妖》中，看到了有趣的描述。在那部小说中，叙述者就是亚美尼亚人在土耳其遭受大屠杀的幸存者。可见，百万亚美尼亚人被屠杀事件，和波兰数万名军官被斯大林派兵屠杀的“卡廷事件”一样，是 20 世纪的重要事件，是很难磨灭的历史记忆。但土耳其极端民族主义者不喜欢奥尔罕·帕慕克来说这件事情，认为他是在向西方献媚。奥尔罕·帕慕克也敏感地察觉到土耳其当代社会的文化分裂，并坚定地选择了自己的道路。美国政治学家亨廷顿曾经把土耳其看作是一个“无所适从”的国家。在 20 世纪 20 年代，在现代土耳其共和国的国父凯末尔元帅的带领下，这个国家放弃了传统伊斯兰社会的道路，走向了一条向欧洲靠近的世俗化道路，同时，随着后来全球化的发展，土耳其这些年的国内政治、经济、文化矛盾越来越复杂，极端民族主义、极端宗教势力都在发展，因此阻碍了土耳其加入欧洲联盟的步伐。这些现实矛盾和问题，也理所当然地反映在敏感而杰出的作家奥尔罕·帕慕克的笔下。2002 年，他出版了长篇小说《雪》，就触及了上述所有的矛盾。

《雪》在土耳其语中念“卡尔”，小说的主人公、记者也叫卡，他在一个大雪天前往的城市叫卡尔斯。于是，自然物质、人物、地点，三者在名称上奇妙地构成了互相映衬的关系，彼此有着一种呼应和隐喻。小说描述诗人兼记者卡从德国法兰克福回到土耳其，前往故乡卡尔斯去调查当地的市长被刺杀的事件，和另外一桩女性自杀事件。于是，冒雪来到卡尔斯市的卡，在卡尔斯这么一个偏僻的土耳其小城市里遇到了各种各样的人，还遭逢到自己过去的恋人，并再次迸发了爱情。同时，在卡尔斯这个被白雪覆盖的城市下面，隐藏着激烈的文化、宗教矛盾，极端宗教势力正在对世俗化的政府发起挑战，最后，围绕着卡尔斯国家剧院，上演了一出惊心动魄的暴力活动。卡成为事件的目击者和亲身经历者，他就犹如从外部射过来的一道强光，照亮了土耳其今天的社会境况。小说的结尾，卡最终完成了一首关于雪花的诗篇，从另外一个角度阐释了土耳其文化的内在美丽与忧伤。《雪》最打动人的地方，我觉得在于它营造的气氛。比如，在读卡洛斯·富恩特斯的小说时，我总是感觉到他那如同急风暴雨般的语言，语调急促而奔泻，你会非常不自觉地就被他的语言的洪流给带走了。而奥尔罕·帕慕克的《雪》则显得舒缓、平和、忧伤，整个小说里似乎都弥漫着一场大雪，雪还在缓缓地落下，在这一场大雪中，另外一场人生的激烈对抗的好戏，却在酝酿并最终暴烈地上演。美国作家约翰·厄普代克对这本书给予了精确的评价："……他热衷于剧场表演中非真实的现实，虚假的真实，而《雪》在其政治含义方面，以卡尔斯国家剧院两个夜晚的演出为支点，真真假假，幻觉和现实搅成一团，令人难以分辨。"

《雪》在奥尔罕·帕慕克的小说里是最具政治性的，这部小说出版之后，土耳其的极端势力公开焚烧这本书，并且向他发出死亡的威胁，一度使他都不敢在大街上散步了。《雪》因此获得了更大的名声，成为2004年美国《纽约时报书评周刊》评选的年度好书，2005年，又获得了德国书业和平奖和法国美第奇外国文学奖，这一年，在欧盟的压力下，对于民族主义者对他的起诉案，法院判他无罪。2006年，这本小说又获得了法国地中海外国文学奖。

除了写作小说，奥尔罕·帕慕克还写了不少非虚构作品。2005年，他出版了长篇散文《伊斯坦布尔：一座城市的记忆》，立即引起了轰动。奥尔罕·帕慕克说："要想传达伊斯坦布尔让儿时的我感受到的强烈'呼愁'感，则必须描述奥斯曼帝国毁灭之后的城市历史，以及此一历史如何反映在这城市的'美丽'风光以及其人民身上。"现在，轮到奥尔罕·帕慕克来讲述他记忆中的伊斯坦布尔了。这座充满了过去荣耀的和帝国遗迹的城市，有着特殊的地理位置和文化地位。全书以三十七章的篇幅，从奥尔罕·帕慕克的家族历史、城市遗迹、帝国记忆、日常生活、建筑环境、气候变化等多个角度，展开了和一座伟大城市的心灵对话。仿佛是逐渐地展开了一幅有些陈旧但依然绚丽无比的地毯，奥尔罕·帕慕克不疾不徐地带领我们走进他成长和记忆的时空中。书中还选用了很多老照片，有的是他过去成长的瞬间，有的则是城市风景的片段和人物的特写。照片和文字之间形成了特殊的互文关系，使这本书成为非常别致、优美、生动、历史信息量巨大的书。据说，就是这本书使他再度获得了诺贝尔文学奖的提名，2006年，这个桂冠就戴到了他的头上。

2007年，他出版了随笔集《别样的色彩：关于生活、艺术、书籍与城市》，收录了他无法在小说中表达彻底的文学艺术随笔和评论。自传性和敏锐的感受性是这本书的最大特点，我们可以看到，一个在生活、美术、文学和建筑中间自由穿梭的人，他打通了时间和艺术门类，把阅读、思考、写作和漫游变成了一种美好的乐趣。

奥尔罕·帕慕克最新的长篇小说是《纯真博物馆》，出版于2008年，这本书是一部道地的关于爱情的小说。小说以一个恋物癖男人的眼光，搜集整理了他记忆中和现实中的恋人的各类物品，叙述和描绘依旧带有花毯般的繁复和优美沉静。

奥尔罕·帕慕克是当代世界耀眼的作家明星之一。美国作家约翰·厄普代克曾评价他说："帕慕克不带感情的真知灼见，与阿拉伯花纹似的内省观察，让人联想起普鲁斯特。"他还说："奥尔罕·帕慕克很有天赋，善于运用轻快、荒诞主义的手法，拖长闹剧的情节，甚至暗示在这个冷漠和混乱的世界里，任何情节都是可笑的。"在谈到奥尔罕·帕慕克的时候，我国作家莫言说："天空中冷空气跟热空气交融会合的地方，必然会降下雨露；海洋里寒流和暖流交汇的地方会繁衍鱼类；人类社会中多种文化碰撞，总是能产生出优秀的作家和优秀的作品。因此可以说，先有了伊斯坦布尔这座城市，然后才有了帕慕克的小说。"奥尔罕·帕慕克也说："伊斯坦布尔的命运就是我的命运：我依附于这个城市，只因她造就了今天的我。"

的确，是伊斯坦布尔这座伟大的城市，造就了奥尔罕·帕慕克这样一个杰出的作家。

阅读书目：

SNOW（《雪》）英文版，英国费伯出版社 2004 年版；

《白色城堡》，陈芙阳译，台湾麦田出版社 2004 年 8 月版；

《白色城堡》，沈志兴译，上海人民出版社 2006 年 12 月版；

《别样的色彩：关于生活、艺术、书籍与城市》，宗笑飞等译，上海人民出版社 2011 年 3 月版；

《纯真博物馆》，陈竹冰译，上海人民出版社 2010 年 1 月版；

《黑书》，李佳姗译，上海人民出版社 2007 年 6 月版；

《寂静的房子》，沈志兴等译，上海人民出版社 2008 年 5 月版；

《杰夫代特先生》，陈竹冰译，上海人民出版社 2009 年 2 月版；

《帕慕克在十字路口》，帕慕克、陈众议等著，上海三联书店 2009 年 10 月版；

《天真的和感伤的小说家》，彭发胜译，上海人民出版社 2012 年 8 月版；

《我的名字叫红》（插图注释本），上海人民出版社 2007 年 8 月版；

《我的名字叫红》，沈志兴译，上海人民出版社 2006 年 8 月版；

《新人生》，蔡鹃如译，上海人民出版社 2007 年 7 月版；

《新人生》，蔡鹃如译，台湾麦田出版社 2004 年 11 月版；

《雪》，沈志兴等译，上海人民出版社 2007 年 5 月版；

《伊斯坦布尔：一座城市的记忆》，何佩桦译，上海人民出版社 2007 年 3 月版。

弗拉基米尔·纳博科夫：小说魔法师

（1899—1977）

在欧洲流落

1958 年，弗拉基米尔·纳博科夫的长篇小说《洛丽塔》在美国的出版是 20 世纪一件惊世骇俗的事件，这部探讨性畸恋的小说将美国 1950 年代保守的面具和幕布撕裂了开来，为 1960 年代美国爆炸般的性解放和各种社会运动掀开了帷幕，从此，弗拉基米尔·纳博科夫也由文坛小圈子进入世界大众的视野，逐渐成为 20 世纪最好的小说家之一。

弗·纳博科夫 1899 年出生在俄罗斯的圣彼得堡，他的家世显赫，祖父当过沙皇时期的司法部部长，父亲是一名法官，反对沙皇统治，后来参加了“二月革命”之后成立的改良政府。因此，弗·纳博科夫从小就受到了很好的文化熏陶。后来，由列宁领导的“十月革命”更加激进地将俄国引向了新的方向，历史的车轮使旧俄罗斯快速演变成了一个庞大的国家新苏联。在那个动荡的时期，小弗拉基米尔·纳博科夫由父亲带着流亡到了德国。从此，弗·纳博科夫就再也没有踏上祖国的土地。1919年，弗·纳博科夫进入英国剑桥大学学习俄罗斯文学和法国文学，1922年他取得了文学学士学位，回到了柏林。他父亲当时是流亡在欧洲很活跃的自由派分子，因为办报纸刊发自由派观点的文章，惹怒了同样流亡的右翼君主派分子，结果在1922年被刺杀身亡。父亲丧生之后的一段时间是纳博科夫最为艰难的时期，他侨居欧洲，开始写作俄语小说，在俄罗斯流亡的侨民中获得了一些名声。说起来，纳博科夫十分早慧，他的文学生涯开始得很早，1916年，十七岁的弗·纳博科夫还在俄罗斯的时候就出版了诗歌作品《诗集》，诗风带有象征主义的晦涩和对语言的雕琢，在俄罗斯文坛上崭露头角。到欧洲之后，他写了六个戏剧和诗剧剧本，1926年到1940年之间，纳博科夫发表出版了九部俄语小说：1926年，纳博科夫出版了他的第一部长篇小说《玛丽》，此后，又陆续出版了长篇小说《王，后，杰克》（1928）、《眼睛》（1930）、《防御》（1930）、《荣誉》（1933）、《绝望》（1936）、《黑暗中的笑声》（1938）、《斩首的邀请》（1938）、《天赋》（1938）等。

这个阶段可以说是纳博科夫文学生涯的第一个阶段。在这个时期，纳博科夫通过诗歌、戏剧、小说等多种文体的写作，来艰难寻求表达自我的文体。小说《玛丽》作为纳博科夫的处女作，带有他本人鲜明的自传色彩，它的篇幅很短，合中文才九万字，以柏林一家侨民寄居的公寓为背景，讲述了流亡的俄罗斯人的故事。在他们的生命经验中，对俄罗斯有着感情复杂的回忆。而女主人公玛丽是主角，围绕着她展开的故事和对侨民生活的描绘、对俄罗斯的甜蜜又苦涩的追忆构成了小说略带感伤的语调，可以看出纳博科夫的叙述天才。

长篇小说《王，后，杰克》的书名，指的是扑克牌中王、后和小人这三张牌。小说依旧以柏林作为背景，人物照例是那些流落在欧洲的俄罗斯人，他们包括了一家服装店的老板，他的妻子和他们的外甥。这是一个三角恋的故事，小说中充满了世俗性的喜剧色彩，最后，服装店老板娘患病突然死去，三个人的爱情死结无意中解开了。我从这部小说中看出了《洛丽塔》的雏形来，我想，他当年写下了这部带着欢快和愁闷情绪的悲喜剧色彩交织的闹剧小说，那《洛丽塔》的诞生就是必然的了。而篇幅只有中文四万字的俄语小说《眼睛》1930 年发表在一家专门刊登流亡俄罗斯人的作品的杂志上。小说带有超现实主义的特征，使我想起画家达利和布努埃尔合作的一部超现实主义电影《一条安达鲁狗》，其中一个镜头是用刀片来割开一只巨大的眼睛。小说《眼睛》讲述了一个同性恋自杀之后，从另外一个世界观察当代生活的故事，但是，最终，叙述者和这个自杀者合成了一个视角来讲述，而讲述的角度变成了一只眼睛，由眼睛来叙述它所看到的一切，充满了荒诞和离奇的效果。可以说，从一开始，纳博科夫就特别注意小说的文体实验，他很少在小说的形式上重复自己，他说："风格和结构是一部书的精华，伟大的思想不过是空洞的废话。"他一生喜爱捕捉和整理蝴蝶的标本，在我看来，这种爱好投射到小说写作中，也使他的每一部小说都呈现出五彩斑斓的特征，文体、语言、结构、主题、语调、情节和细节，都显示了无穷无尽的变化，使人觉得惊喜异常。

小说《防御》的原名叫作《卢金的防守》，描绘了一个象棋大师卢金的尴尬，他为自己的棋局所迷惑，逐渐地将眼前的象棋当作了自己的全部生活，以此取代了他能够感知到的现实，而他的妻子则想办法让他摆脱这种境地，最后，大师卢金还是因为精神的焦虑和无法解脱的苦闷而自杀了。小说呈现的是流亡在外的俄罗斯人找不到出路的精神困境，也暗示了时代的混乱气氛笼罩在渴望新生活的人们头上的压力，使他们濒临崩溃。弗·纳博科夫于 1932 年出版的小说

《荣耀》，同样描绘了俄罗斯人在欧洲流亡的窘境：一个年轻的俄罗斯逃亡者来到了欧洲，在欧洲宽容的环境里逐渐忘却了尾随他的恐惧感，他和一个年纪比他大很多的女人谈恋爱，不断地以能够证明他身份的英雄行为来证明和表达他的爱情，包括用回到苏联境内，然后再回到欧洲的方式来呈现自己的矛盾境遇。这部小说也显示了纳博科夫自己的内心冲突，他作为流亡者居留在欧洲的无所适从、压抑和迷茫感。

稍后出版的小说《绝望》的题材仍旧是关于流亡柏林的俄罗斯人的，主人公是一个巧克力商人，在柏林，他发现了一个流浪汉和他长得非常相似，于是，他萌发了一个骗取保险的计划。他把这个流浪汉诱骗到森林里，互换了衣服之后，就残酷地打死了流浪汉，然后，把流浪汉的尸体伪装成是他的尸体，把他的证件放到了流浪汉的口袋中，就逃往了法国，等待他的妻子领取死亡保险金之后和他在巴黎会合。但是，令他意想不到的是，警察根据蛛丝马迹，判定那具尸体不是他，保险金没有得到，他的算盘完全落空了。他感到十分恼火和被愚弄了，开始写作一部手稿为自己的罪行辩护，一边等待着警察上门抓他。最后，他给自己的手稿起的名字就叫《绝望》。这部带有黑色喜剧色彩的小说，使得后来独树一帜的纳博科夫式的黑色幽默风格第一次被表现了出来，对文本间性的实验——把小说本身拆开成互相印证的部分，也获得了绝佳的效果。小说混淆了现实和想象、犯罪和戏剧、镜子和事件之间的关系，通过这部小说，纳博科夫逐渐找到了他自己的写作道路，就是在实验文体和对社会的黑色讽刺与幽默结合的笔调中找到一种平衡，同时，呈现出自己多种文化混杂的跨越性优势，大量地使用从古希腊到当代欧洲各种文化符号和隐喻，追求文字游戏的缠绕，在文体上对侦探小说进行戏仿和拆解，开辟了所谓“后现代主义小说”的新路。因此，我觉得,《绝望》是他的早期小说中很重要的一部作品。

1938 年 9 月，纳博科夫出版了用俄语写成、由他自己翻译成英语的小说《黑暗中的笑声》。这部小说的初稿完成于 1932 年，是在柏林写成的，原名《暗箱》。从小说的文体上看，是纳博科夫对在 1930 年代流行的三角恋电影的戏仿。以柏林为背景，小说中出场的人物有三个：阔绰的欧比纳斯、讽刺画家雷克斯、电影院女引座员玛戈，这三个人之间形成了一种性爱关系，最后，以阔佬欧比纳斯的死亡宣告关系的结束。在小说中，纳博科夫采用了一些电影蒙太奇式的写法，他还运用了戏剧性的冲突、对拙劣的电影情节的滑稽模仿，并以暗示、象征等手法，使小说的主题显得多义而朦胧。

这一年，纳博科夫还出版了俄语小说《斩首的邀请》。到 1963 年，这本书才出了经过他本人精心修订的英文版。这本小说是纳博科夫的小说序列里政治意味比较浓厚的作品，是以反面乌托邦小说的面目出现的：在一个类似希特勒纳粹政权和斯大林集权统治的专制体制里，一个被判处死刑的囚犯想要脱身，但是，他又如何能够脱身呢？纳博科夫给出了一个答案，那就是，虽然他依旧被处死了，但是他的心灵却能够以一种怪诞的方式继续逃亡。这部小说的情节很容易让人联想起卡夫卡的小说，也使我联想起博尔赫斯的一篇短篇小说，那是描述一个即将被处死的人以心理时间延迟死刑执行的故事。纳博科夫对斯大林统治时期和德国纳粹统治时期深恶痛绝，他对这两个特殊的历史时期都进行了详细观察和研究，但是，以文学的手段来表达对专制制度的批判，很容易陷入情绪性的义愤或者简单的批判。纳博科夫技高一筹，他以黑色幽默和戏谑的叙述方式，把主人公在被行刑之前的那些日子里的怪诞思维和行动，描述成期望逃脱专制集权制度的一种可能。虽然，很多人认为，这部小说带有卡夫卡的印记，其荒诞和离奇的情节、黑色的梦境交织，似乎都和卡夫卡有着渊源，但是，纳博科夫本人坚决地否认了这种看法，他说，他那个时候的德文水平很低，根本无法阅读卡夫卡的作品。那么，这部小说显然就是他对一个荒诞时代的自我理解意义上的天才书写了。

纳博科夫的最后一部俄语长篇小说《天赋》完成于 1937 年，于次年出版。1963 年，才出版了这本书的英文版。我觉得这是研究纳博科夫前期写作中非常重要的一部作品，因为他动用了他父亲等人的一些材料。在结构上，这部小说别具匠心，也很有形式感。小说以一个流亡在欧洲的俄罗斯诗人为主人公。他一开始打算为他的昆虫学家父亲写一本传记，最终，这个诗人完成的并不是父亲的传记，而是俄罗斯著名作家车尔尼雪夫斯基的传记。这反映了诗人在思想上的转换，和对俄罗斯文化的深入观察。在叙述上，小说带有巴洛克式样的回旋和繁复的特征，以两条线索交叉叙述，一条是诗人本身的成长，另外一条是对父亲的生平挖掘、对俄罗斯 19 世纪伟大文学时代的回望，视角也在不断地转换，把对俄罗斯的深情回忆和欧洲当时山雨欲来风满楼的战前压抑的社会现实联系起来，将时代的文化氛围准确地捕捉到小说中，并把他的一份独特复杂的乡愁表达得淋漓尽致。

1937 年，三十八岁的纳博科夫前往巴黎，打算在那里找到一份教书的工作，但是，很快，第二次世界大战爆发了，他再次陷入一种困顿和危险当中。1940 年，他终于辗转来到了美国，开始了自己的新生活。

在美国发达

纳博科夫可以说是在美国发达起来的，是美国给了他一个舞台，一个转变文学风格的机会，没有美国的生活，就没有一个现在看起来如此丰富和复杂的纳博科夫。一开始，他在美国的一些大学讲学，陆续登上了哈佛大学、斯坦福大学、康奈尔大学等美国著名学府的讲堂，在那里给学生们教授俄罗斯文学、法国文学和西班牙文学。课余时间则继续自己的文学创作，这段时间，他的生活逐渐稳定下来。由此，纳博科夫很快进入他写作的第二个阶段，从此，纳博科夫不再用俄语写作，而是改用英语写作，用他的八部英语长篇小说，顽强地征服了美国乃至英语世界的读者，获得了世界性的影响，奠定了他 20 世纪小说大师的地位。

《塞巴斯蒂安·奈特的真实生活》是纳博科夫的第一部英语小说，出版于 1941 年 12 月。对于这本英语小说的命运，纳博科夫内心是有些惴惴不安的，他请评论家威尔逊阅读了校样，结果，威尔逊大为赞扬，认为是一部杰作，他才稍微安心了。这部小说以一个俄罗斯流亡者对他同父异母的作家兄弟写一部传记的形式结构全书，别具匠心地采取了多层次的叙述，比如，作者一边写哥哥的传记，一边还对哥哥曾经聘用的秘书写的另一部传记进行驳斥和证伪，使得小说一边建构一边解构，内部结构复杂有趣。最后，小说中的作者前往医院亲自探访自己的作家兄弟，他发现他的作家兄弟已经去世了，医院里只有一张空床。于是，作者产生了一个幻觉，那就是，他的哥哥也许是根本就不存在的，在一瞬间，作者和他的那个作家兄弟合成一个人了。这部小说就这么有趣地将双重文本和双重的人物合成了一个。小说实际上是纳博科夫对自身的深度探询和挖掘，是纳博科夫对自我迷宫的顽强揭示，难怪威尔逊会大加赞赏。虽然，这部小说的主题似乎延续了纳博科夫大部分俄语小说的主题——探索流亡者的境遇和状态，但是，这本书在对作家灵魂和精神生活的体现和对自身的观照上，在对文本互文性的小说形式探索、对人物的多重人格的描绘上，都达到了一个新境界。

第一本英语小说获得了读者和评论家的如潮好评，这使纳博科夫找到了用英语写作的自信。1947年，他出版了自己的第二部英文小说《庶出的标志》，书名的直译应该是“从左边佩戴的勋带”，意思是非正规途径获得的某种地位。小说讲述了一个专制国家里某个哲学家的遭遇：他的同学帕克通过一场政变掌握了国家的政权，希望这个哲学家同学给予合作，出任国立大学校长，但是，哲学家拒绝了，因为，他认为老同学取得政权的方式是非法的，是“庶出”的。于是，独裁者就使用了包括女色在内的各种招数来威逼利诱哲学家就范，还把哲学家的儿子投入监狱，把哲学家监禁起来。渐渐地，他想要屈服了，可是，当他得知儿子被当作科学实验品给弄死了之后，他决定不再妥协，精心策动了一场越狱行动，结果，他被狱警开枪杀死了。但是，哲学家最后变成了一只飞蛾，翩然越狱而去。小说完全是一个黑色的、噩梦般的悲剧，据说，纳博科夫写这部小说是为了纪念1945年死于德国纳粹的集中营里的哥哥。从小说的艺术性上来说，最出彩的地方就是那个带有荒诞色彩的人变飞蛾，以飞蛾飞出了监狱喻示了希望的存在。

纳博科夫真正让英语世界的读者着迷和发疯的小说，是《普宁》和《洛丽塔》。长篇小说《普宁》出版于1957年，主人公普宁是一位在美国任教的俄罗斯老教授，他外表打扮滑稽、行为迂腐，但是内心却善良温和，带有浓厚的俄罗斯文化品格和乡愁意识，因此，在物欲横流的美国社会里，普宁教授感到处处都不适应，与周围的一切都发生了直接和间接的冲突，一时间，同事疏远了他，妻子也离开了他，最后，他把所有的精力都投身到对俄罗斯古典文学和文化的研究当中去寻找安慰。可以说，普宁是一个失去了爱情、事业和故乡的人，小说描绘了这么一个不合时宜的人在一个新大陆里寻求生活的沧桑背影，小说的叙事技艺高超，语调从容笃定，叙述语言平实中蕴含着机智与俏皮，人物带有黑色幽默的滑稽色彩，非常好读，但是读了之后一种悲悯感会在内心油然而生。在文字的背后，是俄罗斯文化的遥远投射与美国当代校园文化的五彩斑斓，这使得这部小说呈现出和一般的英语小说大为不同的文化格调，因此，《普宁》在美国社会大受欢迎，成为一时的畅销书。

而纳博科夫的长篇小说《洛丽塔》的出版，可以说是20世纪中最具争议性的文学事件了，只有詹姆斯·乔伊斯的《尤利西斯》和萨尔曼·拉什迪的《撒旦诗篇》的出版遭遇才可与之比拟。1954年，纳博科夫写完了这本书，之后，在寻求出版的过程中却到处碰壁，接连遭到了四个美国出版商的拒绝。当时的美国还处于麦卡锡主义的压制和禁锢之下，像《洛丽塔》这样的小说，在当时显得非常离经叛道，走投无路的纳博科夫寻思，只有风气开放的巴黎也许能够接受它，他就把稿子邮寄到巴黎。1955年，巴黎的奥林匹亚书局出版了这本书，但是却把它放到了一套色情小说丛书里。结果，英国著名作家格雷厄姆·格林发现了这本书的文学价值，他立即撰写书评文章，给予热烈的赞扬。大家才开始注意到这本书，并争相阅读，一时造成了洛阳纸贵的局面，大家口口相传，这本书的名气越来越大，不光是普通读者喜欢这本书，那些猎奇者、性变态、窥阴狂和恋童癖也都很喜欢这本书，这给一些保守人士留下了口实，英国和美国的海关先后都查禁过本书，不允许这本书入境。数年后的1958年，《洛丽塔》才在美国正式出版，继续它被热烈争议的命运。

《洛丽塔》真的有那么可怕吗？它到底写了什么让一些

人抓狂？小说的情节很简单，一个叫亨伯特的欧洲中年男子，喜欢上了一个十二岁的小姑娘洛丽塔，为了实现自己拥有洛丽塔的梦想，亨伯特就娶了洛丽塔的母亲做老婆。为了独自占有洛丽塔，亨伯特后来想杀害洛丽塔的母亲，但是，巧合的是，洛丽塔的母亲却突然死去了。于是，亨伯特就暗自高兴，认为人算不如天算，是老天爷帮他的忙。他很高兴地带着洛丽塔来到了美国，开始在美国各个地方旅行，一般都住在汽车旅馆里，并且，寻找机会打算向小洛丽塔下手，最终，他找到了一个机会占有了洛丽塔，满足了自己的隐秘欲望。可是，洛丽塔开始反抗了，她厌恶自己的后爹，她和另外一个男人突然一起出走，远走高飞了。这使得亨伯特十分恼怒，他开始追踪他们，在找到了他们俩之后，开枪打死了那个男人，并且对已成熟起来的、怀了孕的洛丽塔依旧一往情深。小说的叙述方式采取了主人公第一人称自述的方式，是以亨伯特在监狱里的自述来展开全书的。小说还有一个前言，是纳博科夫冒充约翰·雷博士，煞有介事地说自己需要编辑一份已经死在监狱里的犯人留下的手稿，这手稿，就成了这部小说的叙述主体。小说的开头也是文学史上最著名的开头之一，我看和《百年孤独》的著名开头不相上下：

洛丽塔，我的生命之光，我的情欲之火。我的罪恶，我的灵魂，洛—丽—塔：舌尖向上，分三步，从上颚往下轻轻落在牙齿上。洛。丽。塔。

（时代文艺出版社版，于晓丹译文）

这段开头开宗明义地说明了小说将要讲述的一切：畸形的情欲、热烈的恋情、黑色的悲剧结尾和带有滑稽色彩的人物形象。很多年来，这部小说因为涉及成年人和未成年人之间的畸形性恋而备受争议和斥责，批评者认为，这是一部不道德的和反道德的书，是一部有害的书，但是，赞扬者却认为，这本书恰恰是对美国物质至上的资本主义社会现实和粗鄙的审美趋向的尖锐批判。第三种观点则是，作者不过呈现了人性的一种可能性和丰富性，它就是那么平常地存在而已，没有必要去大惊小怪。而纳博科夫则对各种说法都不置可否，从不发表意见。

在这本书已经问世五十年之后的今天，重新来看这本书，人们对小说中的畸形性关系的描绘已经不那么大惊小怪了，从小说的叙述、结构、语言和精神分析层面的解读就更加多样了。从总体上说，《洛丽塔》这部小说的机智和反讽、对男人欲望的描绘和批判，使小说具有了对美国社会进行精神分析的深度。小说本身的争议性和多义性也带给了纳博科夫本人很多版税和全球性的声誉。1989 年 5 月，漓江出版社第一次推出的《洛丽塔》的中文版有不少删节，封面是一个半裸的女人胸像，一看就觉得像是那种下三滥的地摊文学，说明这部小说在中国也被误读了。此后，又接连出版了四个不同的译本，但都在强调小说题材的猎奇性。一直到2005年，上海译文出版社出版了这本书的全译本和豪华精装本，最终确定了这本书在汉语阅读世界里的"正常"的经典地位。

在瑞士谢世

1961年，纳博科夫迁居到瑞士蒙特勒，此后，一直到1977年7月他在洛桑去世，他都在瑞士生活和写作。这是他写作生涯的第三个阶段。一般认为，纳博科夫最好的、最有价值的小说，是他的几部英语小说。他早期的九部俄语小说，虽然有的也很精彩，但是似乎都是他的某种文学准备和练习，尽管这种准备和练习期的水准也达到了令人炫目的高度。1962年，他出版了长篇小说《微暗的火》，这是一部真正具有纳博科夫式谜语特点和形式主义特征的小说，也是纳博科夫最值得分析的作品。这部小说的结构最为奇特，是小说史上的奇观，它分三个部分，第一个部分是前言，是作者或者说叙述者的自白与解释，第二个部分是一首名为《微暗的火》的九百九十九行的长诗，第三个部分则是关于这首长诗的繁琐和多义的评注，也就是小说的主体部分，篇幅占全书的六分之五，形成了复杂的结构和多义的内容。为什么纳博科夫会写这么一本形式感非常强的小说？原来，他曾经将普希金的长诗《叶甫盖尼·奥涅金》翻译成了英语，直到如今还是英语世界里最好的译本，诗歌译文有二百零八页。但是，纳博科夫给普希金的这首长诗作了洋洋洒洒长达两千页的注释，厚厚的四大卷，显示了他的渊博学识，也因此成了他写《微暗的火》这部小说的写作动机。

小说讲述了位于东欧的某个虚构的小国家赞巴拉国的国王，被一场革命废黜之后逃到了美国一所大学担任教授的故事。他改名叫金——英语中国王的意思，他对另外一个诗人、学者希德教授讲述自己的生平，希望希德把他的经历写成诗歌。但是，希德教授后来被误认为他是一个审判法官的一个出狱的犯人所刺杀，只留下了九百九十九行长诗。这却使金觉得，刺杀希德教授的罪犯很可能就是废黜他的赞巴拉国派来暗杀他的，结果，刺客把毫不相干的希德教授给刺杀了，而真正的目标是他。于是，金从希德教授的遗孀那里取回来这首长诗，开始肆意地进行注解，疯狂地把一首希德教授写给自己的自传式的长诗，解读为关于他这个国王金的经历的叙事长诗，进行评注、误读和歪曲，由此也颠覆了小说的潜在主题。

《微暗的火》因为形式上的新颖和意义的复杂，历来是文学研究者最喜欢钻研的作品。至于这本书到底说的是什么意思，争论很大，其实很简单，我想纳博科夫是在和我们玩一个文化智力的游戏，他将小说的游戏性和文本的间隔、互相映衬都融合在一起，给我们提供了一个比较难解的小说文本。我猜测，纳博科夫写这本小说时一定露出了他得意的、诡秘的坏笑，他知道，很多教授今后要为这部小说挠头，那样，他的目的就达到了。

1969 年，七十岁高龄的纳博科夫出版了小说《阿达：一部家族史》，我认为，这是纳博科夫最值得关注的小说之一。这部篇幅不小的作品内容特别丰富，主线索是一个九十多岁的俄罗斯裔美国哲学教授，回忆自己和同父异母的妹妹所发生的动人而又曲折的爱情，是另外一种类型的《洛丽塔》，形式上以男主人公的日记加女主人公的批注构成了小说情节主干，表面看似乎是在嘲讽 19 世纪的规模宏大、庄严的家族小说，小说中大量的枝枝蔓蔓，很多是关于俄罗斯乃至欧洲历史上很多文学名家、大家作品的解释和看法。纳博科夫仿佛在写作中随意地拽出一些线头，就延伸到欧洲深邃的文化史中了，展现了他十分渊博的学识。他甚至有些炫耀式地掉书袋。在这本小说中，俄语、法语、德语、荷兰语等多种欧洲语言词汇频繁出现，既给阅读带来了障碍，也显示了纳博科夫的一个潜在心理：这本书不是写给那些普通读者的，是写给有着丰厚的欧洲人文知识储备和素养的读者的，这样的读者才配去领会他传达的全部信息。也就是说，这是一本挑选读者的书，不是随便什么人都能够读懂的书。纳博科夫写这本书，几乎囊括了他全部的人生经验和对俄罗斯文化、欧洲文化、美国文化的全部思考，并且饱含着对文化的浓重依恋与乡愁。

1972年，老当益壮的纳博科夫出版了小说《透明》，这本薄薄的小说带着纳博科夫的特殊人生经验。小说主人公似乎是纳博科夫的分身，讲述了一个出版社的编辑，前后四次去瑞士访问和生活的故事。在几次访问中，这个编辑一生中结识的作家和朋友都纷纷去世了，世界上仿佛只剩下了他一个人，悲哀和忧愁弥漫在老编辑的心间，其间还夹杂着对他自己经历的回忆——他和一名曾经当过妓女的女子结婚，由于对她的背叛感到恼怒而掐死了她，结果，他被关进了监狱达五年的时间。小说的结尾，这个老编辑在被美丽的风景包围的瑞士一家旅馆里，遭遇到一场离奇大火，在火焰的舔舐中，老编辑竟然逐渐变成了透明的事物，消失在烟雾和风景中不见了。阅读这本篇幅不大的小说，我想起来米兰·昆德拉晚年用法语写的那些篇幅不大的小说。在纳博科夫和米兰·昆德拉之间，我似乎看见了两个七十岁的老人都在用一生的智慧，用简洁和缓慢的语调，讲述生命经验中最重要的沉思。从《透明》中，我看到了晚年居住在瑞士的纳博科夫，已经在准备告别读者和这个复杂的世界，他自己很想变成那种透明的物体消失。这一定是他在某个时刻的真实想法。

纳博科夫一生中最后一部小说是《看那些小丑！》（1974），这部英文小说的书名来源于他的祖母对他说的话："看那些小丑！他们到处都是，在你的四周。"小说的主人公是一个流亡的俄罗斯作家，在小说中，时间不断地绵延、中断，作家不断地浸入回忆，他一生的文学创作连缀其间，但是最终这个作家连自己叫什么、姓谁名谁都说不上了，他只是人间一个小丑而已。纳博科夫以这部小说自嘲作家职业的尴尬，以自嘲的方式总结了自己一生的工作。

除了上述十七部小说，和他翻译注释的那部普希金的长诗，他还出版了评传《尼古拉·果戈理》（1944），研究分析了俄罗斯杰出的文学家果戈理的一生。因为常年在美国的几所大学讲授文学，他还出版有对狄更斯、福楼拜、卡夫卡等欧洲小说家进行细读式研究的《文学讲稿》、研究俄罗斯文学家的讲稿《俄罗斯文学讲稿》，以及研究西班牙文学名著的《〈堂吉诃德〉讲稿》等文学评论著作。他还发表有五十多个短篇小说和九个剧本，四百多首诗歌，出版有回忆录《说吧，记忆》。在他去世之后，整理者出版了他早在1939年身在巴黎的时候写就的中篇小说《魔法师》，从故事情节上看，它可以看作是《洛丽塔》的前身。2009年11月，他的一部遗作《劳拉的原型》经过后人的整理，在美国出版。小说的主题是爱情，一个女人发现自己竟然是一部小说的主角。小说由一百三十八张卡片构成，纯属未完成的小说大纲和笔记。

纳博科夫很早就喜欢研究和捕捉蝴蝶，他是一个相当专业的业余昆虫学家。除去讲课和写作，很多时间里他都用来和妻子薇拉一起在郊外捕捉蝴蝶，制作标本。这给他的文学形象增加了一些趣味和神秘色彩，以至于美国某家报刊刊登他的漫画，总是在他硕大的脑袋边加一个捕捉蝴蝶的网。这也成了纳博科夫本人的一个象征：他的一生似乎都在挥动一张捕捉小说文体的蝴蝶的网，并像魔法师变魔法那样不断地将小说的蝴蝶从网里拿出来。

纳博科夫对小说形式上的探索异常用心，他的小说形式就是内容，而思想却是模糊和混沌的。由于他经历了20世纪巨大的历史震荡、变化和剧痛，他的作品呈现出一种十分复杂的面貌。他的小说题材丰富，深度和广度都令同行惭愧，他将想象力和渊博的学识结合起来，努力地探索小说可能的边界，像探险家一样改变了小说发展的方向。他身上深厚的俄罗斯文化传统和美国大陆的文化活力完美结合，造就了他山岳一般的文学成就，也因此丰富了20世纪的小说，并开启了通向小说未来的一条新路。

阅读书目：

《独抒己见》，唐建清译，浙江文艺出版社 2012 年 1 月版；

《防守》，陈岚兰等译，时代文艺出版社 1999 年 1 月版；

《防守》，逢珍译，上海译文出版社 2009 年 2 月版；

《菲雅尔塔的春天》，石枕川等译，浙江文艺出版社 2003 年 1 月版；

《固执己见——纳博科夫访谈录》，潘小松译，时代文艺出版社 1998 年 2 月版；

《贵人、女人、小人》，潘小松译，时代文艺出版社 2000 年 6 月版；

《黑暗中的笑声》，龚文庠译，漓江出版社 1987 年 3 月版；

《黑暗中的笑声》，龚文庠译，上海译文出版社 2006 年 4 月版；

《黑暗中的笑声》，龚文庠等译，时代文艺出版社 1997 年 8 月版；

《蝴蝶与洛丽塔——纳博科夫传》，让·布洛著，龙云译，上海人民出版社 2010 年 7 月版；

《绝望》，常立等译，时代文艺出版社 1999 年 1 月版；

《绝望》，朱世达译，上海译文出版社 2006 年 4 月版；

《劳拉的原型》，谭惠娟译，人民文学出版社 2011 年 3 月版；

《洛丽塔》(英文版)，外语教学与研究出版社 2000 年 11 月版；

《洛丽塔》，黄建人译，漓江出版社 1989 年 5 月版；

《洛丽塔》，于晓丹等译，时代文艺出版社 1997 年 8 月版；

《洛丽塔》，主万译，上海译文出版社 2005 年 12 月版；

《洛丽塔：电影剧本》，叶尊译，上海译文出版社 2010 年 8 月版；

《玛丽》，王家湘译，上海译文出版社 2007 年 1 月版；

《梦锁危情》，梅绍武等译，时代文艺出版社 1998 年 3 月版；

《魔法师》，金绍禹译，上海译文出版社 2008 年 1 月版；

《纳博科夫传：俄罗斯时期》(上下)，布赖恩·博伊德著，刘佳林译，广西师范大学出版社 2009 年 7 月版；

《纳博科夫传：美国时期》(上下)，布赖恩·博伊德著，刘佳林译，广西师范大学出版社 2011 年 5 月版；

《尼古拉·果戈理》，刘佳林译，广西师范大学出版社 2010 年 12 月版；

《普宁》，梅绍武译，上海译文出版社 1981 年 6 月版；

《普宁》，梅绍武译，上海译文出版社 2007 年 1 月版；

《荣耀》，石国雄译，浙江文艺出版社 2012 年 8 月版；

《塞巴斯蒂安·奈特的真实生活》，谷启楠译，上海译文出版社

2010 年 2 月版；
《塞·奈特的真实生活》，王家湘等译，时代文艺出版社 1998 年 3 月版；
《说吧，记忆》，陈东飙译，时代文艺出版社 1998 年 2 月版；
《说吧，记忆：自传追述》，王家湘译，上海译文出版社 2009 年 4 月版；
《〈堂吉诃德〉讲稿》，金绍禹译，上海三联书店 2007 年 4 月版；
《天赋》，朱建迅等译，译林出版社 2004 年 11 月版；
《透明》，陈安全译，上海译文出版社 2008 年 1 月版；
《微暗的火》，梅绍武译，上海译文出版社 2008 年 1 月版；
《微暗的火》，梅绍武译，时代文艺出版社 1999 年 1 月版；
《文学讲稿》，申慧辉等译，上海三联书店 2005 年 4 月版；
《文学讲稿》，申慧辉等译，生活·读书·新知三联书店 1991 年 10 月版；
《眼睛》，蒲隆译，上海译文出版社 2008 年 1 月版；
《斩首的邀请》，崔洪国等译，时代文艺出版社 1999 年 1 月版；
《斩首之邀》，陈安全译，上海译文出版社 2006 年 4 月版。

辑五

古老非洲大地的雄才

恩古吉·瓦·提安哥：凝视非洲大地

（1938— ）

一

20世纪涌现的非洲作家，如索因卡、阿契贝等人，不同于欧美作家在小说的语言和形式上努力创新，而是将他们的根深深地扎在本民族的土壤里，表达和反映的也是民族国家的社会现实的困境、奋争与希望。从非洲北部的埃及，到中部的尼日利亚和肯尼亚，再到南非，一些在全世界获得了影响的非洲作家，持续地以他们巨大的努力，在20世纪后半叶贡献出一个个独特的文学世界，将一个觉醒的、独特的、充满了魅力的非洲文学带给了世界。

肯尼亚的恩古吉·瓦·提安哥也是这样一个作家。在长达五十年的创作生涯中，他在长篇小说、剧作和文论、散文创作方面都取得了成就，写下了大量作品。通过他的作品，我们可以清楚地看到，肯尼亚是如何摆脱了殖民统治，但又如何陷入了内部的文化和族群冲突。作为一个作家，即使他后来长期在美国生活、养病，也从来都是将目光投向肯尼亚，并深情地凝视着非洲大地。所以，对他的了解是我们必需的功课。

肯尼亚共和国位于非洲的东部，赤道贯穿全境，因此肯尼亚气候炎热，风光奇特。肯尼亚的北部属于半沙漠气候，南部则属于热带森林和草原气候。国土面积五十八万平方公里，和我们的东三省差不多，人口三千多万，水资源较为丰富。

肯尼亚也曾经是被英国殖民的国家，1950 年代初期，在肯尼亚爆发了影响深远的反对英国殖民者的“茅茅运动”，这场运动旨在依靠武装斗争推翻白人殖民者的统治，争取独立，要求夺回被白人侵占的土地。这场浩大的运动使肯尼亚陷于混乱之中，政府于 1952 年宣布了“紧急状态”，英国殖民者进行了一系列的武装镇压，一万多肯尼亚“茅茅运动”参与者死亡，而白人殖民者也死了一百多人，追随白人的黑人则死了两千多人，两万多肯尼亚人被关押起来。但从此，肯尼亚走向独立的步伐加快了。当大英帝国的殖民势力逐渐退出非洲之后，1963 年，肯尼亚获得了独立。独立之后，肯尼亚依旧内乱不已，部族冲突频发，犯罪猖獗，现实和社会问题很多。

1938年，恩古吉·瓦·提安哥出生于肯尼亚一个贫穷的家庭，他的父亲娶了四个老婆，一共生了二十八个孩子，恩古吉·瓦·提安哥在家里排行老几，很长时间连他自己都搞不明白。后来他终于记清楚了，他是他父亲娶的第三个老婆的第五个孩子。这么一个大家庭，真是家大业大，父亲要支撑整个家庭，非常劳顿。在恩古吉·瓦·提安哥幼小的记忆里，一般家里每天只吃一顿饭，这顿饭一般都是晚上吃，白天全家都忙着去弄食物。

即使家庭贫困，恩古吉·瓦·提安哥幼年也能在英国传教士办的小学上学，在学校里学习了英语。他自幼就对文学，尤其是英国文学产生了浓厚的兴趣。上中学之后，他阅读了狄更斯、司各特、斯蒂文森等英国经典作家的大量作品，这些作品充分地打开了他的想象力，给他的未来带来了憧憬，他梦想今后能当一个作家。

中学毕业之后，恩古吉·瓦·提安哥进入乌干达的马克雷雷大学深造，在英文系读英语文学专业，这是他进一步接触英国文学的绝佳时机。在这个阶段，他深入学习了英国文学，对英国自莎士比亚以降的伟大的文学传统了然于心，耳熟能详。因此，英国文学的传统在他后来的创作中发挥了巨大的作用，给他树立了好的文学的标杆，使他知道了什么是伟大的文学。在大学里，他还努力参加学生组织的戏剧剧社的活动，写剧本、当演员，积累了一些文学经验。同时，他也开始尝试写作短篇小说，并发表在学生自办的校刊上。

1962 年，恩古吉·瓦·提安哥创作了戏剧《黑色隐士》，1968 年正式出版了这个剧本。这出戏剧的主人公雷米，是一个走出了封闭的肯尼亚部族生活的年轻大学生，实际上就是以恩古吉·瓦·提安哥本人的经历来摹写的。雷米大学毕业之后，处于一种两难的选择中，要么回到荒野上的部族里，去娶死于反对殖民者战争的哥哥的遗孀，从而成为部落的领袖，要么就留在首都内罗毕，成为一个“黑色隐士”，因为在首都内罗毕，即使你是个城里人，但部族文化依旧制约着每一个人。最后，雷米回到了家乡，娶了哥哥的遗孀彤妮为妻。但是，因为两个人没有感情，最后，彤妮自杀了。

这个剧本的着眼点在于对肯尼亚落后的本土部落文化的批判，恩古吉·瓦·提安哥希望东非的知识分子放弃隐士生活，去迎面解决部族文化和宗教文化之间的矛盾。恩古吉·瓦·提安哥由此逐渐成了一个用英语和肯尼亚最大的部族吉古裕语写作的双语作家，而使用双语写作，也给他带来了很复杂的经验和感受。

同是在 1962 年这一年，他在马克雷雷大学所召开的一次非洲英语作家研讨会上，结识了与会的当时已经在西方世界获得了名望的作家沃利·索因卡、阿契贝等人，这给了他很大的鼓舞，使他看到了非洲英语文学的希望。因为，只有用英语这门西方人看得懂的语言写作，才可以让西方人看到非洲人的内心世界。多年之后，过去的殖民地国家出来的作家形成了所谓的“对大英帝国的反击”，因为这些作家使用的语言是英语、法语、德语等老牌欧洲殖民主义国家的语言，表述的是自己国家民族的状况和心灵世界，从而达到了反击殖民主义者带给他们的压迫所造成的困顿的目的。恩古吉·瓦·提安哥、索因卡、阿契贝等都算是这样的作家。

1964 年，恩古吉·瓦·提安哥前往英国利兹大学攻读学位，回国后在内罗毕大学任教，担任非洲语言文学系主任。1977 年，他因为反对肯尼亚政府的英语强制教育而被逮捕，获释后前往欧美流亡多年，一直到肯尼亚的独裁总统莫伊下台之后，才回到了肯尼亚。

1998 年，因为身体健康问题，他旅居美国，进行治疗和休养，仍旧笔耕不辍，不断有新作品发表和出版。最近一些年，作为非洲在世界上有很大影响的作家，他多次被纳入诺贝尔文学奖的候选名单里，成为最可能获奖的非洲作家。

二

恩古吉·瓦·提安哥于1961年开始创作第一部长篇小说《大河两岸》。不过，这部小说却在他的第二部长篇小说《孩子，你别哭》(1964)出版之后才问世。紧接着，1967年，他又出版了长篇小说《一粒麦种》，这三部互相有联系、可以当作长篇三部曲的作品，构成了他文学生涯第一个阶段的重要成果。

下面，我逐一分析这几部作品。《大河两岸》是一部小长篇，翻译成中文只有十二万字。小说描绘了大河奔涌、水系众多的肯尼亚的自然环境，外来传教士文化与本土的部族文化之间的冲突。小说描绘的背景是在1920年代，在小说中，男主人公被送到了教会学校学习，但是他却对祖先留下来的各种宗教仪式感兴趣。小说的开头是这样的：

> 两道山梁静静地相对而卧，一道叫作卡梅奴，一道叫作马库尤。两道山梁之间有一条下场的山谷，人们称它为“生命之谷”。在卡梅奴山和马库尤山背后，还有无数杂乱无章的山坳和小山，它们像一只只沉睡的狮子，在上帝的土地上睡得又甜又香。

一条河弯曲地流过“生命之谷”；如果没有灌木丛和无数树木遮住河谷，那么你站在卡梅奴或马库尤的山顶上，也许能够一览无余地看到这条河的全貌……霍尼亚河是卡梅奴和马库尤的灵魂。就是这条山溪将这里的人、牛羊、野兽和花草树木紧紧地联接在一起。

(《大河两岸》第 1 页)

在小说中，卡梅奴和马库尤这两座山就象征着英国的教会组织和当地的部族文化势力。而在当时，这两种文化之间的冲突就是非洲的现实：外来的殖民者带来的文化，和当地的土著文化之间，有着无法调和的冲突。

小说的主人公维亚基是当地部族长老的后代，他还具有部落先知穆戈的血缘，因此，是部落年轻人的代表。他的父亲把他送到了英国人办的教会学校学习，他发现，英国人带来的基督教文化有很多好的东西，但与本部族的传统文化之间是很难调和的，于是，出于对本民族文化的自信，他自己办了一所学校，希望寻找到一条基督教文化和本部族文化融合的现代性之路。

与此同时，另外一个叫卡波奈的、在政治上有野心的人，也办了一所学校，但他办的学校是类似于民族主义和本土主义的，是一个以纯净本民族文化为宗旨的那种原教旨部族主义者。卡波奈有个政敌叫作乔舒亚，乔舒亚是倡导西方基督教文化的人，他的女儿纳木波拉是维亚基的女朋友。

为了打败政治对手，卡波奈策划了一次部落集会，在这个部落集会上，他要求维亚基以撇清和基督教倡导者乔舒亚的女儿纳木波拉关系的方式，来证明他在本民族文化上从来都没有背叛行为。但是维亚基拒绝了，最后，他和纳木波拉这对恋人被送往部落长老处，等待被判决死刑。

《大河两岸》中，一共呈现了三种势力，或者说三种选择：乔舒亚代表基督教文明势力，卡波奈代表肯尼亚吉古裕人的部族传统文化，维亚基代表依靠现代教育，想将这两者结合起来，走一种现代非洲之路。小说就在这三种力量的纠葛中，艰难地探索着非洲走向未来的路。

恩古吉·瓦·提安哥自身的经历也与小说中的主人公有些相似，他也上过教会学校，是英国人开办的教会学校启蒙了他。他曾经谈到过《大河两岸》的创作初衷："我读过教会学校，深受基督教的影响。在学校读书时，我就曾经试图把基督教的内核从西方文化的外衣下解脱出来，把它嫁接到我们的民族信仰上，成为我们的人民所信仰的中心。"但是，他后来发现，这样嫁接的想法都太天真，文化之间的隔阂远远大于融合的可能，这个过程有时候甚至需要火和鲜血的洗礼。

他的第二部长篇小说《孩子，你别哭》出版于1964年，篇幅不大，中文只有十万字。小说里故事发生的背景在1952年“茅茅运动”兴起的肯尼亚，围绕着被白人强占的土地问题，展开了叙述。小说中的人物主要有两家，一家是穷人恩格索一家，另外一家是依附白人地主的黑人富商贾克波一家。当“茅茅运动”兴起之后，恩格索一家由旁观、同情到最后参与，整个过程合情合理。而贾克波则依附白人主子，站在民族解放运动“茅茅运动”的反面，对黑人的解放运动进行监视，并且成为告密者，最终被“茅茅运动”战士处决。

我发现，恩古吉·瓦·提安哥深受莎士比亚戏剧结构的影响。在这部小说中，作为小说中的张力结构，还有一条副线，就是穷人恩格索的儿子恩约罗格和富人贾克波的女儿木为哈吉的爱情，他们之间的感情纠葛，在“茅茅运动”为背景的大时代动荡里，显得具有合理性和冲突性，带有悲剧的深沉力量。这是恩古吉·瓦·提安哥在写这部小说的时候，有意塑造的形象，并且成为这部篇幅不大的长篇小说里最动人的线索。

小说起名《孩子，你别哭》，寓意就是告诫大家，即使肯尼亚那个时候处于比较黑暗的年代，一切都需要抗争才能得到，但“孩子，你别哭”，希望总是有的，而怀抱希望则是肯尼亚人的唯一希望。小说共分为十八章，每章短小精悍，场景的转换十分快捷，人物形象十分鲜明，可以看出恩古吉·瓦·提安哥所受到的英国现实主义大师狄更斯等人写景状物的那种影响。1965年，《孩子，你别哭》获得了黑人艺术节的特别奖。

与图图奥拉、本·奥克利、索因卡这几位带有非洲文化魔幻色彩的作家不一样，恩古吉·瓦·提安哥从一开始写作，就将英国文学的传统与肯尼亚的当代现实接续了起来，创作出一种我称之为“精确现实主义”的小说。他的大部分作品不魔幻，不神神鬼鬼，也不装神弄鬼，而是扎扎实实地书写了现实，塑造了人物，描写了场景，刻画了细节，还有精心写的对话。即使是心理活动，也是非常符合逻辑的。这是恩古吉·瓦·提安哥区别于其他几位非洲著名作家的一个显著的特点。一直到2006年他出版的长篇小说《乌鸦奇才》才使用了魔幻和怪诞的手法。

1967年，恩古吉·瓦·提安哥刚刚从英国利兹大学回到了肯尼亚，就出版了第三部长篇小说《一粒麦种》。这部作品与他前两部作品相比，篇幅增大到中文十八万字，是他三部长篇小说中最厚重的一部。这部小说的时间跨度有十多年，讲述了从1952年肯尼亚发起的“茅茅运动”第一次举事，到1963年12月12日肯尼亚独立之间，发生在主人公身上的事情。

小说的主人公是黑人莫果，他曾经是反对白人殖民者的罢工运动的领袖，小说中的故事发生在1963年肯尼亚即将举行的独立庆典的前四天，莫果被选为代表将在独立庆典上讲话。这部小说的写作形式别具匠心，显示了恩古吉·瓦·提安哥在处理小说内部时间上的能力。因为长篇小说无一例外地，都是时间的艺术，必须要处理好小说内部的时间。

这部小说的回忆和意识的流动，内心独白和不断重现的过去的场景，都使作品带有贴近人物内心的真实感，让人觉得很贴切。小说通过莫果的大量穿插式的回忆，我们发现，原来，在莫果的内心深处，还埋藏着一个秘密：多年以前，他曾经是一个告密者，向英国人告发了"茅茅运动"的领袖、民族英雄基席卡，导致了基席卡的牺牲。这成了压在莫果心中的一块巨石，让他睡不着觉，无法安稳。而即将到来的独立庆典上，现任独立军的将军打算当着大家的面，处死背叛基席卡的另一个告密者卡冉加，这给同为告密者的莫果的心理带来了巨大的压力。眼看着那个庆典日一天天临近，莫果的心理也一天天地接近崩溃。小说的最后，莫果站起来，拿起了话筒：

"你们找犹大，"他开腔了，"你们找把基席卡引到这棵树下来的人。现在，这个人就在你们面前。基席卡那天夜里来找我。他把性命交到了我手里，我却把它卖给了白人。这些年，这件事一直让我生活不安宁。”他每讲一句话都停一停，从头到尾声音都很清楚。

仍然没有人讲什么。他甚至离开了讲坛也没有人开口。没有任何明显动作的人群给他让出了一条路，大家低着头，不敢和他目光相对。

……天空聚集着云层，太阳已经黯淡了。尼阿莫、瓦鲁伊、将军和一些年长的人在后面留了下来，准备在风暴来临之前把祭礼举行完毕。

（《一粒麦种》第 271—272 页）

1984 年的中译本就到这里为止，莫果勇敢地承认了他是告密者，把卡冉加等人干的告密事等所有的责任都揽到了自己的身上，获得了内心的拯救，而没有受到惩罚。新的中译本最后还有几节，讲述了莫果后来的命运：他还是被将军他们作为告密者给带走了，估计被处死了。

小说之所以起名叫作《一粒麦种》，我觉得有着双层的含义，一个是指被白人统治者杀害的独立运动领袖基席卡，其含义是“一粒麦种撒在地里，虽然消失了，却会长出很多麦子。一个人倒下了，千万人会站起来，最后必定会赢得独立和自由”。但另外的一层意思，我觉得是在人性层面，人性的善和赎罪，最终会像一粒麦种那样发芽，让人向善。小说中那种《圣经》文学传统才有的原罪、赎罪和获得拯救的过程，恰似一粒麦种那样最后生根开花。

恩古吉·瓦·提安哥写这部小说，应该是触及了更为复杂的肯尼亚的社会现实和人性的深度。他从两个方面来审视自身，将自我的灵魂放到了涉及出卖和背叛的道德、人性的拷问层面，给我们带来了前所未有的震撼和深度。

三

恩古吉·瓦·提安哥在 1970 年代的写作呈现出了更为丰富的面貌。这和肯尼亚于 1963 年独立之后，并没有取得他所想象的社会的全面进步，而深陷于某种现代性的转型陷阱有关。他这个阶段的写作，深受法国黑人文化理论家弗朗兹·法农的理论影响。

法农在 1967 年发表了著名的论文《黑皮肤，白皮肤》。文章主要论述了黑人在被殖民之后，面对强势的西方文明和语言，在自我意识上的异族化。恩古吉·瓦·提安哥由此发展了自己的观点：非洲国家在取得了自由独立的地位之后，并没有取得文化身份和心理上的真正独立。由此，他主张回到非洲人的意识本身，甚至强调用非洲人自己的语言写作。这与他 1967 年回到了内罗毕大学任教之后，将英语文学系改造成了非洲语言文学系的行动本身，有直接的关系。

但我觉得，恩古吉·瓦·提安哥也会掉入一个陷阱，那就是，过分强调非洲的语言、文化和身份意识，最终就会丧失交流和与强势文明对话的能力。人类文化说白了，就是强势文化和弱势文化的较量，此消彼长，最后融会贯通在一起。恩古吉·瓦·提安哥在这一点上似乎保守了，这也是他后来用肯尼亚吉古裕语写作只在肯尼亚得到了反响的后果，以至于后来他继续用英语写作了。

恩古吉·瓦·提安哥一直是小说、戏剧、文论三驾马车并行的。1970 年，他出版了三个独幕剧构成的剧本集《明月此时》，收录了《明月此时》《叛逆者》《心灵的创伤》三部剧作。这几部戏探讨的，都是肯尼亚部族文明对人性的戕害。

1972 年他出版了第一部文论集《回家》，收录了他十年以来所创作的文论、社会时评和演讲稿，是了解恩古吉·瓦·提安哥早期文学思想的一部书。全书分为三个部分，第一部分是关于白人的种族主义和黑人的部族主义的分析，第二个部分是对非洲重要作家，比如索因卡、阿契贝等人的分析和评论，第三个部分则是对加勒比海作家的分析评论，因为加勒比海很多岛国的作家也大都是黑人，他们的写作则昭示了另外一种可能性。

1975 年，他出版了短篇小说集《隐秘的生活》，其中收录了《十字架下的婚礼》《非洲再见》等三篇小说，讲述的依旧是殖民主义者带给肯尼亚的复杂经验，主题和故事并不新鲜，他在前述几部长篇小说中都有涉及。

1977 年，恩古吉·瓦·提安哥出版了自己的第四部长篇小说《血的花瓣》，可以说是这个阶段最为成熟的一部作品。

《血的花瓣》直接指向了独立之后的肯尼亚的社会现实。这部小说的叙事结构和《一粒麦种》有些相似，塑造了四个人物：学校校长、教师、小店主和妓女。这四个人都与一件谋杀案有关。通过这四个人的回忆，肯尼亚在 1963 年独立之前和之后的社会现实立体地呈现在了我们的面前，恩古吉·瓦·提安哥认为，独立的肯尼亚不仅没有多大的改变，相反，在城市和乡村之间，在富人、中产阶层和穷人之间，在老人和年轻人之间，在男人和女人之间，在种族、性别、阶层之间的矛盾冲突在加大。这部作品可以说是对肯尼亚黑人当政者的批判之作，作品出版之后，恩古吉·瓦·提安哥就被当局拘留了。

恩古吉这部作品使我想起了南非作家库切的小说《耻》。同样是反映黑人掌权之后的社会现实，南非的社会现实也陷入更大的陷阱中。如今，黑人犯罪、经济停滞以及妇女地位下降等等，都是南非现实的一种真相。难怪在曼德拉去世之后，齐泽克写了一篇文章《曼德拉的社会主义失败》，引起了很大的争议。到底曼德拉们争取来的民族独立，在全球化时代里，有着怎么样的结局？

可以说，从《血的花瓣》到《耻》，再到齐泽克的《曼德拉的社会主义失败》，我们可以看到独立思考的知识分子那敏锐的观察和犀利的、毫不留情的批判。

恩古吉·瓦·提安哥也由此发展了自己的写作。从拘留所放出来之后，恩古吉·瓦·提安哥毫不“悔改”，继续书写他认为的真实感受。1978年，他创作了戏剧《当我想结婚时就结婚》，是用吉古裕语言写成的。这部戏嘲讽了肯尼亚当局的愚蠢和专制，结果他于1978年被关进了监狱。

这是恩古吉·瓦·提安哥人生中最艰难的一段时刻，当他的亲戚朋友探监的时候，他拒绝戴着枷锁会见。他得病了，也拒绝戴着枷锁去治疗，因为这枷锁竟然是摆脱了白人殖民者的枷锁之后由黑人统治者给他戴上的，这就成了一个莫大的讽刺。他以这种方式进行了反抗，同时得到了国际社会的声援，很快被放了出来，离开了肯尼亚，开始了在西方的流亡生涯。

四

恩古吉·瓦·提安哥后来在欧洲和美国的流亡生涯，我获取的资料不多。即使离开了肯尼亚，我能够感觉到恩古吉·瓦·提安哥依旧是在一刻不停地回望着肯尼亚，凝视着非洲大地。流亡状态可以让他更好地思考过去所面对的问题，换一个角度，换一副脑子，换一个地方，继续观察非洲发生的一切。

身处西方的强势文化之中，教书，写作，演讲，他可能感受得更加复杂一些。他认为，继续用英语写作没有多大的价值，因为非洲有百分之九十的人都不懂英语。可是，恩古吉可能忘记了，在由无数个部族语言构成的非洲大地，又有多少人懂得肯尼亚的吉古裕语呢？

他不管这个，他的民族情绪大爆发了。在这个阶段，他接连出版了多部用吉古裕语写作的长篇小说：《德旦·基马蒂的试验》（1976）、《十字架上的恶魔》（1982）、《纳亚巴的手枪》（1986）、《马逖加里》（1989）。这些长篇小说后来也都翻译成了英文。

长篇小说《马逖加里》是这个阶段的代表性作品。小说讲述了主人公马逖加里一开始参加独立运动，后来因为厌倦暴力，转而追求爱情和家庭生活，但是他所告别的革命、暴力和殖民者的魔鬼依旧不放过他，继续影响他的生活，一直到将他完全毁灭。小说以肯尼亚语写成后，在本国影响很大，但在英语世界却影响很小。

1990年代之后，恩古吉·瓦·提安哥短期回到了肯尼亚，1998年移居到美国纽约，在那里休养身体并治疗疾病。

恩古吉·瓦·提安哥是一个多产作家，他到目前创作的长篇小说、小说集、剧作、文论、散文随笔和自传，加起来有近三十部。他后期的主要文论集有：《政治中的作家》（1981）、《教育与民族文化》（1981）、《钢笔的吸水管：抵抗新殖民时期对肯尼亚的镇压》（1983）、《非殖民化思想：非洲文学语言中的政治》（1986）、《论新殖民主义》（1986）、《中心移动：为文化的自由而斗争》（1993）等等。因为中文译本的缺乏，我无法评价他这些文论的内容和价值，只能根据文集的题目做一些猜测。

2006年，六十八岁的恩古吉出版了他篇幅最大的一部长篇小说《乌鸦奇才》，英文版有七百六十八页，中文有四十万字左右。这部小说成为他最近一些年屡屡被提名诺贝尔文学奖的重要依据。因为诺贝尔文学奖很看重一个作家的近期创作表现。

在小说中，恩古吉·瓦·提安哥想象了一个非洲国家，这个国家叫作阿布利里亚，有一个独裁者统治着这个国家。恩古吉·瓦·提安哥首次采用了加西亚·马尔克斯的那种魔幻现实主义手法，用夸张、荒诞和讽刺，塑造了一个类似非洲曾经有的、残暴的独裁者蒙博托、阿明、莫伊这些人的人。

围绕着独裁者有三个走狗，为了取悦独裁者，他们三个人千方百计让自己的眼睛、耳朵和舌头变大，这样的话，他们就可以更好地面对独裁者，来观察、聆听和阿谀奉承了。前两个走狗眼睛和耳朵的变大过程十分顺利，但是第三个人的舌头变大却出现了问题，结果语言的混乱控制了那个走狗不听话的大舌头，让独裁者十分生气。有意思的是，独裁者自己也在发生变化，那就是，他的身体在不断地膨胀和扩张，日益变大。这让他十分苦恼。

此时，这个国家来了一个类似基督一样的英雄人物卡米蒂。他把钱埋在荒野上，结果就长出来一株摇钱树，贫苦的人需要钱，去摇一摇，钱就掉下来了。于是老百姓十分高兴。卡米蒂还是一个医生，他给老百姓看病的时候，拿着一面镜子照着病人，病人很快就会好了。结果，卡米蒂就被传说和神话成一个奇才。有一个叫尼亚薇拉的女人爱上了他，她其实是一个政治组织的领袖，他们俩不仅有了爱情，还一起组织起反抗独裁者的力量，最终，独裁者被推翻了。

这部带有荒诞和魔幻色彩的小说，显示了他对非洲当代现实的忧虑，比如艾滋病的泛滥，比如对世界银行的依赖。不过，作品中漫画似的人物形象的处理，降低了他过去的那种现实主义的精确描写的力度，而且，篇幅长，不够精致。不过，因为这部小说，人们发现恩古吉·瓦·提安哥的创造能力还很强，因此近年屡次进入诺贝尔文学奖的视野。

如今，身在美国养病的恩古吉·瓦·提安哥已经是七十六岁高龄了。最近一些年，他开始撰写英文回忆录。2010 年出版了第一部《战时的梦：童年的回忆》，详细回忆了他的童年时光和“茅茅运动”带给肯尼亚的一切。2012 年，他回忆录的第二部《在阐释者家里》出版了。这部回忆录延续了第一部的节奏，讲述了他在 20 世纪 50 年代里的联合中学上学的情况。对学校内外生活的生动记述，和对恩师爱德华·凯利的深情回忆，构成了这部作品最动人的地方。

我想，恩古吉·瓦·提安哥接下来会继续写他的这个多卷本的回忆录，一直到生命的终点。而在这个过程中，他也一直在回望肯尼亚，凝视着非洲大地。

阅读书目：

《大河两岸》，蔡临祥译，外国文学出版社 1986 年 9 月版；

《非洲当代中短篇小说选》，高长荣编选，杜飞译，外国文学出版社 1983 年 6 月版；

《非洲短篇小说选集》，阿契贝、英尼斯编，查明建等译，译林出版社 2013 年 12 月版；

《孩子，你别哭》，蔡临祥译，外国文学出版社 1984 年 10 月版；

《一粒麦种》，杨明秋等译，外国文学出版社 1984 年 7 月版；

《一粒麦种》，朱庆译，人民文学出版社 2012 年 7 月版；

《英语后殖民文学研究》，任一鸣、瞿世镜著，上海译文出版社 2003 年 9 月版。

塔哈尔·本·杰伦：摩洛哥的望远镜

（1944— ）

诗歌的初啼声

从地图上看，摩洛哥位于非洲大陆的西北角，隔着直布罗陀海峡和西班牙相望，有着长达一千七百多公里的海岸线，与大西洋和地中海相连接。从15世纪末期开始，摩洛哥先后遭到了西班牙和法国的入侵，1912年沦为法国的“保护国”，而北部和南部部分地区被划作西班牙的“保护地”。1956年，在“二战”之后殖民主义体系迅速崩溃的大形势下，摩洛哥独立为一个伊斯兰王国。可以说，摩洛哥是饱受殖民主义者侵略和压迫的国家。摩洛哥人大多信奉伊斯兰教，法语是通用语言。地域决定文化归属和文化特质，早在1920年代，在第一次世界大战之后，包括了阿尔及利亚、突尼斯和摩洛哥这三个西北部非洲国家在内的地区，都深受法语文化的影响，这片区域诞生的文学被称为“马格里布法语文学”，阿拉伯语为官方语言，法语则是这三个国家的日常通用语言。摩洛哥独立之后，有更多的作家投身到法语的写作中，以觉醒的民族意识为圭臬，对过去法国在非洲的殖民主义体系进行了分析、挖掘和批判，给非洲和欧洲的法语文学带来了异样的血液，这其中，塔哈尔·本·杰伦是最杰出的一位。

塔哈尔·本·杰伦是摩洛哥最著名的诗人、小说家和文化批评家，是当代阿拉伯世界非常醒目的一个文化人物，也是最近几年诺贝尔文学奖的热门候选人。塔哈尔·本·杰伦1944年生于摩洛哥北部的城市菲斯，后来移居到首都拉巴特，这座摩洛哥的历史文化名城。塔哈尔·本·杰伦青少年时代受到了很好的教育，家境不错，得以在1961年移居法国，1972年，塔哈尔·本·杰伦在法国巴黎获得了社会学硕士学位，并且以社会精神病学的论文获得了巴黎第七大学的博士学位。毕业之后，他在法国从事过新闻和教育工作，主要担任记者、编辑和教师，不断地从法国和摩洛哥两个角度，观察和了解西北部非洲和伊比利亚半岛以及法国内部复杂的政治和文化关系。同时，在摩洛哥，他以特殊的身份深入地了解摩洛哥的社会和民情，并以法文持续写作。1971年，塔哈尔·本·杰伦正式定居法国，但是他每年都要花几个月时间回到摩洛哥和家人、亲属们相聚，借机观察摩洛哥的社会现实。

像很多作家一样，塔哈尔·本·杰伦最初的写作也是从诗歌开始的。1971 年，二十七岁的塔哈尔·本·杰伦出版了自己的第一部诗集《沉默气氛笼罩下的人》，随后，又出版了诗集《太阳的创伤》(1972)、《痣》(1973)、《扁桃树受伤死去》(1976)、《不为记忆所知》(1980)，还接连出版了长诗《骆驼的话》(1974) 等。塔哈尔·本·杰伦的诗歌风格带有强烈的抒情性，从早期的对青春期、爱情和摩洛哥记忆的吟唱，到后期对历史文化记忆的陈述与刻画，都带有鲜明的西北部非洲阿拉伯文化与法语文化融合和互相影响的印记。从诗歌风格上看，抒情性是他诗歌的最大特征，鲜明的意象以令人震动的方式，带给我们智慧结晶的露珠。我在这里引用他的诗《地平线》如下：

> 地平线——/只是一堵墙/花岗岩砌成的墙/浑浊的镜子之反光/白昼/赤裸的影子/思绪/扔弃了帷幕/河流/流动的记忆/语言，恰似一把生锈的钉子/嵌进/受伤的掌心窝(汪剑钊译)

从这首诗中可以看到他简洁有力、带有格言和警句特点的语言，以鼓点般的敲击声震动我们的灵魂。

1973年，塔哈尔·本·杰伦出版了自己的第一部小说《哈鲁达》，这是一部篇幅不大的作品，讲述了一个摩洛哥移民在法国的遭遇，塑造了摩洛哥移民在法国的环境中受到挤压的无所适从的状态。小说取材于他当年在巴黎求学时观察到的移民经历，并描绘了一个移民内心的痛楚和哀伤。此后，他以摩洛哥人的生存状态为题材，接连出版了长篇小说《孤独的遁世者》（1976）、《疯子莫哈，哲人莫哈》（1978）、《大众作家》（1983）、《沙漠的孩子》（1985）等，以摩洛哥人的特殊文化形象，塑造出第二次世界大战之后，独立之后的摩洛哥独特的人文景象和人群的生存状态。这些小说的主人公都是摩洛哥的中下层人士，有在法国找不到归属感的移民，比如小说《孤独的遁世者》中，一个摩洛哥人迁移到法国之后，处于背井离乡的状态下，情感生活、精神生活和性生活都遇到了困境，遭受着孤独的吞噬而无法应对，如同一个孤独的遁世者。有的小说主人公是心地善良但命运多舛的妓女，在生活的洪流中无法掌握自己的命运；有的小说的主人公是找不到灵魂安稳之地的知识分子；有的则是受到资本和权势欺压的工人；等等，题材广泛，视野开阔。而且，塔哈尔·本·杰伦的这些小说在形式上最鲜明的特点，是采用了阿拉伯文学中的古老说书人的形式，似乎总有一个说书人的声音，在给你娓娓道来，在给你讲故事。这些小说的底色全部都是现实主义的，里面弥漫着浓重的忧郁气息和市井的生活气息交混的味道，使人似乎可以感觉到摩洛哥那些市镇黄昏时刻，弥漫在人们心头的哀愁。

表面上看，塔哈尔·本·杰伦似乎不是一个现代主义者，实际上，在他的小说中，以更加内倾化和诗人般的敏感，将人的存在进行了深刻的打量和描绘。他更加关注生命个体的存在，以考察和打量一个个的生命个体在特殊环境下的存在，来呈现非洲北部、地中海南岸国家和欧洲南部、地中海北部国家的人文联系和历史因缘，揭示了文化冲突背景下个人命运的多舛，将一个文化分裂和隔膜时代里的人心景象精雕细刻。

沙漠的奇景

塔哈尔·本·杰伦于 1987 年出版了小说代表作《神圣的夜晚》，这是塔哈尔·本·杰伦被广泛称颂的作品，该小说出版之后，立即赢得了当年法国文学的最高奖——龚古尔文学奖，并使他成为西北部非洲马格里布法语区阿拉伯作家中，获得这个奖项的第一人，因此备受关注和赞扬。小说的主题直接指向了摩洛哥社会宗法制度压迫下普通人的生活。主人公是一个摩洛哥富人的第八个女儿，这个倒霉的富商没有儿子继承家产，因此，就把最小的女儿扎赫拉从小当作儿子来养，以此来避免家产落入他人之手。一直到她成长到二十岁，她的父亲去世之后，她才开始恢复女性的面貌，但是，为了实现父亲的愿望，她要继续扮演男人，可是，她的七个姐姐无比憎恶她、嫉妒她，甚至叫人割掉了扎赫拉的阴蒂。扎赫拉因此和整个家庭中的所有女性成了对立面，母亲、姐姐联合起来压制她，她不得不离家出走了，结果在外面的世界里，又遭到了绑架、强奸和欺凌。后来，扎赫拉遇到了一个心地善良的盲人搓澡工贡苏尔，他们之间萌发了爱情。最后，她的叔叔找到了她，要强迫她重新回到那个可怕的、一点温暖都没有带给过她的家庭中，扎赫拉愤怒之下，开枪打死了自己的叔叔，作为杀人凶手被警察抓获，进了监狱。

这部悲剧小说的语调是平和舒缓的，带有叙述者无奈和宽怀的感情。小说是以主人公的自述构成了全篇的讲述方式，开头是这样的：

> 如今我已年迈，可以坦然度日。我要说话，卸下言辞和岁月的重负。我稍感疲惫。岁月的重压尚能忍受，而负担最重的是埋藏在心底、我长期缄默和掩饰的那些事。我哪里想到充斥我记忆的沉默和探究的目光竟如沉重的沙袋，使我步履维艰……我很高兴终于来到这里。

你们是我的解脱，是我眼中的光明。我有许多好看的皱纹。额上的皱纹是真相的磨难留下的印记。它们是时间的谐音。手背上的皱纹是命运纹。你们看，这些纹路纵横交错，标志着命运的历程，描绘出一颗流星坠入湖中的轨迹……

《神圣的夜晚》这部小说显然带有另外一种文化的奇观性，以讲述第三世界里一个屈从父命、女扮男装的女孩最终成为封建宗法势力的牺牲品的故事，来唤起第一世界里人们内心的同情和悲悯心，并且将野蛮的风俗和文化予以谴责和批判。小说在娓娓道来的语调中，悄然蕴含了批判精神，最终给人物本身和世界贡献了希望。小说一开始是悲剧气氛的，到主人公开枪打死叔叔，达到了悲剧的顶峰，令人绝望。但是结尾还是乐观的，主人公安然地度过了所有的危机，老年了还能够给大家心平气和地讲述这个发生在她身上的故事。塔哈尔·本·杰伦以这部小说丰富了“二战”之后越来越狭窄的法语文学，因此获得了法国影响最大的文学奖龚古尔文学奖。这个荣誉对于塔哈尔·本·杰伦这个出身非洲的作家来说，还是第一次，因此，当时的法国总统密特朗和摩洛哥国王哈桑二世都发了贺电，祝贺塔哈尔·本·杰伦荣获此奖。我想，国王都接受了这样揭疮疤的批判现实主义作品，可见摩洛哥对塔哈尔·本·杰伦本人的胸怀和宽容。而摩洛哥国王哈桑二世还特别赞扬了塔哈尔·本·杰伦的获奖，是因为摩洛哥是非洲阿拉伯伊斯兰国家中最开放的，从古代开始，她就对来自希腊、罗马的文化不断地接受和融合。

1991 年，塔哈尔·本·杰伦出版了小说《低垂的眼睛》，这部小说描绘一个性格刚强，但是颇有些一根筋的摩洛哥女孩子，根据家族的传说，要去寻找祖父当年埋藏在山里的财宝。财宝最终没有找到，但是她却找到了摩洛哥山村特别需要的更加宝贵的水源，给村民们带来了喜悦和希望。小说带有摩洛哥特别区域的文化特征，在讲述上十分清新、生动，篇幅也不大。通过这部小说，塔哈尔·本·杰伦把摩洛哥沙漠地带贫瘠土地上的特殊文化景象和社会习俗展现给世界，以奇观性打动了很多读者。

摩洛哥的哀愁

塔哈尔·本·杰伦的上述早期作品，主要是探讨摩洛哥文化的特性，探讨摩洛哥传统文化在现代社会中的不适应性，以及非洲人来到法国、西班牙等欧洲近邻国家谋生的艰难图景和他们的心灵挣扎。到 1990 年代之后，塔哈尔·本·杰伦的写作进入喷发期，这个时期，他的小说主要指向了非洲北部的阿拉伯伊斯兰国家内部的社会问题和腐败现象。

1994年，塔哈尔·本·杰伦出版了小说《男人的毁灭》（中文译本为《腐败者》），该书出版之后，很快获得了非洲马格里布地区阿拉伯国家所设立的地中海文学奖。在小说的题记中，塔哈尔·本·杰伦写道："我谨把这部小说献给印度尼西亚伟大的作家普拉姆迪亚·阿南达·杜尔。我拜读了他于1954年在印尼发表的小说《贪污》。为了表达我对他的尊敬和一位作家对另一位作家的支持，我写了这本关于腐败现象的小说《腐败者》。如今，腐败现象已经是肆虐南方国家和北方国家的司空见惯的灾难。故事发生在今日的摩洛哥。我意在向他说明，在相隔数千公里之遥的不同的蓝天之下，人的灵魂一旦被蛀蚀，就会在恶魔面前缴械投降。这个相似而又不同、带有浓郁地方色彩而又具有全球性的故事，把我们跟南方作家的距离拉近了，尽管他的南方国家远在天边。"

一个作家通过写作一本书向另外一个作家致敬，在文学史上经常可以见到。我在这里简单地介绍一下普拉姆迪亚·阿南达·杜尔的情况。他出生于1925年，是印度尼西亚现代史上最重要的、具有国际影响的小说家，自1950年出版长篇小说《游击之家》之后，五十多年来出版了二十多部长篇小说和中短篇小说集，是一个多产作家。他青年时代积极地投身于印度尼西亚的民族解放和独立运动，1947年被荷兰殖民主义军队关进了监狱，1949 年才被释放，随即投身于文学写作。早期的作品主要描述印度尼西亚在被殖民统治时期的人民生活状态，以及追求民族独立和解放过程的艰辛和痛苦。1949 年，荷兰把主权交还给印度尼西亚，次年，印度尼西亚共和国宣布成立，但是，在独立的共和国的内部，政客们开始了新的争权夺利，导致政局动荡、社会凋敝，知识分子和社会各个阶层发生了分裂。面对独立后特殊的社会现实，阿南达·杜尔写了很多批判印度尼西亚社会现实的小说，包括出版于 1954 年的中篇小说《贪污》。1965 年，他又被印尼当局关进了监狱，等于说，他既坐了荷兰殖民主义者的监狱，又坐过印度尼西亚当权者的大牢。1979 年被当局释放，随后，他出版了一生中最重要的、大部分写于狱中的长篇小说四部曲《人世间》(1980)、《万国之子》(1980)、《足迹》(1985)、《玻璃屋》(1988)。这个系列长篇小说四部曲，广阔地描绘了印度尼西亚独立之前和之后几十年之间的变化，主要探讨了印度尼西亚人民为了追求民族独立和解放运动的里程。小说是现实主义风格，展现了波澜壮阔的印度尼西亚的历史画面，塑造出很多性格突出的人物。1990 年代之后，普拉姆迪亚·阿南达·杜尔因此成为诺贝尔文学奖在亚洲的重点考虑对象。我记得，刘心武先生在一次出访印度尼西亚回来之后对我感叹，印尼那个八十高龄的阿南达·杜尔，一直在等待一个诺贝尔文学奖的到来。

不过，阿南达·杜尔的作品大都是现实主义风格的，小说的现实批判性和政治性比较强，小说的社会意义很大，但是，艺术性相对单薄，其艺术成就不算特别高，尤其是并没有接受现代主义小说流变中技巧和形式的影响，这显示了后发国家的文化劣势。因为，后发国家还处于必须要解决民族独立和解放以及社会公正和公平的时间段里，还不能到达能够以文学内在的方式来写作的时代，文学还是投枪、呐喊和匕首，作家还是代言人。西方早就建立了一个基本公平和公正的、有福利、人权和社会保障的国家体制，印度尼西亚的社会矛盾和经济发展还差很远，这和中国也很相似。我想，至今都没有获得诺贝尔文学奖的普拉姆迪亚·阿南达·杜尔，主要原因还是他的文学技巧实在一般。不过，他在印度尼西亚有点像当年巴金那样的影响，一直是一个追求人道主义、民族解放和个人自由的杰出作家。

塔哈尔·本·杰伦的《腐败者》以第一人称的方式，讲述了掌管建筑项目审批大权的官员穆哈德的故事：他本来是清正廉洁的，他的家境也很贫寒，虽然手中掌握了大权，但是却不愿意谋私利。但是，在家人的逼迫下、在家族实力的蔑视下，他感到了前所未有的压力，不得不走上了贪污受贿的道路。最后，情人也谴责他，他又是一个虔诚的穆斯林，意识到在真主的注视下，必须对自身进行灵魂的拷问和自责，以至于陷入精神的痛苦中。在长篇小说《腐败者》中，塔哈尔·本·杰伦塑造出一个逐渐地滑向腐败渊薮的人的灵魂画像，他对自身的拷问，灵魂的挣扎和动摇，在妻子、儿子、表妹、上司和下属的关系中，努力地寻找着一个平衡点，而且主人公是一个穆斯林，宗教的约束使他有敬畏心，因为对真主的信服而产生的敬畏心，最终使主人公获得了力量，这是这部小说很出彩的地方。小说也因为描写了大量摩洛哥当代社会的风俗画，带有落后地区国家的文化奇观性，满足了西方打量落后国家的心理，也因其批判性的锋利而获得了欧洲批评家的青睐。腐败现象在如今的全世界都存在，哪里有权力和金钱，哪里就可能有腐败。我们的国家在最近三十年，腐败现象一直呈现愈演愈烈的势头，过去，贪污受贿几十万上百万已经非常了不得了，在现在的新闻报道中，经常可以看到动不动就是贪污几百万、上千万上亿的腐败官员被审判的事件。可以说，中国作家在这方面大有题材可以写。有很多作家写了不少官场小说，但是小说的艺术性很糟糕，没有文学技巧，语言干瘪、无个性，人物扁平而没有深度，只是在描述一种现象，缺乏小说本身的形式感和对主人公灵魂的深度挖掘。

塔哈尔·本·杰伦的长篇小说《错误之夜》出版于 1997 年，这是一本探讨摩洛哥女性社会地位和文化地位的小说。

小说的背景是一个北非的海港城市丹吉尔，描写私生女紫娜在一个错误的夜晚被一对男女所孕育，导致家族蒙受了羞辱，于是，她的外祖父因此自杀。紫娜长大之后遭到了歧视和侮辱，她开始变得冷酷无情，决心报复，于是纠结了几个同样深受男权迫害的女子，联手开始了自己的报复计划。小说描绘了丹吉尔的混乱不堪，将摩洛哥的另外一面展现给我们，小说的循环复仇故事，带有寓言性。塔哈尔·本·杰伦给我们展现出他犀利的目光与观察微小事物和人的存在状态的能力，小说的背后，挖掘出摩洛哥作为一个伊斯兰国家，她的文化内部的矛盾、忧愁和丰富性。

另一种炫目的光

塔哈尔·本·杰伦是一个相当勤奋的作家，进入新千年之后，他的创作力并没有衰退，而是以文学手段继续探讨摩洛哥和法国之间的文化联系。1998 年，塔哈尔·本·杰伦出版了随笔集《为女儿讲解种族主义》一书，并以这本书获得了联合国教科文组织颁发的全球宽容奖。已经有人预言，倘若再有非洲作家获得诺贝尔文学奖，塔哈尔·本·杰伦是一个最有力的非洲裔竞争者。因此，对塔哈尔·本·杰伦的关注，实际上是对整个非洲北部的马格里布法语文学的关注，也是对当代后殖民主义小说流派的关注。2004 年 6 月 17 日，塔哈尔·本·杰伦以他的小说新作《这炫目致盲的光》，获得了都柏林文学奖。这个奖号称是世界上为单本小说所设的奖金最高的文学奖，奖金达到了十万欧元。在爱尔兰，都柏林文学奖的评委会认为，《这炫目致盲的光》是一部不折不扣的“小说杰作”，并盛赞它有一种“炽热的朴素和美”，以及“语言的明澈”。都柏林文学奖由都柏林市议会、市政府和一家公司共同主办，用以奖励世界上任何国家和地区，以任何语言写成的文学精品。2007 年的候选书目由世界四十七个国家的一百六十二家图书馆所推荐，其中三十五部由其他语言译成了英文，《这炫目致盲的光》是译自法文。必须要说道的是，2006 年，土耳其作家、诺贝尔文学奖得主奥尔罕·帕慕克凭借小说《我的名字叫红》也获得了这个奖项，拿到了十万欧元。

塔哈尔·本·杰伦的这部小说，取材于一个真实的历史事件，小说以细致的笔调，叙述了一个男主人公在摩洛哥的沙漠地区中的一座地下集中营内所艰难度过的二十年骇人听闻的日子。这一类专门关押政治异见分子的集中营型的监狱，是已故的摩洛哥国王哈桑二世所设立的——有趣的是，就是这个哈桑二世，为塔哈尔·本·杰伦获得了龚古尔文学奖曾经大声叫好，但是现在，塔哈尔·本·杰伦要挖他的坟墓了——哈桑二世把很多人关在一点阳光都看不到的小地牢里，很多人被关押达几十年之久。最终，当监狱的地牢于1991年被打开时，只有为数不多的囚犯得以幸存下来。我们可以想象，当一个从地牢里走出来的人第一次看到了阳光，那么，他一瞬间感受到的，一定是一种炫目的光芒，也是自由的光芒。都柏林文学奖的一个评委说："这部关于野蛮之地和幸存者——那些'活尸'的小说，同时，动人地描述了无限的恶，以及人类求生精神的力量。"可见，在小说的题材上，长期居住在法国、用法语写作的塔哈尔·本·杰伦，很善于以欧洲的眼光来打量、审视和批判摩洛哥的历史、现实和文化，以双重的审慎和激越，表达了一个人道主义作家的呼声，同时也显示出他自身文化身份的矛盾性。这其中有着复杂的一面，弄不好，是揭疮疤，滑落到被西方国家用来攻击摩洛哥没有人权的地步，像有些国家总是对中国挥舞着人权的大棒一样，但是，塔哈尔·本·杰伦很巧妙地把对摩洛哥的历史和现实的展示放到了更高的层次，以人的坚韧存在，呈现了摩洛哥复杂文化中的生命力。

塔哈尔·本·杰伦从最开始写作到如今，其写作生涯已经持续了近四十年，写作的体裁包括了诗歌、小说、随笔、剧本、文学文化评论和政治时评等等，出版有各类作品三十多部，在非洲和欧洲有着广泛的影响。他的作品将法语的优美、精微和复杂与摩洛哥的阿拉伯口头文学和民间传说完美结合，创造出一种多元文化汇合的文学新风格，属于当代后殖民文学流派中令人瞩目的杰出作家。

阅读书目：

《初恋总是诀恋》，马宁译，人民文学出版社 2011 年 11 月版；

《错误之夜》，卢苏燕译，华夏出版社 1998 年 2 月版；

《腐败者》，王连英译，华夏出版社 1998 年 2 月版；

《神圣的夜晚——一个男装少女的奇遇》，黄蓉美等译，译林出版社 1988 年 12 月版。

本·奥克利：非洲的魔歌

（1959—　）

尼日利亚，尼日利亚！

在我的印象里，尼日利亚英语小说家的活跃程度，是仅次于印度英语小说家的，这些来自非洲的“说故事的人”和印度小说家一样会讲故事。尼日利亚英语文学是非洲文学中最强劲的一支，她已经向世界贡献了图图奥拉、阿契贝、索因卡等享誉全球的重要作家，而且，尼日利亚英语文学还后继有人，不断有新人冒出来，去摘取英语文坛的重要奖项，他们构成了阵容整齐的老中青三代英语小说家。这其中，本·奥克利就是一个重要的、不可忽视的小说家。和索因卡等老作家相比，本·奥克利算是一个“中生代”，1991 年，他凭借英语长篇小说《饥饿的路》而获得了英语文坛最高奖布克奖，时年三十二岁，那部小说从此成为非洲英语小说经典，也丰富了整个英语文学本身。如今，本·奥克利也才刚刚五十挂零，正是创作力旺盛的好时候。

在详细谈论本·奥克利之前，我先简单地说说女小说家阿迪契。因为尼日利亚的“新生代”作家也十分活跃，2007年，年仅二十九岁的尼日利亚女小说家阿迪契凭借自己的长篇小说《半轮黄日》，获得了专门颁发给女作家的橘子文学奖，再度使人们对尼日利亚作家刮目相看。橘子文学奖的授奖词中说：“阿迪契的小说展现了其巨大的感染力、野心和写作技巧，我们很高兴这样一部叙述非洲苦难和生存的小说能够获奖。”小说《半轮黄日》是关于尼日利亚历史的，小说中充满了对时间的印象和对战争的记忆，小说故事的背景是 1967 年至 1970 年之间在尼日利亚爆发的内战。正是这场内战，使尼日利亚至今仍旧处于一种文化上的撕裂和伤痛中。小说描绘了这场战争带给尼日利亚人民的深重灾难和心灵创伤。本来，这已经是老辈作家的题材了，像索因卡等老作家曾经用文学描绘了那场他们亲身经历的内战，如今，内战过去快四十年了，人们都在淡忘那场战争，可是年轻的女作家阿迪契没有忘记，因为，在内战期间，尼日利亚这么一个不算很大的国家，就有近三百万人失去了生命，战争后遗症几乎涉及了每一个家庭。像阿迪契，她的祖父祖母都是在这场战争中遇难的。阿迪契后来离开了尼日利亚，在美国耶鲁大学非洲研究系攻读学位，是美国给她提供了一个独特的视角和优越的物质条件，使她可以重新打量祖国。阿迪契认为，如今，全球化的“世界是平的”这么一个伪命题，很容易使人们忘记了非洲、亚洲一些国家的社会问题和贫富分化，在全球化的力量主导下，很多东西被遮蔽了，而她作为非洲新一代小说家，写作的目的之一，就是要改变西方社会对非洲的误读。但是，阿迪契本人没有经历过内战的可怕岁月。在上学的时候，她发现学校的课本至今对那场民族内战只字未提，在描述那一段历史的时候，出现了空白叙述，一下子就从 1967 年直接跳到了 1970 年，中间三年什么都没有说。那么，这三年到底发生了什么，是阿迪契后来十分想知道的。于是，在写《半轮黄日》这部长篇小说之前，阿迪契与她的父亲多次深谈，把她父亲不愿意再回顾的那些痛苦记忆重新挖掘出来。她觉得，对于新一代人而言，小说在某种程度上，是可以承担历史教科书的功能的。因此，她激情满怀地写出了《半轮黄日》，重新讲述了尼日利亚的故事。

处于非洲东南部的尼日利亚历史悠久，是非洲的古老国家之一，早在一千多年以前，这里就有了灿烂的部落文化。我就一直很纳闷，尼日利亚为什么会涌现这么多引起世界关注的作家，原来，尼日利亚素有“非洲黑人文化诞生地”之称，比如，尼日利亚有举世闻名的诺克文化、伊费文化和贝宁文化。这些古代文化在非洲乃至全世界都是独树一帜的。什么是尼日利亚的诺克文化呢？1943 年，在尼日利亚中部乔斯高原边缘的一个名叫诺克的小村庄里，考古学家挖掘出了一个赤陶人头像。之后，考古学家在今天的尼日利亚中部北抵扎里亚、南至阿布贾、西达卡杜纳河、东接卡齐纳河的八万多平方公里的范围内，陆续发现了一百六十多件风格相同的陶器、陶塑、青铜雕塑、象牙雕刻、铁制品、木雕、石器，以及人和动物的塑像等等，由此，一种古老文化就被命名为“诺克文化”了。诺克文化大约起源于公元前 10 世纪，兴盛于公元前 5 世纪到公元 1 世纪之间数百年，是非洲灿烂的古代文明的标志性阶段，诺克文化的产生和兴盛，标志着非洲已经从石器时代进入了铁器时代。这是非常重要的发现。

尼日利亚的另外一种古老文化是伊费文化。伊费是尼日利亚西南部的一个城镇，也是全尼日利亚的一个宗教中心。在历史上，这里曾是强大的伊费土邦的统辖地。1938 年到 1939 年，考古学家在伊费出土了大量的铜制品和陶器。其中，很多出土文物通过碳 14 被鉴定为是公元 8 世纪至 18 世纪的东西，时间跨度长达千年。其中，尤其以 8 世纪的手工制品最为生动，再现出人类的铜雕艺术发展的一个高峰。在伊费出土的那些工艺品做工精细、形象逼真、栩栩如生，有的甚至带有抽象的风格，可以说是非洲乃至世界上少见的艺术佳品。伊费文化的存在，使侵占非洲数百年的老牌欧洲殖民主义者所散布的“非洲文化是西方人带来的”谬论不攻自破。除了上述两种古老的非洲原始本土文化，尼日利亚还有活着的约鲁巴文化，以独特的民间信仰、民俗和口头传说为特征，带有神秘、神奇和魔幻性。

因此，可想而知，本·奥克利身处这样一种文化中，自然会深受其影响。1959 年，本·奥克利出生于尼日利亚港口城市拉各斯的一个乌尔霍伯族家庭，他的父母亲属于当地殷实的中产阶层。在幼年时期，本·奥克利就受到了来自父系和母系的家族亲戚们带给他的约鲁巴文化中的神话传说和口头文学的影响。后来，本·奥克利来到了伦敦读小学。在他七岁的时候，父亲又带他回到了尼日利亚。中学毕业之后，本·奥克利曾经在一家店铺中当店员，十八岁移居到英国，在艾塞克斯大学攻读比较文学。这是他走上文学道路之前的简单履历。

本·奥克利属于早慧的作家，在他十九岁的时候，就写出了第一部长篇小说《鲜花和阴影》，此书于两年后的 1980 年出版，引起了一些评论家的注意。这部小说以尼日利亚的当代现实为背景，讲述了尼日利亚的移民在英国的生活，以他自身的经验为素材，描述了非洲人在宗主国的文化身份的分裂感。在英国，他一边在大学里勤奋读书，一边努力写作，把自己对尼日利亚约鲁巴文化的理解和掌握、对尼日利亚当代现实的敏锐观察和英语20世纪的现代主义文学技巧结合起来，试图创作出一种别开生面的非洲英语新小说。

本·奥克利于1981年出版了第二部长篇小说《内部景观》，从书名上就可以看出来，这是一部描绘尼日利亚的作品。小说以1970年尼日利亚内战结束之后的社会现实作为叙述的背景，塑造了几个家庭中的青年人的命运，将尼日利亚的部族分裂、政治动荡的现实呈现得毫厘毕现。1986年，他出版了短篇小说集《圣殿中的意外事件》，其中收录了十多个短篇小说，大部分也取材于1967年至1970年尼日利亚那场惨绝人寰的内战所造成的对个体生命的伤害，复原了尼日利亚人的残缺记忆。同时，这部小说还将鬼魂世界、现实生活、历史文化和神话传统结合起来，带有尼日利亚文化和英语文学传统结合起来的神奇力量和形式感，备受关注，显示了他独特的小说面貌，因此，这部短篇小说集获得了英联邦国家非洲文学奖、法国《巴黎评论》杂志颁发的阿加汗小说奖，在英国和法国都受到了瞩目，本·奥克利由此成为一颗冉冉升起的非洲文学新星，被欧洲文坛所广泛注意。

1989年，本·奥克利出版了短篇小说集《晚钟声中的新星》，继续描绘古老的尼日利亚传统文化在当代尼日利亚人生活中的影响。小说中，那些传统习俗如同集体无意识和深层的文化心理积淀，沉淀在尼日利亚每个人的日常生活中。小说带有鲜明的尼日利亚本土文化的奇观性，很受欧洲文学评论家的追捧。本·奥克利的短篇小说情节紧凑而又带有魔幻性，所使用的英语是一种混杂的英语，在这一点上和拉什迪有些相似。他将非洲古老的传说与当代英语结合，铸造出一种新的文学语言，以别致的词汇、句子和叙述，给英语文学带来了强大的活力。

非洲之路："饥饿的路"

每个作家都会有一部代表作。1991年，本·奥克利出版了他的长篇小说《饥饿的路》。这是一部相当厚重的作品，出版之后，获得了广泛的好评，被视为他的代表作，不仅摘取了英语最高文学奖布克奖，而且还被认为是非洲裔作家写出的一部具有里程碑意义的作品。这部小说规模不小，翻译成中文有四十万字，共分三卷、八个部分、五十二章。小说以尼日利亚约鲁巴文化中关于"阿库比"的神话传说作为核心意象，来展开其独特的故事结构和叙事。由于尼日利亚大部分地区还保持着原始传统的生活方式，医疗条件差，导致婴儿死亡率较高，那些夭折的婴孩在约鲁巴文化传说中会转化成婴孩幽灵，这些婴孩幽灵在幽灵国王的命令下，要继续投胎到人间，又在未成年的情况下突然夭折，成为不断转世的孩子，这就是“阿库比”的传说。而且，阿库比们在投胎前都已经在冥界商量好了，一旦投胎到人世间，就要尽快脱离人间苦海，重新回到鬼魂世界里去。于是，阿库比就这样不断地往返于幽灵鬼魂的世界和现实的世界。

《饥饿的路》中的叙述者是第一人称，他也是小说中重要的主人公，是一个阿库比。在小说的一开始，他就投胎到一个尼日利亚穷苦人的家里。他的父亲曾经作为英国军队的雇佣军，前往亚洲，参加了英军在缅甸镇压当地民族独立运动的行动，退伍之后，在尼日利亚小镇上的家里当搬运工。他的母亲是一个小商贩，平时主要靠贩卖一些生活用品过活，维持家用。这一家人虽然贫穷，但是生活还是祥和平静的。父母亲也很爱这个孩子，因此，投胎到这家的阿库比就很不忍心离开他们，不断推迟回到冥界去和阿库比们相聚的时间。但是，其他的阿库比就经常来纠缠他，要他尽快离开人世。最后，这个小阿库比终于得了重病，死亡之后被父母亲装进棺材里入殓了。结果，幽灵国王怜悯他的父母亲的仁慈和善，就又让这个阿库比还阳了，他从棺材里站起来，复活了，引起了大家的惊慌。重新复生的阿库比备受父母宠爱，他父母亲给他起了一个名字，叫拉扎路，这个名字和《圣经》中死了四天又奇迹般复活的拉撒路相接近。而他的母亲则昵称他为“阿扎罗”。

于是，整部小说就是通过阿扎罗的遭遇和他的视线变化，来审视和呈现尼日利亚的当代历史、现实政治和传统文化的。阿扎罗在冥界中那些不断催促和诱惑他的阿库比们的纠缠下，顽强地生活在一个动荡不安、一片飘摇的世界上。他一方面要抵挡各种功力越来越强的阿库比们的引诱，同时，他还在经历着尼日利亚动荡的现实生活的洗礼。比如，他亲眼看到了尼日利亚的穷人党和富人党之间的争斗，看到了政客和富豪的帮凶们的嘴脸，看到了大量普通人生活的穷困和悲惨。他眼看着苦难不断地降临到他的父母亲和周围人的头上，感到了困惑和痛苦，同时，对亲情十分依恋，不愿意失去这人世的牵挂。阿扎罗看到了尼日利亚的现实世界被巫师所统摄，整个世界也陷入权力所带来的混乱和暴政中。

阿扎罗的父亲由于从过军，身体强壮，后来是一名孔武有力的搬运工。一次，他参加了带有赌命性质的拳击比赛，结果被对手打伤，很快就死去了。在小说中，他的灵魂几经周折回到了家中，他对家人说：“我的妻子和儿子，你们听着。在我沉睡期间，我看见了许多奇妙的东西。我们的祖先教会我许多哲学。我的父亲‘道路祭司’在我面前出现，告诫我务必把门打开。我的心必须打开。我的生命必须打开。一条打开的路永远不会饥饿。奇异的时光就要到来。”在这里，小说点题了——一条饥饿的道路打开之后就不再饥饿了。阿扎罗明白了，他决定不再返回冥界，他要在人间那条饥饿的路上坚强奔走，在人世间继续成长，并且去接受人所面临的各种挑战。

从总体气质和风格上说，《饥饿的路》是一部具有尼日利亚本土文化传统风格的魔幻之书。小说利用了阿库比的传说，将现实的世界和鬼魂幽灵的世界完全混淆起来，使我们看到了非洲的苦难和历史悲情。小说中的现实世界和鬼魂世界在篇幅、结构和情节上，都是等量齐观的，也就是说，人和鬼的世界是平行的。这是这部小说最令人叫绝的地方。大量的阿库比在两个世界之间自由穿梭，因此带有强烈的神话、传说和魔幻色彩，让我在阅读时感到惊奇和欣悦。小说中隐含了对尼日利亚社会现实的批判，对整个非洲的现实处境也都做了深入的呈现：在小说中，阿库比本身就是一个隐喻，象征着 20 世纪中的非洲国家纷纷独立之后，人民争取人权、民主、自由和富裕的梦想的夭折、诞生、再夭折、再诞生，象征着非洲人民为了美好生活的那种不断在现实面前碰壁，又不断地再生并且充满了渴望的社会现实。这就是这部小说的核心思想。

在小说中，路也是一个巨大的象征。《饥饿的路》这个书名，据说来自索因卡的一首诗《黎明之歌》的句子："可能你永远不会走了／那时饥饿的／道路在等待着。"在小说中，路是一个活的物体，路和人一样存在于世界上，并不断地生长。在小说的开头这样写道："起先是一条河。河变成了路。路向四面八方延伸，连通了整个世界。因为曾经是河，路一直没能摆脱饥饿。"阿扎罗的父亲在他小的时候给他讲述，大路之王的胃口特别大，人们要不断给它献祭，只有这样才可以满足它的贪婪，因此，路上才有那么多的带来死亡的车祸。如今，由于大路王吃了带有毒性的祭品发了狂，开始吃掉树木、石头、房屋和更多的人，人已经控制不住大路王了。在这里，我们可以猜测，"大路王"也许在暗示欧洲殖民主义者带给非洲的那条走向"非洲现代文明"的路，可是，恰恰是这条路，是以血腥、贪婪、资本和罪恶为特征形成的。因此，这部小说寓意丰富复杂，十分隐晦，值得深入挖掘和探讨，玩味和品读。小说还非常具有形式感，写法上明显受到1960年代以来的拉丁美洲作家作品的影响，不同的是它又是非洲本土文化催生的结果。

我觉得，与《饥饿的路》在想象力和气势上接近的小说，有加西亚·马尔克斯的《百年孤独》和萨尔曼·拉什迪的

《午夜的孩子》。我注意到，这三部小说都有着大量神奇魔幻的情节，分别以尼日利亚约鲁巴神话体系、拉丁美洲印第安神话体系和南亚印度湿婆神话体系作为小说背后的文化支撑，使这几部小说成为20世纪诞生的最有想象力和魔幻色彩的小说。不过，和其他两部小说相比，本·奥克利显然利用了更多的文化和文学资源，他既借鉴了拉丁美洲的魔幻现实主义，又挪用了非洲传统的神话传说，还使用了《圣经》故事等欧洲文明符号，在几种强有力的文化体系的支撑下，本·奥克利写出了一部呈现非洲古老文化和丰富现实的小说力作。

非洲的歌：挽歌

在非洲那块得天独厚的土地上，美好的动物和人共同生活在大地之上，却不断遭受外来的侵略和自身的分崩离析，因此，是一块苦难和欢欣交集的大陆。描述这样一块大陆上的人的故事，是具有挑战性、奇观性和独特性的。在《饥饿的路》获得了巨大成功之后，本·奥克利意识到他找到了一条独特的写作之路。于是，他接连出版了多部以非洲约鲁巴文化为基础，展现非洲独特历史和现实面貌的小说。其中，有继续以“阿库比”传说作为小说叙述者的尝试。1992年，本·奥克利出版了小说《非洲挽歌》。这是一部描述非洲苦难的小说，里面引用了一段诗歌："我们是上苍造就的奇迹／注定要品尝时间的苦果／我们珍贵无比／终有一天，我们的苦难／将会化作世上美妙绝伦的事物。"因此，非洲神话、民间传说构成了小说的底色，而本·奥克利所探讨的，都是非洲人的命运的可能性。这一点，在他后来的小说《魔幻之歌》（1993）、《神灵为之惊异》（1995）、《危险的爱情》（1996）中都有所表现，都有所侧重和加强。因此，这些小说尽管在力度和广度上无法和《饥饿的路》相比，但是仍旧不断地在欧洲的英语文坛上获得嘉许。

本·奥克利需要不断地超越自我。自《饥饿的路》出版之后，他好像活在了这部小说的阴影之下，人们觉得他很难超越那部作品。但是他要做的，就是一定要超越自我。1998年6月，本·奥克利出版了长篇小说《无限的财富》。他把这部小说的背景放到了1945年第二次世界大战即将结束时期的尼日利亚，小说的叙述者仍旧是《饥饿的路》那个可以不断地在人间和冥界往返的阿库比——阿扎罗，如今，他离开了父母亲，前往尼日利亚的森林地带，看到了尼日利亚原始传统文化的神奇巫术和仪式、文化遗存和符号。但是，他父亲发现儿子失踪了，感到很愤怒，他母亲的精神也开始不安起来。在这个时期，统治国家的白人统治者被迫要把政权交给独立之后的本土政客，当政客和军阀们掌权之后，一场席卷全国的暴乱发生了。于是，活人在游行示威，而死人也从坟墓里走出来参加游行——小说描绘了1960年代之后尼日利亚取得独立，但是导致了军阀混战、政客互相倾轧、政府腐败横生的社会现实。本·奥克利在写这部小说的时候，依旧采用了非洲式的魔幻现实主义手法，将各种不可能发生的事情和事物，都描述为尼日利亚现实社会中的故事：女人变成了蝴蝶，死人复活在人间，神灵和鬼魂出现在活人的生活中，所有的人和动物都能对当代尼日利亚社会发生影响，小说中到处都是离奇的想象和超现实的描绘，而根基则是对尼日利亚政治局势和社会现实的强烈批判与担忧情绪。我觉得，这部小说重复了《饥饿的路》中的主题和写作技法，感染力和艺术表现手法明显减弱了。可惜的是，本·奥克利本打算完成一次对自己的超越，但是超越变成了一次复制，尽管这一次的复制并没有失去其很高的水准，可见，超越自我是多么的困难。

2007年，四十八岁的本·奥克利出版了长篇小说新作《星书》。这部小说完全是虚构的，本·奥克利把小说的背景放到了想象中的古代社会。在那个年代，世界上没有全球化、没有任何能够影响我们生活的科学技术的出现，世界是原始的。在非洲一个国家里，魔术是这个国家的人民生活中最重要的部分。小说以四个章节，交织出一幅织锦一样的画面，描绘了西方殖民主义者来到非洲之前的文化状态。第一部分，讲述一个王子喜欢一个少女，但是他最终不能在纲纪败坏的国家里独善其身，郁郁寡欢地丧失了理想，无法带领百姓走向美好生活。小说的第二个部分，则描绘了王子喜欢的一个少女，她来自一个会魔法的家族，这个家族以令人叫绝的魔法，使人们产生了欣悦和狂喜，发疯和狂乱。在小说的第三个部分，则和第一个部分开始呼应，讲述有一股白色的风来了，开始影响和吹拂这个国家，于是，他们原来具有的魔法逐渐失去了效果，他们中间的一些人，也不再相信那些部落魔术了。王子从颓废中醒过来，担当了神秘少女的父亲、部落首领的助手，不过，他们都无力抵抗那“白色的风”所带来的巨大破坏。这“白色的风”刚开始温和而缓慢，但是很快就肆虐起来，破坏了这个非洲国家的一切信仰体系和百姓的日常生活。可以说，整部小说是用象征主义的手法写成，带有梦幻色彩。而那“白色的风”，显然是象征了欧洲殖民主义者的白人文化对非洲的入侵。这仍旧是一部探讨非洲文化和西方文化相遇之后发生的悲剧的小说，呈现出本·奥克利有能力继续思考非洲文化、历史和现实处境，并对此进行批判性呈现。

说了他的那么多作品，该谈谈眼前的这本短篇小说集

《圣地事件》了。这本小说集一共收录了本·奥克利的八个短篇小说，分别是《桥下的笑声》《聚合的城市》《差异》《圣地事件》《假面舞会》《一段秘史》《歪曲的祷辞》《售梦人的八月》，从题材上看，大部分都是涉及他的尼日利亚童年、少年和乡村生活与记忆的。内容我就不复述了，需要读者自己去阅读。在短篇小说写作上，本·奥克利照样表现出非常优异的叙事技巧，短篇小说讲究的是克制，讲究在有限的篇幅里，去呈现更多的东西。这些短篇小说体现了本·奥克利的控制力。在每一篇小说中，多和少的关系，详略如何得当，是非常重要的，而本·奥克利处理得非常好，有的丰富，有的简约。从题材上，继续表现尼日利亚现实中的社会冲突、人性挣扎和日常生活，并带有尼日利亚本土文化的魔幻色彩。其实，阅读本·奥克利，从《圣地事件》到《饥饿的路》，这两本书是进入他的文学世界的门径。

本·奥克利才五十岁，就已经出版了十多部长篇小说和一些短篇小说集、散文随笔集、文学评论集，是一个多面手。如今，作为访问作家，他常年居留在英国，担任了剑桥大学三一学院的文学教授，讲授非洲文学和写作。本·奥克利创造出了“非洲魔幻现实主义”这么一种小说，他的根基牢牢地扎在尼日利亚的约鲁巴文化传统之中，还吸收和借鉴了《圣经》传说与英语现代文学的技巧，这应该是“神话原型理论”在非洲的一种文学响应。他以非洲民间神话作为创作的出发点，结合尼日利亚的独特现实和历史，编织出花团锦簇、令人眼花缭乱的神奇的小说来，我们对他的关注应该持续下去。

阅读书目：

《饥饿的路》，王维东译，译林出版社 2003 年 8 月版；

《饥饿的路》，王维东译，译林出版社 2013 年 3 月新版；

《迷魂之歌》，常文祺译，浙江文艺出版社 2011 年 9 月版；

《圣地事件》，朱建迅等译，译林出版社 2013 年 4 月版。